CUANDO DESPIERTEN LAS FLORES

ANDREA LONGARELA

CUANDO DESPIERTEN LAS FLORES

CROSS BOOKS

Obra editada en colaboración con Editorial Planeta – España

Bajo el sello editorial CROSSBOOKS M.R.
Avenida Presidente Masaryk núm. 111,
Piso 2, Polanco V Sección, Miguel Hidalgo
C.P. 11560, Ciudad de México
www.planetadelibros.com.mx

Primera edición impresa en España: mayo de 2025
ISBN: 978-84-08-30215-5

Primera edición impresa en México: junio de 2025
Segunda reimpresión en México: octubre de 2025
ISBN: 978-607-39-2851-9

Impreso en los talleres de Impregráfica Digital, S.A. de C.V.
Avenida 11 463, interior Bodega 2, Colonia San Nicolas Tolentino
C.P. 09850, Iztapalapa, Ciudad de México
Impreso en México – *Printed in Mexico*

A Hugo, por bailar conmigo bajo el hielo

Quién sabe, dijo la Maga.

A mí me parece que los peces ya no quieren salir de la pecera, casi nunca tocan el vidrio con la nariz.

Rayuela, Julio Cortázar

—¿Y qué pasa cuando las personas abren su corazón?

—Que se curan.

Tokio blues, Haruki Murakami

Primera parte

La vida es un círculo: un comienzo puede ser un final y un final, en ocasiones, es solo el principio.

Extraído del cuaderno de Annie

El principio (o el final)

Calgary (Alberta, Canadá)
Una noche cualquiera, 0.15 a. m.

Tic.

Mi vida era perfecta.

A los veintitrés años, no le pedía más. Tenía buenos amigos, una madre que me adoraba y la chica que se me antojara. Me había graduado el año anterior en Administración de Empresas y contaba con dinero suficiente como para largarme de casa en cuanto supiera qué iba a ser de mí en la temporada siguiente. Mi nombre parecía escrito en un boleto ganador. Tal vez echaba en falta comprarme un Camaro Z28 del 68 de color rojo, pero para eso debía dejar de posponer sacarme el carné de conducir y, mientras tanto, me conformaba con moverme por la ciudad en el Chevrolet de mi amigo Logan.

—Eh, tíos, ¿habéis visto eso?

Nos volvimos hacia donde señalaba Tucker y sonreímos. Eran tres. Rubias. De piernas interminables y andares insinuantes. Una combinación perfecta. Bajé la ventanilla y asomé medio cuerpo antes de silbarlas como si fueran ganado.

Los chicos rompieron en carcajadas cuando ellas gritaron por el susto. Una me insultó y otra se ruborizó; a la tercera habría sido fácil follármela si no hubiéramos desaparecido a toda velocidad.

—¿Dónde creéis que van? —preguntó Logan con los ojos vidriosos por todo lo que habíamos bebido—. Aquí solo hay naves abandonadas.

—¿Qué más da? —susurré con el rostro aún fuera del coche; la brisa fría me sentaba bien—. Podemos encontrar cien como ellas solo con chasquear los dedos.

Mis amigos se ensañaron conmigo, pero no era mi ego el que hablaba, sino el firme convencimiento de que no existía nadie por ahí que destacase, que fuese distinto a todos cuantos conocía. El mundo, lejos de mi burbuja de éxito, me parecía impostado e insustancial.

Logan soltó el volante para dar un trago largo a la botella de Jim Beam y el coche se desvió hasta que la rueda delantera chocó con la acera.

—¡Cuidado, tío! —gritó Caleb desde el asiento del copiloto—. Vas a matarnos.

Pese a que cupiera la posibilidad de que algún día sucediera, nos reímos como idiotas y la botella llegó de nuevo a mis manos. El líquido ambarino brillaba, turbio y espeso. Me lo llevé a los labios y el calor se deslizó por mi garganta. Esa sensación única que hacía que se apagase cualquier incendio interno.

Regresábamos de una fiesta en casa de Kayla, la novia intermitente de Tucker desde el año anterior. Cuando no estaban juntos, él fingía que la odiaba y ella se acostaba con cualquier jugador de hockey sobre hielo de Alberta, exceptuando los de nuestro equipo. Estaba claro que sabía darle donde más le dolía mientras disfrutaba sin remordimientos.

Al otro lado de la calzada, Caleb señaló a otro grupo de jóvenes.

Nos encontrábamos a las afueras de Calgary. Una zona de almacenes y naves industriales apenas iluminada, por lo que la presencia de tanta gente comenzaba a resultarnos sospechosa.

—Alguna fiesta ilegal —dijo Tucker—. El hermano de Kayla me comentó algo de un almacén de papel abandonado.

Sin esperar respuesta por nuestra parte, Logan giró por la primera calle, desviándonos de nuestro destino y siguiendo la estela de los adolescentes que se dirigían hacia aquel secreto a voces. Frenó de sopetón y me encontré a la altura de una morena de vestido corto y tacones rojos. Sentí la energía de mis amigos alentándome a comportarme como esperaban de mí y estiré el brazo hacia ella.

—¿Quieres pasar un buen rato? —le susurré con una sonrisa; le ofrecí la mano mientras el coche avanzaba al ritmo de sus pasos.

—¿Tanta confianza tienes en ti mismo? —respondió con soltura.

Los chicos se rieron y me lamí los labios. Cuando ella observó el movimiento, supe que estaba nerviosa. Que nuestra aparición la incomodaba y que deseaba que desapareciéramos. Que el juego había terminado antes de empezar.

Sin embargo, le sonreí con suficiencia e insistí, a sabiendas por cómo agarraba el asa de su bolso de que aquello estaba mal.

—No es una cuestión de vanidad, sino de pura matemática. Somos cuatro y tú una. Multiplica lo que podrías sentir.

Su expresión se nubló y echó a correr. Logan aceleró y supe que nuestras carcajadas la acompañarían en sueños aquella noche.

—Menudo gilipollas estás hecho —dijo Caleb. De los

cuatro era el más comedido, lo cual habría sido bueno si aquello se debiera a su moralidad y no por cobardía.

Continuamos callejeando, bebiendo *bourbon* y divirtiéndonos a costa de los demás. La vida era fácil. El alcohol le aportaba un aura de inmortalidad que hacía que cada vez arriesgáramos más con el coche. Nos sentíamos reyes. Nada importaba más allá de reírnos, de demostrarnos que éramos superiores, de creernos con el poder de intimidar a otros.

Pasábamos los días jugando al hockey y dejándonos caer por cualquier fiesta a la que nos invitaran. Y siempre lo hacían. Nos movíamos por la ciudad con la seguridad de que éramos irreemplazables, lo cual nos llevaba a serlo. Éramos atractivos, teníamos una buena situación económica y un futuro prometedor en el deporte estrella del país. Logan, el más joven de los cuatro y al que yo había convertido en una especie de protegido, contaba con una beca universitaria y aún debía crecer deportivamente, pero los demás ya lo teníamos todo para seguir ascendiendo sin dificultad.

El mañana nos pertenecía.

Terminé la botella justo cuando una chica cruzó delante de nosotros. Sus aros dorados brillaron como dos soles. Tenía el pelo corto y unos vaqueros ceñidos que le hacían un culo increíble. La vimos perderse entre la gente que se arremolinaba al final de la calle.

Tucker alabó sus curvas.

Caleb silbó con admiración.

Yo pensé que, de conocerla, ninguno de ellos habría sido rival para acabar la noche en su cama.

Logan pisó el acelerador, con los ojos aún fijos en aquella musa desconocida, y dio un volantazo para girar hacia una calleja vacía y mal iluminada.

Mi vida era perfecta, sí, pero ¿cuánto puede tardar una vida en convertirse en humo?

Notamos el golpe en todo el cuerpo.

El frenazo nos clavó el cinturón en el pecho.

El silencio antes de la tormenta fue atronador.

—¡Joder! ¡¡¡La hostia, Logan!!! —gritó Tucker—. ¿¡Qué ha sido eso!?

—Hemos atropellado a alguien. Me cago en la puta, tíos, hemos atro... —La voz de Caleb se apagó.

En el retrovisor, la expresión desencajada de un Logan que nunca había visto me devolvía la mirada. Sus ojos azules hablando con los míos oscuros. Preguntándome qué hacer. Analizando las consecuencias a toda velocidad. El precio de vivir como si nada importara más que nosotros mismos. El alcohol que habíamos bebido. La beca deportiva que él perdería si alguien se enteraba. Nuestro puesto en el equipo. El enfrentamiento con el malnacido de su padre. La universidad para algunos. Todo lo que podíamos ser deslizándose por un embudo que acabaría convirtiéndonos en nada.

«¿Estará bien? ¿Respirará? ¿Y si...? ¿Y si muere, Drake? ¿Qué cojones vamos a hacer si muere? ¿Acabo de truncar mi carrera? ¿Lo he jodido todo?»

Sus preguntas eran flechas que me lanzaba presa del pánico y que rebotaban en mi rostro imperturbable. A mi lado, Tucker se palpaba una herida en la ceja de la que brotaba sangre. Jamás se ponía el cinturón y se había golpeado por el impacto. Caleb, conmocionado, temblaba, mientras intentaba, sin éxito, desabrocharse el suyo. Se disponía a bajar. Iba a hacer lo que todos sabíamos que era lo correcto, pese a que éramos incapaces de movernos.

Me volví hacia Tucker y le pregunté si estaba bien. No obstante, su respuesta no fue la que esperaba.

—Vámonos. Vámonos de aquí. Tenemos que salir de aquí, Drake.

La sangre le caía por la mejilla y se mezclaba con su saliva. El terror mudaba su rostro descompuesto. Las pérdidas asociadas a lo sucedido nos sobrevolaban.

En el asiento delantero, Caleb maldecía y sollozaba asustado mientras se peleaba con el cinturón. Quizá yo estaba equivocado. Quizá él siempre había sido el más valiente de los cuatro. Entonces, antes de que lograra salir, el bloqueo de puertas resonó dentro del vehículo como un disparo.

—Logan —susurré.

Un aviso. Una súplica. Una pregunta. No lo sé. Fuera lo que fuera, ya era tarde.

Logan cerró los ojos, pisó el acelerador y convirtió nuestra vida en un infierno.

Nadie pronunció ni una sola palabra.

Tucker se hizo un ovillo contra la ventanilla.

Caleb se mantuvo ausente el resto del trayecto hasta su casa.

Logan condujo con cuidado, con una calma que no casaba en absoluto con lo que acababa de suceder.

Pero antes de todo eso, justo antes de que el coche se moviera y desapareciéramos como si nunca hubiéramos estado allí, me giré con rapidez y me asomé a la luna trasera.

Pese a las farolas fundidas, aún podía distinguir el cuerpo sobre el asfalto gracias al brillo intermitente de una de ellas. Era un bulto oscuro. Una figura menuda que parecía de mujer. Y una mano. Una mano pálida, extendida, con un tatuaje en la muñeca.

Un diminuto copo de nieve.

La chica que lo tenía todo

Tenía cuatro años cuando su hermana nació; también, el pelo corto a trasquilones por una travesura, un amigo imaginario que se llamaba Paul y la firme creencia de que las hadas existían.

Pero, cuando Lizzie le cogió la mano entre la suya minúscula, de alguna forma imposible, creció. Lo imaginado desapareció y la realidad se impuso con fuerza. Sintió que los pies no le entraban en las zapatillas, que sus dedos eran enormes, que su corazón se hinchaba hasta el infinito.

Convertirte en árbol cuando aún eres semilla es como lanzar un pájaro recién nacido al mar.

1

Leiwe Lake (Territorios del Noroeste, Canadá)
Hoy, 18:05 p. m.

Oigo sus pisadas en el porche. Una. Dos. Tres. Sube los escalones y entra en casa. Cierro los ojos. Lo veo con nitidez en mi mente, como si no nos separase una pared. Se quita el abrigo y lo deja en el perchero. Mira el estado lamentable del salón; cajas de pizza vacías, vajilla sucia y desperdicios por todas partes. Coloca los brazos en jarras. Suspira. Se pasa las manos por el pelo. La nieve enredada en sus rizos humedece el suelo. Observa la puerta de mi habitación. Le separan siete pasos de ella. De mí. Del sujeto de su decepción.

La madera cruje cuando se acerca.

Algo en mi interior también.

—Drake.

—Papá.

El choque es inevitable. Pum. Dos fuerzas incapaces de entenderse.

Estoy tumbado en la cama. Aún llevo la ropa de ayer. Mi olor es cuestionable y hace dos días que no me lavo los dientes. Entrelazo los dedos bajo la nuca y contemplo el techo. La araña que descubrí de madrugada sigue ahí, balanceándose en un hilo tan fino que me sorprende que pueda existir. Cuando se desliza hacia abajo, abro la boca, rezando para que caiga dentro, ponga huevos en mi estómago y un ejército de miniarañas se haga con el control de mi cuerpo. De ese modo, una causa externa explicaría por qué me comporto como lo hago.

—Esto no puede seguir así —dice con voz neutra.

Sonrío. Es fácil. Me incorporo para mirarlo y lo desafío. Al fin y al cabo, atacar es lo único que aún me hace sentir vivo.

—¿Ya te has cansado de mí? Doce días contigo después de diez años de dulce indiferencia y me das la patada. Tu instinto paternal es conmovedor.

Me estudia con una mirada cauta. Yo no aparto la mía de sus ojos azules. No parecerme a él me provoca una satisfacción que no termino de entender del todo.

—Mañana salimos a las seis y media.

—¿Nos vamos de excursión? Ya era hora. Fui el único adolescente de mi clase al que su padre no llevó de acampada. Aquello me provocó algún que otro trauma todavía no resuelto.

Ignora mi resentimiento y se me forma un nudo en la garganta.

—Le he pedido a Doug que te integre en el equipo. Estarás bajo mi supervisión. No hagas que me arrepienta.

La puerta se cierra antes de que pueda responder. Me dejo caer sobre la almohada y me muerdo la lengua para no gritarle que se vaya a la mierda. La araña ya no está. Supongo que me he quedado sin excusas y que ha llegado el momento de dejar que los demás tomen las decisiones por mí.

Soy un fantasma.

Una marioneta.

La cáscara vacía del chico que un día fui.

2

Leiwe Lake es un pueblo insignificante a ochenta kilómetros de Yellowknife. Tan insignificante que cuesta localizarlo en los mapas. Su único interés económico para la región es la fábrica Red Maple, cuyos botes de sirope de arce se pueden encontrar en cualquier supermercado de Canadá. Su pegatina con la silueta del árbol llena cada rincón del pueblo, como si no tuvieran nada más entre estos bosques de lo que sentirse orgullosos. Yo, al menos, desde que estoy aquí, solo puedo darles la razón. Leiwe Lake es una madriguera oscura y húmeda perfecta para desaparecer.

—Buenos días, Drake. ¿Has desayunado?

—No me ha dado tiempo.

Papá sacude la cabeza y arranca el coche.

—Si no te hubieras levantado tres minutos antes de la hora...

—No me gusta malgastar el tiempo innecesariamente.

Se ríe ante mi sarcasmo y sonrío contra la ventanilla. Ambos sabemos que me he convertido en un experto en perder el tiempo. Aún es de noche y las calles están poco iluminadas. Cuando cogemos la carretera que nos lleva a la fábrica, la oscuridad nos envuelve. Si no me sintiera tan hastiado de todo, casi podría valorar la belleza del paisaje que nos rodea. Los bosques frondosos; el brillo del lago que ha comenzado a helarse demasiado pronto este año; el frío que se desliza visible, dejando una estela blanquecina en todo lo que toca.

—Te reunirás con Doug al llegar. Te explicará tus obligaciones, tu salario y la política de la empresa.

—Fascinante.

—El almuerzo es a las diez, tienes el tuyo en esa bolsa. Hay un segundo descanso a las doce y la jornada acaba a las dos y media.

Reviso la bolsa marrón que ha dejado a mis pies y luego lo miro a él, preguntándome por qué ningún día llega a casa antes de las cinco si su jornada termina horas antes. ¿Lo hará para no tener que enfrentarse tan temprano a mi indiferencia? Somos dos desconocidos que comparten espacio en un rincón perdido.

—Gracias, pero últimamente no tengo apetito.

—Díselo a las cajas de pizza vacías que comparten piso con nosotros —replica con burla.

—El *pepperoni* de Luke's Food no es comida, es cartón.

—Y recuerda que estás en período de prueba —me advierte, ignorando mi crítica al único local con reparto a domicilio del pueblo—. Doug es un buen hombre, pero no es idiota. Si no cumples, te largas. Y, créeme, no te será fácil encontrar otro empleo en Leiwe Lake.

—¿Es un ultimátum?

Se vuelve hacia mí y me tenso. De momento, no necesito el dinero. No necesito trabajar. No necesito nada. Si estoy en este coche solo es porque quedarme encerrado en su casa también está dejando de servirme.

—No, Drake. Solo es la realidad de la vida adulta.

Me hago un ovillo dentro de mi cazadora y mi mirada se

pierde en la ventanilla. Me siento un niño indefenso que ha parado de crecer.

Cuando llegamos a la fábrica, sé que no va a salir bien.

—Steven, ¿qué nos traes por aquí? —pregunta alguien con los ojos clavados en mí.

—Ven, te presentaré a los muchachos.

Los muchachos son un grupo de hombres cuya media de edad ronda los cincuenta. Sus barbas tupidas y camisas de franela me recuerdan todo eso en lo que no quiero convertirme. Huelen a tabaco y a madera, y parecen felices de esa forma en la que solo pueden serlo los conformistas. No es que ahora mismo yo sea un dechado de virtudes, pero jamás me conformaría con esta vida. Si he llegado a ella solo es porque lo merezco.

Papá me recita sus nombres y saludo. Estrecho manos y recibo palmadas en la espalda con una sonrisa tensa. Un segundo después, ya los he olvidado todos. Si me los cruzara por la calle, ni siquiera reconocería sus caras.

Entro en el despacho de Doug y lo que me encuentro me sorprende. Al otro lado del escritorio, un joven de unos treinta años me recibe. Pese a que su cabello pulcramente engominado, su camisa almidonada y sus pantalones de pinzas transmiten lo contrario, apenas es un poco mayor que yo, pero el abismo que siento entre los dos me hace pensar en décadas.

—Bienvenido, Drake. Te estaba esperando. Soy Doug Brown. —Sonríe ante mi desconcierto y estrechamos las manos—. Doug hijo. Mi padre se jubiló el año pasado.

—Así que te han regalado una empresa.

Se ríe, pese a mi incorrección. Su rostro es afable y su disposición sincera. Parece uno de esos jóvenes sonrientes que recogen firmas de calle en calle por causas perdidas. El cambio climático. La extinción de algún animal salvaje.

Drake Tremblay. Suspiro profundamente. Me ha contratado porque cree que puede ayudarme y será una lástima decepcionarlo.

—Bueno, puede parecer una suerte, pero dar de comer a cincuenta familias lleva una responsabilidad que no le deseo a cualquiera.

Asiento y lo escucho con atención. Me habla de cómo nació Red Maple, de los sacrificios que hizo su abuelo para levantar el negocio, de las crisis que tuvo que sortear su padre en su cargo y de los objetivos que tiene él en esta nueva era como dueño de la empresa. Yo finjo que me interesa, pero, en realidad, me pregunto constantemente por qué un tío tan joven podría desear dedicar su vida al sirope de arce.

—Estarás en el departamento de envasado. Como ya sabes, Steven será tu encargado. Te resolverá cualquier duda que tengas.

Hago una mueca. Que mi padre también sea mi superior no es muy prometedor.

Antes de irme, me paro en el quicio de la puerta y me busco la voz. No quiero estar aquí. Sé que no sirvo para esto. Y, pese a todo, aún queda algo de decencia en mí cuando me giro una última vez y le agradezco la oportunidad.

—Gracias.

Doug asiente y su sonrisa de chico perfecto es lo último que veo antes de comenzar la primera jornada laboral de mi vida.

3

Cuando llego a casa estoy exhausto. Trabajar no es como jugar al hockey, es mucho peor. El cansancio provocado por hacer algo que detestas es como un veneno lento que te adormece.

—No ha estado mal, ¿no? —pregunta mi padre con un guiño que intenta ser cómplice.

Ni siquiera le contesto. Cojo ropa limpia, me meto en el baño y abro el grifo de la ducha. El chasquido de un botellín de cerveza llena mi silencio. Hoy sí ha vuelto pronto. Al fin y al cabo, se ha visto obligado a romper otra de sus rutinas para traerme a casa.

—Ya no puedes escaparte de mí, ¿eh? —susurro ante el espejo.

No reconozco el rostro que me devuelve. Ojos marrones. Pelo oscuro y revuelto, demasiado largo para lo que estoy acostumbrado. Nariz prominente. Labios gruesos.

Soy yo pero también otro.

El agua templada me desentumece los músculos. El chorro lo tapa todo, oculta lo que no quiero oír, esa voz que me repite cada día lo que hice hace meses y el motivo de haber huido de mi vida.

Me encierro en mi dormitorio y me quedo traspuesto. Sueño con coches de juguete aplastados y copos de nieve derretidos sobre el asfalto.

Cuando me asomo al salón, mi padre ya no está. No puedo juzgarlo, soy una compañía de mierda.

Me pongo el abrigo y decido salir. Hace frío. Camino a través de las calles desiertas hacia el bosque. El extremo oeste del lago se esconde en la parte más frondosa. Descubrí al poco de mi llegada que el otro extremo, lindado por el pueblo, lo frecuentan los lugareños: los niños que juegan a deslizarse por la superficie congelada, los ancianos que pasean y los enamorados que comparten entre arrumacos la puesta de sol. Pero el lado al que me dirijo siempre está vacío. El acceso es menos cómodo y el viento sopla más fuerte. Allí la soledad es mi única compañera. Mi padre dice que es posible ver alces entre los árboles.

Ese lado es mío.

Llego al borde helado, me siento sobre la vegetación escarchada y lo observo. Siempre he sentido fascinación por el hielo. Si naces en Canadá, no tardas en enamorarte de todo lo que otros odian. Los climas extremos te demuestran que hay algo más fuerte que tú, más poderoso. Te recuerdan que eres insignificante. El hielo siempre me hacía poner los pies en el suelo. Me obligaba a dar lo mejor de mí para vencerlo. Ahora nuestra relación ha cambiado. Ya no hay lucha. No he vuelto a ponerme unos patines y me siento incapaz de hacerlo. Aun así, vengo cada tarde, cuando el sol desaparece entre las montañas. Me siento aquí y, por un instante, respiro mejor.

Sin embargo, hoy hay algo diferente. Hoy no soy el único que ha decidido huir del ruido. Hoy, apenas a unos metros de donde me escondo, hay una chica tan inestable como yo.

4

Lo primero que pienso es que, bajo las trescientas capas de ropa que lleva, parece guapa. Un impulso demasiado aprendido. Pelo largo castaño, ojos grandes y verdes, la piel sonrojada por el frío. Lo segundo, que no he visto a nadie tan torpe en toda mi vida.

Sin poder evitarlo, me río cuando se cae de culo sobre el hielo. Se gira hacia mí y, pese a que el rubor le tiñe las mejillas, no esconde su fastidio.

—¿Se puede saber de qué te ríes?

—¿No es obvio? Si fueras un dibujo animado, ahora mismo tendrías pajaritos alrededor del trasero.

Se seca las manos en las perneras y se levanta. Le tiemblan las piernas. Es como ver un cervatillo recién nacido intentando permanecer de pie. Y, aunque la imagen resulte patética, se yergue con altivez y vuelve a intentarlo. No se avergüenza. No se oculta de mí ni huye en busca de otro escondite mejor.

Me ignora mientras se esfuerza por mantener el equilibrio. El sol desaparece en el horizonte y deja a su paso un paisaje de haces anaranjados, pero no puedo evitar desviar la vista a la desconocida que no sabe patinar.

Lleva un gorro rosa que destaca sobre su abrigo negro. Encima de los guantes, también negros, unos mitones de rayas de colores. Sus patines son antiguos, pero de buena calidad.

—Admiro tu entrega —le digo la tercera vez que se cae.

—Ojalá pudiera decir lo mismo de tu falta de educación.

Levanto las manos en señal de inocencia y arruga la nariz como un duende. Tiene los labios agrietados y se los humedece a menudo. En el pasado habría coqueteado con ella, pero hoy me siento tan hastiado que el ataque es la única forma de relacionarme con el mundo que me funciona.

—Estoy disfrutando del anochecer. No tengo la culpa de que una chica con dos pies izquierdos haya entorpecido mi visión.

Resopla y se cruza de brazos. Su mirada se pierde en las montañas nevadas. Parece ida. Perdida en algún pensamiento que le hace fruncir el ceño.

—Se te va a congelar el culo —le digo para acabar con un silencio que me incomoda más de lo que debería.

Ella se gira y sonríe. Hay dulzura en el gesto. Y franqueza. Y vulnerabilidad.

—Después de tres golpes, créeme que el frío no me viene mal.

Inesperadamente, suelto otra carcajada. Cuando el sonido se escapa de mi boca, me doy cuenta del tiempo que hacía que no me reía. Noto los músculos de la cara agarrotados y me imagino una expresión grotesca en mi rostro, como la primera actuación de un mal actor.

—¿Tú sabes patinar? —me pregunta con timidez.

Mete una mano en el bolsillo y cierra el puño, como si sujetara algo en su interior o lo protegiera por miedo a que se lo arrebatasen. A la vez, yo aprieto los dedos sobre mis pantalones. El tejido duro se me clava, pero prefiero esa aspereza a la punzada que siento en mi interior al pensar en el hielo.

—No muy bien —le miento.

Su sonrisa, entonces, brilla.

—Ah, ¡ya veo! Eres de los que juzgan a los demás por lo que hacen mientras no se mueven. Por personas como tú estamos destinados a la extinción.

Sacude la cabeza y se levanta de nuevo. No niego sus palabras. Al fin y al cabo, no puedo decirle que tiene razón o no, porque, en estos momentos, ni siquiera sé quién soy.

Da dos pasos renqueantes y mueve los brazos para mantener el equilibrio, pero lo hace de forma desacompasada. Sus ojos, clavados en sus patines torcidos hacia dentro, expresan miedo. «No puedes tener miedo —deseo decirle—, el hielo lo nota y así es imposible vencerlo.» Pero no quiero que piense que pretendo alargar este encuentro ni parecer un tarado. Así que me pongo en pie y me despido con un gesto rápido.

Camino con calma. Bajo mis pisadas, la hierba escarchada cruje. La noche se acerca.

El mundo sigue girando para todos menos para mí.

El chico que lo perdió todo

Tucker fue quien encontró la noticia. Nos mandó un mensaje con el enlace y nos citó en el *rink* antes de que comenzara el entrenamiento del lunes. Como siempre, llegué el primero y observé la pista vacía. Todo estaba igual. Las gradas naranjas con pintadas de los niños. Las puertas batientes negras que llevaban a los vestuarios. Las marcas que habían dejado los *pucks* en los muros.

Pero, cuando me asomé y me enfrenté al hielo, sentí que todo había cambiado.

—Drake, tío. ¿Has dormido? Yo no he podido pegar ojo desde el sábado.

Me volví y me encontré con una versión muy desmejorada de Tucker. Tenía los ojos rojos y hundidos, y llevaba la camiseta mal metida por dentro de los pantalones.

Caleb apareció detrás de él antes de poder responder. Su aspecto no era mejor. Estaba pálido y le temblaban las manos.

Logan fue el último. Su expresión y su apariencia eran las de siempre, una mezcla de superioridad y confianza que muchos envidiaban, pero que yo sabía que solo era un escudo, un disfraz que se ponía para sobrevivir a una vida complicada. Aquel día, en cambio, me provocaba arcadas. Noté que se me revolvía el estómago hasta el punto de sentir un sabor agrio subiéndome por la garganta.

Nos sentamos en uno de los banquillos y esperamos a que alguno se atreviera a poner voz a lo que deseábamos gritar desde la madrugada del sábado.

—Es una chica —dijo Caleb—. La familia pide confidencialidad y apenas hay información personal, pero es ella.

Apreté los dientes con fuerza, había sido incapaz de leer la noticia, y fijé los ojos en el hielo. Sentía su calor sin tocarlo. Cuando su intensidad te abruma, el hielo quema. Tucker hundió el rostro entre sus brazos y Logan siguió imperturbable, aunque un pequeño tic en su mandíbula lo delataba. Tenía miedo. Estaba muerto de miedo y podía comprenderlo, pero, al mismo tiempo, me aterraba que fuera solo por las consecuencias que aquello podría tener en su vida y no por lo que habíamos hecho.

—Se han ensañado con la fiesta ilegal. Van a implementar medidas de control por la zona y programas educacionales más agresivos para los adolescentes —continuó explicando Caleb—. Alegan que lo sucedido es el resultado del mal hacer del gobierno local actual.

Aquello era bueno para nosotros; ponía el foco en la irresponsabilidad y en los errores de otros y, sin embargo, mis ganas de vomitar no hacían más que aumentar.

—¿Qué has hecho con el coche? —preguntó Tucker. Logan se frotó los ojos y sus labios dibujaron una sonrisa torcida.

Sin poder evitarlo, busqué señales, marcas en su cuerpo que pudieran explicarme si las consecuencias de lo sucedido ya habían empezado a golpearlo. Si su padre lo había hecho.

—Se lo he llevado a un colega. Trabaja en el garaje de su

casa. Arreglará los desperfectos sin hacer preguntas, pero me pide el doble.

Asentimos y con solo una mirada le dije que yo lo pagaría. Él apretó los dientes, agradecido, conteniendo las emociones.

—Está en coma.

El susurro roto de Caleb nos devolvió de nuevo a lo que de verdad importaba, aunque se perdió entre los suspiros de alivio de los demás.

—Menos mal, joder —dijo Tucker, exponiendo el pensamiento de todos.

—¿Cómo que «menos mal»? ¡Está en coma, Tucker! ¿Tú sabes cuál es el pronóstico de las secuelas de pacientes con lesiones de ese tipo? Aunque sobreviva, no es seguro que ella...

—Deberíamos valorar las posibilidades —lo interrumpió Logan.

Su determinación me erizó la piel. El tono de su voz, frío, directo, carente de sentimiento alguno. Pese a ser el más joven de los cuatro, en aquel momento parecía el más entero, el más resolutivo. O quizá solo fuera una consecuencia de ello, de una inmadurez que aún no le dejaba comprender el efecto que aquel suceso tendría en nuestra vida. O del miedo. El miedo estaba ahí, envolviéndonos a todos, acompañando cada respiración y guiando nuestros pasos, pero en el caso de Logan era más intenso, más dañino. Su miedo tenía forma, aliento, cicatrices que latían en ese momento, recordándole que podía perder todo por lo que tanto había luchado y que iba mucho más allá del hockey, eso que a los demás nos había venido dado.

—¿Posibilidades? —prosiguió Caleb con una mueca de desprecio—. Lo que hicimos ya estuvo mal. Lo que hagamos a partir de ahora determinará quienes seamos en el futuro.

—Por eso mismo no podemos confesar —añadió Tucker.

—¿Tú también? ¡No me jodas, Tuc!

Caleb sacudió la cabeza y me miró, esperanzado, buscando un aliado para una decisión que dictaría nuestro futuro, pero yo era incapaz de hablar. Sentía la lengua y el cerebro entumecidos, el corazón cubierto por una capa de hielo que impedía que reaccionase. Y, pese a las buenas intenciones de Caleb, todos sabíamos que, si no lo apoyábamos, él tampoco actuaría. Estábamos juntos en esto. O todos o ninguno. Como un equipo, como tantas veces habíamos funcionado en el hielo. Sentíamos aquello como una decisión común; tal vez porque, si uno decidía confesar, siempre se sentiría culpable de haber arrastrado a los demás. Fuera por lo que fuese, nos movíamos en bloque, dábamos pasos al unísono, aunque lo hiciéramos en una dirección equivocada.

—No hay nada que hacer. Fue un accidente. Ella cruzó en una zona oscura y mal señalizada. —Las palabras de Logan nos daban cierto sosiego. Los culpables se consuelan con un mínimo rayo de luz.

—Habíamos bebido —murmuró Caleb cada vez más furioso.

—¿Me estás culpando? —preguntó Logan atónito.

—Tú conducías.

La expresión de Logan se ensombreció.

—¡Y tú te montaste en el coche! Aquella noche y todas las que conduje yo eximiéndoos de cualquier responsabilidad.

—No estás siendo justo, Caleb —declaró Tucker con firmeza.

Todos bajamos la vista, porque así era. Tanto Caleb como Tucker tenían coche, modelos mucho más caros y seguros que el Chevrolet del padre de Logan, pero nunca los usaban cuando se trataba de divertirnos; también contaban con cero remordimientos para aprovecharse de Logan y de sus ganas de encajar. Desde que yo lo había incluido en el grupo, ellos se habían mostrado amables, pero no era raro que también utilizaran su disposición en su beneficio.

Aún no éramos conscientes, pero aquella madrugada no solo habíamos cometido el mayor error de nuestra vida, sino que habíamos perdido mucho más.

La amistad. La juventud.

Me imaginé una grieta en la pista, la blancura del hielo resquebrajándose bajo mis pies. El puto vacío.

—Nos echarán del equipo —explicó Tucker; su voz cada vez más tenue, más asustada—. Perderemos todo por lo que hemos luchado estos años. A Logan le retirarán la beca. La universidad no se mantendrá imparcial para ninguno de nosotros, ni siquiera para Drake, aunque ya se haya graduado. Por no hablar de lo que implicaría a nivel familiar. Créeme, Caleb, si hubiera una posibilidad de mejorar el estado de esa chica, confesaría, pero nuestras palabras no iban a servir de nada.

El rostro de Caleb enmudeció. Hasta ese instante creía fervientemente que podíamos arreglar las cosas, pero las palabras de Tucker le quitaron una venda de los ojos y la cruda realidad nos golpeó a todos.

—Además, aunque quisiéramos, ya no hay vuelta atrás. Ya lo hicimos. Ya la dejamos allí. Ya huimos. Han pasado dos días. ¿Qué crees que sucedería si habláramos ahora?

El silencio nos envolvió. Tóxico. Nocivo. Un personaje más que nos acompañaría durante los meses siguientes.

Las puertas se abrieron y algunos compañeros nos saludaron. El entrenamiento empezaría en diez minutos. Debíamos movernos. Debíamos levantarnos, entrar en los vestuarios, ponernos los patines y deslizarnos sobre el hielo. Como cada día. Como si el mundo no se hubiera parado para nosotros en algún punto del camino que jamás nos dejaría avanzar de nuevo. Pero ninguno de los cuatro se movió durante un tiempo que me pareció eterno.

Cuando el entrenador nos silbó, mis tres amigos respondieron, pero yo me sentía paralizado.

—Drake, vamos —me apremió Logan, girándose antes de que la puerta se cerrase tras él.

No obstante, no lo hice. Me marché de allí sin mirar atrás. Hui de nuevo sin saber que, desde aquel momento, no dejaría de hacerlo.

5

Antes de mudarme a mil ochocientos kilómetros de mi hogar, creía que mi padre era adicto al café, forofo del Ottawa Senators y que su color favorito era el verde.

Ahora siento que no sé nada.

—Pensaba que tomabas café —mascullo con la mirada clavada al frente.

La carretera tiene restos de la nevada que ha caído de noche y el traqueteo hace que nos movamos sobre el asiento como dos muñecos bamboleantes.

Por primera vez en la última semana, me he levantado con tiempo como para desayunar. Pensé que él aún no había salido de su dormitorio, así que me he molestado en poner la cafetera al fuego y en tostar pan. Cuando me ha encontrado en la cocina, se ha comido una tostada antes de confesar que ya había desayunado y que había comprado el café a mi llegada.

—Tengo la tensión alta. El médico me aconsejó dejarlo hace unos años.

Asiento y omito preguntarle cuánto más ha cambiado. Sus hábitos, sus aficiones, sus prioridades. Es un hombre distinto. Igual que yo. Los años, las experiencias, nos moldean a todos. Por un instante, siento alivio al vivir con un desconocido; decepcionar a quien no te conoce es menos doloroso a que ocurra con un ser querido.

—Pero te lo agradezco. Es agradable que te preparen el desayuno.

Mis labios dibujan una mueca ante su tono burlón.

—No volverá a pasar —le contesto con desdén—, no creo en las segundas oportunidades.

Cuando apaga el motor, coge una bolsa de papel y me la coloca sobre el regazo. Un nuevo almuerzo. Una nueva demostración de que él sí que va a seguir intentando esto, sea lo que sea.

—A mí no me gusta la mayonesa —le confieso después de días de silencio y sándwiches untados con esa salsa.

A la hora del almuerzo, le regalo mi sándwich de pollo con mayonesa al primero que lo acepta. Desde el otro lado de la nave, los ojos azules de mi padre me escanean. Y me asola un recuerdo. Una mirada parecida desde lejos. Era mi primer partido oficial de hockey y estaba nervioso, pero que él estuviera allí lo hacía todo más fácil. Me pregunto por qué ahora sucede lo contrario; por qué la distancia se ha convertido en un muro insalvable.

6

Cuando llego al lago, ella ya está allí.

Podría fingir que no he vuelto a encontrármela, pero lo cierto es que la he visto cada día, al caer la tarde, poniéndose los patines y mirando al horizonte como si buscara algo. Con su gorro rosa y sus guantes de colores, sin ser capaz de dar más de dos pasos sin tropezarse.

Lo intenta, lo intenta, lo intenta.

Su perseverancia es admirable, aunque me avergüenza. Yo ni siquiera recuerdo haberme caído cuando estaba aprendiendo. El hielo para mí siempre ha sido un lugar seguro.

Sin embargo, no me he acercado en ninguna de esas ocasiones, solo la he observado desde lejos, como un tejón entre los arbustos antes de elegir otro rincón escondido para la puesta de sol.

Pero hoy no. Hoy, en un impulso que no me esfuerzo por refrenar, camino hacia ella y me dejo caer a su lado. Se vuelve hacia mí y me escruta con los ojos entrecerrados, desconfiada y tensa como una presa acorralada por un animal extraño.

—¿Querías algo?

Suspiro y me paso la mano por el rostro. Ni siquiera sé

por qué me he acercado. Durante días lo he evitado y hoy estoy aquí. Soy volátil. Me siento tan inestable que me asusta en quién me he convertido. Pero, cada vez que la he visto esforzándose en vano, he sentido la tentación de aconsejarla. Patinar para mí es tan natural como respirar, así que, cuando la veo moverse con dificultad como un pez lanzado a la orilla, siento su sensación de ahogo como si fuera mía.

—No sé cómo decir esto sin parecer un imbécil.

—Ya me pareciste un imbécil el otro día, así que no te preocupes.

Me río entre dientes y tuerce los labios. Pese a que mi aparición ha sido una sorpresa, me mira con curiosidad.

—La primera lección para patinar es aprender a caerte.

Pone los ojos en blanco y sacude la cabeza. Su recelo vuelve y lo cubre todo.

—Ya, claro. ¿Quieres mofarte un poco más?

—Caerse bien es tan importante como deslizarse —le explico con paciencia—. El hielo quema. Duele. Es más fuerte que tú. Si te haces daño, se complica. Pero si consigues levantarte... todo es más fácil.

Asiente y contemplamos juntos el lago helado. El silencio aquí me resulta distinto.

—¿No dijiste que no sabías patinar?

—Dije que no muy bien.

—Sé lo que dijiste.

Me cruzo de brazos. Comienzo a arrepentirme de haberme acercado. Noto sus ojos desafiantes buscando los míos sin miedo a encontrar la mentira en ellos, casi decidida a hacerlo.

—Mira, puedes olvidar lo que te dije y tener en cuenta mis consejos o enfadarte y no ser capaz de levantarte del suelo. La decisión es tuya. No soy yo quien quiere aprender a patinar.

Se seca las manos en los pantalones y vuelve a dar dos pasos vacilantes. Se concentra en cada movimiento, pero no tarda en echarse hacia atrás y frenar la caída con la espalda. Se incorpora sobre los brazos y le respondo con una sonrisa torcida.

—¿Siempre eres tan arrogante? —pregunta enfurruñada.

—Normalmente sí, pero en esta ocasión solo he dicho algo obvio.

Se levanta, vuelve a mi lado a trompicones y escruta la superficie helada como si estuviera viva y la provocase. El horizonte está cubierto por pequeñas nubes que lo difuminan. El sol ya ha desaparecido, solo ha dejado un brillo lejano. Cada día anochece un poco antes, como si la oscuridad y el frío quisieran engullirlo todo.

—Un consejo. Solo uno. No quiero deberte nada.

Me agrada esta pequeña victoria, aunque no me recreo demasiado en ella por miedo a que se arrepienta. Así que hablo. Recuerdo la sensación de los patines en mis pies, del hielo bajo la cuchilla, del mundo como una superficie lisa y helada.

—Cuando sientas que vas a caerte, dobla las rodillas e inclínate hacia delante. Si vas tarde, pon las manos en el regazo y cae de lado. Y cuidado con las muñecas.

Asiente y atrapa una pielecita del labio inferior entre los dientes. Cuando tira, una fina línea rojiza lo tiñe. Me imagino el sabor metálico de la sangre. Lo noto en la lengua, su olor me envuelve. No es mío, pero está en todas partes.

No nos despedimos, solo me levanto y echo a andar, pero al final del camino paro y la miro.

Con la primera caída compruebo que ha aceptado mis consejos.

7

Cojo un tarro y lo giro. Reviso que el etiquetado esté correcto. Noto las manos sudadas bajo los guantes de protección. Sello la tapa con la fecha de envasado y caducidad, y le coloco la pegatina de calidad de la marca.

Paso al siguiente.

Compruebo que todo esté bien. Analizo las posibles imperfecciones, sello la tapa, pongo la pegatina.

Paso al siguiente.

Y así durante horas; una pequeña eternidad agonizante.

Odio el trabajo. Lo odio con tal intensidad que me pregunto a cada minuto por qué lo hago. Tengo dinero. Pese a que tuve que gastarme algunos ahorros en rescindir mi contrato deportivo, este rozaba las seis cifras anuales y, aunque aún no era uno de los grandes, mi nombre siempre salía a relucir como una futura promesa de la NHL. Estaba dentro. El sueño en mis manos. Solo debía cuidarlo.

Me quito los guantes y me seco el sudor en los pantalones. Al otro lado de la sala, dos de los muchachos conversan y ríen. *Muchachos*. Suena ridículo cuando todos rondan los cincuenta.

—Eh, Drake. Ven aquí, chaval.

Me acerco con desgana y Rob me palmea el hombro. Es tan fornido que, pese a que aún me mantengo en forma, me hace sentir un enclenque.

—Vamos a tomar unas cervezas al terminar. Ven con nosotros.

Mi padre aparece sigiloso como un gato y finge que no espera mi respuesta. Me siento un muñeco de cristal al que todo el mundo observa con cuidado de no rozarlo al pasar por si acaba rompiéndose. No me gusta sentirme débil, pero tampoco me importa ya lo que piense nadie de mí. Mucho menos, un puñado de hombres cuya máxima en la vida es ganar el concurso de lanzamiento de troncos que se celebra aquí en Navidad.

—Tengo planes.

Papá ahoga una risita y casi sonrío. Sé que ahora mismo me imagina contando las grietas de la pintura del techo. Un plan fascinante.

—Otro día será, entonces —dice el bueno de Rob sin percatarse de mi falsedad.

Los veo marchar. No me pasa desapercibida la mirada anhelante que le dirigen a mi padre. Ahí está, quizá, el motivo de que siempre llegara a casa más tarde, ahora truncado al convertirse en mi niñera.

—Ve con ellos —le digo en un arrebato de generosidad—. Puedo volver andando.

—¿Diez kilómetros? —pregunta con una ceja alzada.

—Tengo buen fondo.

—¿Con este frío?

—Mamá siempre dice que es bueno para la piel. Como un *lifting*.

Entonces, se encoge de hombros.

—No me caen tan bien como parece.

—Tampoco mientes tan bien como para que me lo trague.

—No me gusta la cerveza.

Me río.

—Esa sí que es buena.

—¿Cuántas excusas tengo que ponerte para que te calles y me dejes llevarte a casa?

Suspira y sacude la cabeza. Luego echa a andar sin mirar atrás. Cuando salgo, me espera dentro del coche. Ha puesto la radio y un viejo éxito *country* sale por los altavoces. Desde que he llegado, me siento en desventaja.

—No pienso darte las gracias.

—Tampoco lo espero. ¿Por qué no te has sacado el carné de conducir?

—Por lo mismo por lo que tú nunca volviste a Calgary —le miento—. Pereza, supongo. Siempre se me ocurrían cosas más divertidas que hacer.

Mi resentimiento nos envuelve, aunque él se calla. Siempre se calla. Da igual las veces que le eche en cara que nunca estuvo, que no fue el padre que necesité, que él guarda silencio; acepta las palabras y su actitud me cabrea casi más que sus actos pasados.

Arranca, nos perdemos en la carretera y su tarareo llena el espacio. Estiro el brazo y subo el volumen. Tapo su voz, pero no es suficiente. Con el estribillo papá canta a pleno pulmón y arrugo el rostro. Apoyo la frente en el cristal y lo ignoro.

Sin embargo, cuando llegamos a casa y la música acaba, me doy cuenta de que, durante diez kilómetros y una canción, he conseguido dejar la mente en blanco.

Cuando el dolor desaparece, la nieve brilla más y el cuerpo, hibernado desde hace meses, despierta levemente.

8

—Veo que has aprendido a caer con dignidad.

La chica se gira y me saca la lengua. Tiene la piel sonrojada por el frío y el pelo revuelto bajo el gorro rosa.

—Podría considerarme una experta.

Es viernes, aunque podría ser otro día cualquiera. Todos me parecen iguales, aunque hoy ha sucedido algo distinto. Al llegar a casa, papá se ha puesto una camisa elegante, se ha embadurnado con una colonia que debería estar prohibida y se ha largado. Supongo que el viernes sigue siendo sinónimo de *vida*, incluso en este pueblo insignificante.

En cuanto he perdido de vista el coche por el sendero nevado, me he abrigado y me he dirigido al lago. Sigo viniendo cuando el sol se pone, aunque los últimos días he vuelto a evitarla. Esperaba hasta que terminaba su entrenamiento y la veía desaparecer en el bosque. Solo entonces salía y ocupaba mi sitio. El Drake del pasado habría hecho lo opuesto. Habría flirteado con ella, habría intentado besarla, enredarla en una tela de araña para después soltarla y buscarme a otra. Pero me siento dormido. Anestesiado para cualquier sentimiento positivo.

Pero hoy... supongo que ver a mi padre dispuesto a disfrutar me ha hecho darme una pequeña tregua de mí mismo.

—¿Vienes todos los días? —le pregunto.

—Pensé que ya lo sabías. ¿Acaso crees que no te he visto espiarme?

Finjo estar molesto ante su soberbia, aunque debo contener una sonrisa.

—¿Y yo soy el maleducado? Podrías haberme saludado.

Ignora mi sarcasmo y se acerca a mí con torpeza. Clava los patines en la tierra y se deja caer a mi lado. Parece cansada, frustrada y no tan motivada como el último día que conversamos.

—Me he propuesto aprender a patinar antes de que acabe el invierno —me confiesa.

—Tienes tiempo.

—No estoy tan segura.

El desencanto que envuelve su voz me incomoda, así que me esfuerzo en un vano intento por animarla.

—Vale, eres torpe, pero no conozco a nadie que no haya conseguido deslizarse mínimamente con meses de entrenamiento. Cualquiera lo diría con este frío, pero el invierno ni siquiera ha empezado. Puedes lograrlo.

Ella no contesta y tengo el presentimiento de que se refiere a otra cosa, de que no la he entendido, de que hay mucho más en sus palabras y en esa mirada perdida que se encuentra con la mía y con la que me da las gracias por confiar en sus posibilidades.

—¿Hay algo que te dé miedo?

—Sí —afirmo con rotundidad.

Pienso en el Drake de cinco años que tenía pánico a los caracoles, en el de once que lloró al bajar de una montaña rusa, en el de dieciséis que se bloqueó en la primera clase de conducción y finge delante de los demás que no le interesa conducir cuando lo único que sucede es que lo teme, el de veintitrés que es incapaz de patinar sin sentir dolor.

Ella asiente y mira el hielo con la determinación que solo tienen los que han decidido plantarle cara al suyo.

—Siempre me ha dado miedo —susurra.

—¿Patinar?

Niega y se lleva un dedo a la boca. Tiene las uñas mordidas y la piel que las rodea enrojecida.

—El hielo. Siendo niña vi a un chico morir. Él no tendría más de doce años. Jugaba con dos amigos a lanzarse un balón. Se deslizaban con destreza con los patines, con la familiaridad de quien lo ha hecho cientos de veces. Pero, de pronto, el hielo se abrió en dos y cayó al agua. Los amigos no dudaron en correr hacia él. Se tiraron al suelo y lo buscaron con las manos. Muchos testigos se alertaron, pero estaban muy lejos, al otro lado de una carretera. No sé si fue porque llevaba ropa demasiado pesada, si porque el pánico tomó el control de la situación o qué, pero no pudieron sacarlo. Cuando la ayuda llegó, ya era tarde. Mi abuelo enseguida me alejó de allí. Al día siguiente, mi abuela y él comentaban en susurros la lamentable noticia. El chico había muerto.

Lo suelta todo de carrerilla. Tan rápido que apenas respira. Como si supiera que es la única forma si no quiere quedarse a medias; como si el recuerdo se le pudiera atragantar y prefiriese escupirlo.

—Lo siento.

—¿Por qué? En realidad, no lo conocía.

Se encoge de hombros con indiferencia. Finge que no importa, pese a que tiene sangre en el dedo anular que acaba de hacerse ella misma. Y entonces quiero saber quién es. Me pregunto quién es esta chica que se esfuerza por aprender a patinar, pese a tenerle miedo. Una chica mucho más valiente que yo, pese a la fragilidad y candidez que transmite. De repente, necesito más. Necesito saber qué hay debajo de su perseverancia y de la rabia que en este instante refleja su mirada. Necesito descubrir si ella también esconde cosas que la avergüenzan.

—Pero te marcó. Las cosas que nos marcan nos cambian la vida.

Ladea el rostro y me mira. Parece sorprendida. Tiene los ojos vidriosos, aunque no llora. Solo me mira. Me pregunto al mismo tiempo qué ve en mí. Si también será capaz de leer entre líneas. Si se preguntará a su vez qué me ha convertido a mí en lo que soy.

—Creo que ya estás preparada para un nuevo consejo.

Resopla y aparta la vista.

—No sé si lo quiero. Siempre me ha dado la sensación de que los consejos tienen un precio.

—Podría pedirte yo algo a cambio para que no te sientas en desventaja.

Su carcajada me sorprende. Me resulta absurdamente fuera de lugar tras la expresión que tenía hace un instante. Cuando se ríe, le sale un hoyuelo en cada mejilla.

—Eso ha sonado... —Finge un escalofrío y me mira divertida.

Pero yo no sonrío. No bromeo. Mi curiosidad me hace sentir vivo y hace demasiado tiempo que no disfrutaba de esa sensación que se suele dar por sentada cuando respiras.

—Dime tu nombre.

—¿Mi nombre por un consejo? —pregunta levemente ruborizada.

—Cualquiera diría que te he pedido un beso o una cita. —Alza una ceja y choco mi hombro con el suyo con una complicidad que no tenemos—. Un nombre. Así de fácil.

Se humedece los labios y se levanta. Da dos pasos hasta tocar el hielo. Le tiemblan las piernas y debe extender los brazos para mantenerse en pie cuando se gira hacia mí. Me estudia en silencio. Debate consigo misma si aceptar será un error o no, si es posible que esto se trate de una especie de juego. No confía en mí y no la juzgo; no me conoce. Pero quiero que lo haga. De pronto, tengo la necesidad de compartir con ella el único lugar seguro que he encontrado desde la noche en la que todo acabó.

—De acuerdo.

Para mi sorpresa, extiende la mano y me levanto también. Me quito los guantes. Ella lleva solo los mitones de rayas y, cuando se la estrecho con fuerza, siento la suavidad de su piel por encima de la aspereza de la lana vieja.

—No te mires los pies. Lo haces constantemente. Hacerlo no evitará que caigas, te generará inseguridad y puedes acabar chocando con cualquiera.

—Aquí no hay nadie —refunfuña como si mi consejo no le sirviera de nada.

—¿Y si aparece un oso?

—Prométeme que no va a aparecer un oso.

El pánico se refleja en su rostro, pero no dejo que gane. Tiro de su mano, aún entrelazada con la mía, y la obligo a mantenerse erguida.

—Cabeza en alto, inclina el cuerpo hacia delante y estira los brazos; esto último te ayudará a equilibrarte. —La suelto—. Ahora, da dos pasos. Esa es la postura. Camina. Como si no llevaras cuchillas en los pies.

—Así que cuchillas en los pies. Lo estás arreglando... —murmura aterrorizada, pero obedece.

Se interna en el hielo. Lo hace más firme que nunca, con la mirada fija en el horizonte y la boca entreabierta. Da un paso. Luego otro. Al tercero, el pie derecho se desliza suavemente. El cuarto no es más que un amago que acaba con ella en el suelo.

Se queda tendida unos segundos, hasta que alza la cabeza y su sonrisa orgullosa resplandece.

—Annie. Me llamo Annie. ¿Y tú?

—Drake.

Lo repito según me marcho y su cadencia se me queda pegada a la lengua. Un sabor dulce. Una sensación tranquila, calmada.

«Annie.»

La chica que lo tenía todo

—Hay algo que todo el mundo debería saber —le dijo el abuelo—: cuando el hielo se abre y caes al agua, tienes diez minutos para luchar por tu vida. Más allá de eso, ya estás muerto.

9

Me desvela un ruido fuerte que no sé de dónde viene. Me levanto confundido y cojo lo primero que encuentro para defenderme. Abro despacio la puerta de mi habitación y amenazo con un rascador de espalda a quien haya osado colarse en la casa.

—Pero ¿qué...?

Entre la penumbra, atisbo dos siluetas enredadas. La luz de la luna a través de la ventana deja entrever el torso desnudo de mi padre y el de una mujer con un insinuante sujetador verde.

—Drake, perdona, pensé que dormías, yo...

Él sacude la cabeza, azorado, y bajo mi arma improvisada. Lo miro con tal desaprobación que siento que hemos intercambiado los papeles. Repentinamente, me he convertido en el padre de un joven desvergonzado. Me agacho para coger la camisa de ella. Se la lanzo y se cubre el escote, aunque lo hace sonriendo. Tiene una melena cobriza rizada y los ojos tan grandes que puedo distinguirlos en la oscuridad.

No se parece en nada a mamá.

—Y dormía, hasta que me despertó el estruendo propio de un animal salvaje.

La risa de la mujer rompe el tenso silencio entre mi padre y yo.

—Una buena manera de describir a Steven —murmura ella con picardía.

La insinuación de que mi padre pueda ser un animal salvaje me revuelve el estómago. Lo único positivo de todo esto es que, por su expresión, parece que a él también.

—Ruby, no te rías, por Dios...

Ruby. Joder. Que tenga nombre me incomoda, aunque en este momento no le encuentre sentido. Cuando las personas tienen nombre siempre lo complican todo. Sin poder evitarlo, pienso en Annie, que hasta esa misma tarde no era más que una chica que no lo tenía. Las cosas cambian a cada instante. La vida avanza. El planeta se mueve alrededor del sol.

Trago saliva y doy un paso hacia ellos. No aparto la vista cuando la mujer se coloca la camisa y la abotona con delicadeza. Cuando aún va por la mitad, le tiendo la mano y ella la acepta.

—Así que Ruby. Encantado. Soy Drake.

Todavía puedo ver el encaje de su sujetador. Sus pechos se bambolean cuando estrechamos las manos. Debería ser una situación incómoda, pero ni ella ni yo nos mostramos inseguros. Mi padre, en cambio, parece un crío que teme ser castigado.

—Steven me ha hablado mucho de ti.

—Lamento no poder decir lo mismo.

Se ríe y admiro su dentadura perfecta. Soy un cabrón. Pero eso no parece desagradarle cuando Ruby enciende la luz, termina de abrocharse la camisa y me pregunta si quiero tomarme con ellos una taza de chocolate caliente.

Sea una excusa o no para dejarme con mi padre, se marcha a prepararlo a la cocina.

En cuanto nos quedamos solos, la tensión nos envuelve. Carraspeo y él observa cada rincón de la casa, analiza los detalles como si fuera la primera vez que los mira.

—Podrías haberme avisado de que tenías... necesidades. Me habría ido a dar una vuelta o algo.

—¿A las dos de la mañana?

—¿Ya empiezas a cuestionarme?

Se ríe y se pasa la mano por el rostro. Está despeinado, tiene los ojos vidriosos y la camisa aún mal abrochada.

—Salimos juntos desde hace seis meses. Es camarera en el Buzz.

—¿El bar ese al otro lado de la carretera?

Asiente.

—Es atractiva. Y joven —le digo. «Más joven que ella.»

—Drake, no...

Sacude la cabeza, incómodo. Ambos estamos pensando en mamá. Nos acompaña desde que me mudé aquí. No debería, pero la traigo conmigo. El resentimiento funciona así, se te pega en los huesos y, por mucho que quieras, no puedes desprenderte de él.

—¿Por qué te excusas? Eres libre para salir con quien quieras.

—Pero sé que me culpas por dejar a tu madre.

—Te culpo a ti, no a Ruby.

—Ya...

Chasquea la lengua y aparto la mirada. Él no. Él insiste.

—Estás en tu casa, puedes traerla siempre que quieras. Solo te pido que seáis más discretos. Así evitaremos situaciones incómodas innecesarias.

—Discretos. Joder. De acuerdo. Perdona. Quizá sería conveniente marcar unas normas de convivencia.

Sonrío con malicia. La rabia contenida se me escapa, como una serpiente que se desliza sigilosa hasta que muerde.

—Claro, no recordaba que estabas acostumbrado a vivir solo.

Antes de cerrar la puerta, la dulce voz de Ruby se cuela en mi cuarto:

—Debería considerarse delito ser más guapo que un hijo.

Sin poder evitarlo, sonrío.

10

—¿Y cómo estás?

—Bien.

—¿De verdad?

La ingenuidad de mamá me duele. Hay esperanza en su voz y me preparo para mentirle de nuevo. Aprieto el teléfono entre los dedos y me interno en el bosque.

—Esto no está mal. El trabajo me hace sentir útil. Deberías comprar algún bote de sirope Red Maple el próximo día que vayas al supermercado. Quizá lo haya envasado yo. Podrías sentirte orgullosa de mi talento para revisar etiquetas.

Tuerzo los labios y ella ignora mi vena autodestructiva.

—¿Y tu padre? ¿Cómo le va?

—No hablamos mucho.

—Drake...

—Sale con alguien. Es guapa, pero no tanto como tú.

Mamá se ríe. Lo hace con naturalidad, pero hay un matiz triste en ese sonido.

—No me molestaría que fuera más guapa que yo. Superé a tu padre hace años.

—Pero a mí sí. Nadie que te conozca elegiría a otra.

Mamá suspira como solo lo hacen las madres cuando piensan: «¿Qué voy a hacer contigo? No entiendes nada», y siento que voy hacia atrás en el tiempo, tengo trece años y, con el oído pegado en la puerta, la oigo llorar encerrada en el baño.

—Eres un buen hijo, pero no es necesario que lo odies por mí, Drake. Ya no eres un niño. —Su reproche me escuece y dulcifica el tono enseguida—: ¿Tú has conocido a alguien? ¿Estás haciendo amigos? No quiero que te encierres como hiciste aquí, yo...

Carraspeo y corto su discurso. No puedo soportarlo una vez más. No puedo.

—De hecho, he quedado con Annie.

Según lo digo, desvío mis pasos y me acerco al lago. La busco entre la vegetación. Me casaría con ella en este instante únicamente para que mi madre se callara.

—Así que Annie, ¿eh? ¡Cuéntame! ¿Salís juntos?

—Solo es una amiga.

—Me alegro mucho, Drake. Eres joven. Tienes que divertirte.

—Eso intento. —Suspiro y observo a la chica que se tambalea sobre el hielo—. Eso intento.

11

No he colgado cuando ella se gira y me distingue entre los árboles. Tiene la nariz enrojecida y los ojos brillantes. Hace frío, pero no soy consciente de cuánto hasta que veo que le tiembla el labio.

—Drake.

—Annie.

Es la primera vez que pronuncia mi nombre y hay algo en la forma en que lo dice que me hace sonreír.

—¡Mira!

Se desliza muy suavemente y consigue avanzar unos pasos sin tropezar. No es un gran progreso, sigue siendo poco ágil e intuyo que tardará semanas en avanzar cuando otros lo harían en días, pero para ella es algo grande.

Asiento con aprobación y me paro en la orilla. El invierno se acerca. El frío se puede oler. La piel se endurece bajo la brisa.

No tenía pensado venir, pero la conversación con mamá me ha traído al lago en un giro inesperado. Mi necesidad de tranquilizarla. Una mentira más para ocultar la mayor verdad de mi vida. No tengo ningún interés en Annie, pero ya que estoy aquí quizá podría desconectar un poco.

—Eres una alumna aplicada.

Annie se ríe. Sus hoyuelos imposibles me saludan. Parece contenta.

—Solo soy testaruda. ¿Con quién hablabas? —me pregunta en un arranque de curiosidad por el que se ruboriza.

—Con mi madre.

—¿Vives con ella?

Suspiro y aparto la vista. La verdad se cuela entre mis silencios, me araña y me recuerda los motivos que me trajeron aquí.

—Hasta hace unas semanas, sí. Ahora me alojo con mi padre.

—Lo dices como si tuviera un resort y estuvieses de vacaciones.

—Sería mucho más fácil, créeme. ¿Tú?

Ahora es ella la que aparta la mirada; se pierde en el bosque. La alegría que transmitía ha desaparecido y me siento culpable. Mete la mano en el bolsillo, no es la primera vez que la veo hacerlo, y me imagino alguna especie de amuleto escondido al que se agarra cuando lo necesita.

—Estoy sola. Me marché de casa hace meses.

—Suena complicado.

Asiente y se cruza de brazos. Allí en medio, sobre el lago, de repente parece vulnerable, una pieza de hielo a punto de deshacerse. Carraspeo, incómodo por el ataque de sinceridad que ambos hemos tenido, y continúo hablando en un torpe intento por arreglarlo.

—Así que tú también te escondes aquí. Supongo que es normal; nadie en su sano juicio elegiría Leiwe Lake para echar raíces. Somos un par de fugitivos.

Annie se ríe y la calma regresa.

—Si hacen la película, yo quiero que Saoirse Ronan interprete mi papel.

Sonrío y omito decirle que no se parecen en nada. No conozco a Annie, pero su elección me sorprende. Como si las piezas no encajaran. Como si hubiera escogido a esa actriz únicamente por la distancia que marca consigo misma.

—*Lady Bird*.

—Tiene mucho talento.

Asiento. Lex, la última chica con la que salí, me obligó a ver esa película, aunque perdimos el hilo argumental cuando metí la mano entre sus piernas.

—¿Qué talentos tienes tú, Annie?

Me observa con el ceño fruncido.

—¿Qué clase de pregunta es esa?

—Una como otra cualquiera.

Se pasa la lengua por los labios agrietados y noto que algo en ella cambia de nuevo, se dobla hacia dentro, se oculta por miedo o necesidad, quién sabe. Annie no contesta y yo casi agradezco que no lo haga ante la posibilidad de que me lance la misma pregunta de vuelta. No estoy listo para hablar de hockey, no creo que vuelva a estarlo nunca.

Nos quedamos en silencio y la tensión desaparece poco a poco; se diluye la sombra de lo que no decimos. Annie se mueve despacio, se concentra en sus pasos, ignora el miedo que le da el hielo; su inseguridad es tan palpable como sus ganas de lograrlo.

Pienso que la vida no es más que un equilibrio entre esas dos variables.

—¿Preparada para un tercer consejo?

Suspira y una sonrisa diminuta entreabre su boca.

—Creo que aún debo perfeccionar el anterior.

De algún modo, siento sus palabras como una invitación a marcharme.

Me levanto y le digo adiós.

La noche nos envuelve.

Los secretos se adormecen bajo el viento frío.

12

Entro en el Buzz el domingo por la mañana. Necesito un desayuno en condiciones y, por mucha pereza que me dé ignorar las miradas curiosas de los vecinos, empiezo a cansarme del café mediocre y las tostadas de mi padre.

Lo único que lamento es que la cafetería más cercana sea en la que trabaja Ruby.

No tardo en verla, aunque intuyo que ella ya sabe que estoy aquí. Tiene pinta de ser de las que lo captan todo rápido, de las que no entienden las sutilezas.

Me siento a una mesa y se acerca contoneando las caderas con una jarra en cada mano. Su cabello rojizo reluce bajo las bombillas. Sus ojos verdes, maquillados en exceso para no ser ni las nueve, me observan divertidos. Su voluptuosidad es más evidente a la luz del día.

—Buenos días, Drake. Menuda sorpresa más agradable.

—Ruby.

Sonríe y me muestra la jarra de café. Asiento y lo vierte en una taza. Acepto la leche del otro recipiente y el azucarero que se asoma del bolsillo de su delantal. Una, dos, tres sacudidas hasta que le señalo que es suficiente. Le doy un trago y me quemo la lengua.

—Así que eres de los que les gusta masticar el azúcar.

Me lamo los labios. El dulzor me llena la boca. Ruby asiente, como si esa información le dijera algo de mí que yo desconozco.

—¿Te apetece comer algo? Te recomiendo el desayuno especial. Me apuesto mi barra de labios a que nunca has probado nada igual.

—¿Para qué querría yo una barra de labios? —le respondo con la misma coquetería que ella.

Me da la sensación de que todo lo que hace Ruby guarda una segunda intención.

—Nunca se sabe, cariño.

Me guiña un ojo y pide mi comanda. A mi alrededor, siento algunas miradas puestas en mí. Me pregunto si tendrán relación con mi padre y si sabrían de mi existencia antes de mudarme.

Cuando Ruby vuelve con un plato a rebosar de comida, su sonrisa me dice que esto no es todo. Se sienta frente a mí y se cruza de brazos. Su escote apretado destaca sobre las salchichas y los panqueques.

Me llevo el tenedor a la boca y gimo. Ella me observa comer y me ofrece una servilleta con una sonrisa condescendiente.

—¿Tratas con tanta amabilidad a todos tus clientes?

—Solo a los que me interesan.

—Y yo te intereso.

—Todo lo que tenga que ver con Steven Tremblay me interesa.

Hago una mueca y le doy un mordisco al huevo cocido.

—Yo no soy como él.

—Y doy gracias al cielo. Si uno me tiene loca, dos habrían sido mi perdición.

Inevitablemente, sonrío. Pese a que hay otras tres personas trabajando en el local, los clientes se amontonan y miran anhelantes a Ruby, como si fuera una divinidad a la que merece la pena esperar. Me da la sensación de que esta mujer es de las que nunca pasan desapercibidas, que van dejando huella por donde pisan.

La miro fijamente; ella ni parpadea. Me llevo la servilleta a la boca y la dejo arrugada al lado del plato ya medio vacío.

—¿Qué quieres saber?

—¿Vas a responderme?

—No lo sé, pero te dejo probar. Me caes bien.

Ruby sonríe. Tiene los labios pintados de un fucsia intenso.

—Tú a mí también, aunque finjas ser un cretino. —Asiento y su voz cambia; la envuelve un halo de complicidad que, pese a lo que dice, me hace estar tranquilo—. ¿Por qué lo odias?

El chico que lo perdió todo

—¿Has oído lo de esa chica? La de la fiesta ilegal. ¡Qué pena! Espero que sobreviva.

Mamá hablaba por teléfono con la tía Maeve. Estaba sentada en la ventana con las piernas cruzadas y jugueteaba con un mechón de pelo que se le escapaba de la coleta. Parecía más joven de lo que era, pese a que la preocupación de su rostro delataba los años de vida que ya sumaba.

Me apoyé en la pared del pasillo y esperé. Deseé que no hablara de ella. Que estuviéramos en una realidad paralela en la que el accidente no hubiese existido. Que yo fuera otra persona ajena al secreto que guardaba con mis mejores amigos.

—...

—Lo que no me explico es ¿qué clase de sociedad estamos creando para que alguien atropelle a una persona y se dé a la fuga? Estamos desprotegidos, Maeve. ¿Y si un día le sucede algo así a Drake? Me mataría en vida. No quiero imaginarme el infierno de esos padres.

Cerré los ojos y dejé que la vergüenza me ahogara.

—...

—¡Dios, Maeve! Ni se te ocurra pensar en eso. Si mi hijo

hiciera algo así, no solo sería una decepción, sino que me daría cuenta de que habría fallado como madre.

Las palabras se me clavaron y contuve un sollozo.

Me aterraba decepcionarla y acababa de descubrir que lo había hecho incluso sin ella saber que su hijo iba subido a ese coche.

Si aún quedaba algo de mí intacto, en aquel instante se hizo pedazos.

13

Tenía trece años cuando mi padre se fue. Hizo las maletas, me dijo que nada cambiaría y, a partir de ese momento, todo lo hizo.

—¿No va a volver?

Mamá lloraba. La recuerdo joven, indefensa, una niña que también había sido abandonada.

—No, no va a volver, Drake.

Al principio, él llamaba con asiduidad. Preguntaba por mí, pero yo nunca cogía el teléfono. Mamá se ocupaba de ponerle al día de mis estudios, del hockey o de lo que fuera importante para que él se quedara todo lo tranquilo que puede quedarse un padre que decide dejar su vida atrás.

También me invitaba a visitarlo. Pero, un día, se cansó de esforzarse y de enfrentarse a mi rencor y las invitaciones cesaron. No fue paulatino, sino que dejó de llamar. Casualmente, ocurrió justo cuando yo comencé a desear contestarle.

Tardó dos años en retomar aquella rutina.

—Deberías aceptar. Es tu padre.

—También era tu marido.

—Hay vínculos que se rompen, Drake, pero otros son para siempre.

Yo, entonces, ya con quince años, sí respondía, aunque solo fuera por hacerla feliz a ella. Pero mi actitud beligerante no se lo ponía precisamente fácil. Me esforzaba por odiarlo, porque, en el fondo, la sensación de que no era suficiente para él se había asentado en mí y su ausencia me dolía.

Era un crío. Y estaba enfadado.

Con el tiempo todo se fue sosegando. Papá aparecía en alguno de mis partidos, me saludaba, halagaba mis aptitudes y me invitaba a una hamburguesa antes de esfumarse como si nunca hubiera existido. Manteníamos una relación extraña, incómoda, pero a la que ninguno de los dos ponía fin, tal vez porque nos agarrábamos a la esperanza de que cambiase mientras ninguno hacía nada para que eso sucediera.

Por eso, cuando Ruby me pregunta por qué lo odio, ni siquiera sé qué contestar.

—No lo odio. Simplemente, no conectamos.

—No sois componentes electrónicos en un dispositivo, Drake, solo dos hombres cobardes.

La honestidad de Ruby me sorprende, aunque no me molesta. Al menos, alguien no esconde lo que nos une y se atreve a llamar a las cosas por su nombre.

—Él lo estropeó. Era el adulto.

—Y tú lo eres ahora.

—No lo tengo tan claro.

Sonríe y me quita un panqueque del plato. Mastica despacio y se lame las uñas pintadas de rojo al terminar.

—¿Te cuento un secreto? —Asiento y ella hace un mohín con los labios—. La primera vez que salimos juntos ya me habló de ti. Después de preguntarme si me gustaba el vino tinto o el blanco, me dijo que tenía un hijo. No te esconde. Y siente orgullo. No debería decírtelo yo, pero me da la sensación de que necesitáis un empujón de la buena de Ruby.

Me guiña un ojo y se levanta. Se contonea hasta la barra

y comienza a atender a los clientes con esa amabilidad excesiva que ha mostrado desde que la conozco.

Le dejo una generosa propina y me lanza un beso cuando me voy.

Vaya con Ruby.

14

Doug me llama una mañana. Entro en su despacho y me lo encuentro tomando el que, por su energía desbordante, intuyo que no es su primer café del día.

—Drake, pasa. Siéntate.

—Claro.

—Quería hablar contigo. Ya llevas aquí un par de semanas, ¿no?

Asiento e, inevitablemente, me tenso. Algo no va bien. Si me ha llamado, solo puede ser porque ya ha descubierto que este no es mi sitio. No he pasado su período de prueba. No es que me preocupe, pero, de pronto, me embarga de nuevo ese malestar anticipado que sientes al decepcionar a alguien. Es amargo. Es algo a lo que me he acostumbrado en los últimos meses con una facilidad que asusta.

No le contesto. Únicamente lo miro, esperando una explicación que rompa la tensión cuanto antes y de la que huir enseguida. Volveré a casa de mi padre, me encerraré en mi dormitorio y dejaré que la vida pase.

—Estoy despedido. Es eso, ¿no? No te andes con rodeos. No voy a deprimirme ni hablaré mal de tu empresa. Puedes tener la conciencia tranquila. Ambos sabíamos que esto no era para mí.

—¿Perdona? —Doug sacude la cabeza y sonríe con benevolencia—. ¡No te he llamado para despedirte! Solo quería saber si te adaptas. Si te sientes bien aquí.

—Ah.

Lo observo con tal asombro que debo de parecer un auténtico imbécil.

Doug carraspea y me habla despacio, como si estuviera dirigiéndose a un animal herido. Lo que aún no sabe es que yo soy el animal que hiere.

—Mira, me gusta cuidar de mis empleados. A la mayoría de ellos los conozco de toda la vida. Algunos incluso me han visto nacer. Leiwe Lake no es un sitio donde poder esconderse mucho tiempo.

—Empiezo a entenderlo.

Sonreímos levemente y Doug prosigue:

—Steven dice que cumples con tu trabajo. Quizá en otras empresas eso sea lo único que importa, pero en Red Maple no.

Trago saliva con fuerza y me agarro al apoyabrazos. El cuero está un poco levantado y tiro de él con cuidado. Es como arrancar un trozo de piel.

—Estoy bien. No espero jubilarme aquí, pero no está tan mal como pensaba.

Doug suspira aliviado. Mi entusiasmo no es muy esperanzador, pero lo acepta como una pequeña victoria, aunque aún no comprendo en qué consiste su lucha.

—Entiendo. Pues, si no quieres comentarme nada, puedes continuar con tu jornada.

—Gracias.

Me levanto y me voy. Antes de cerrar la puerta, habla. Sus ojos son sinceros; los míos, dos pozos a rebosar de algo desconocido.

—Una última cosa, Drake. Si algún día te apetece tomar algo, pásate por Gina's Garden. Suelo echar casi más horas allí que en la fábrica.

No le contesto. En Calgary estaba acostumbrado a que me invitaran a fiestas solo por ser quien era, pero aquí no soy nadie. Así que su invitación me desconcierta.

Me pregunto por qué me persigue la sensación de ser un juguete roto.

15

—¡Del uno al diez, ¿cómo lo hago?! —grita Annie según me acerco.

Bajo la última luz del día, sus ojos brillan con intensidad. Me acomodo en la orilla y la observo. Una alumna expectante por recibir una buena puntuación.

Se desliza despacio, aún tambaleante, pero, poco a poco, consigue avanzar. Sus pasos son imprecisos; su expresión, anhelante.

—Un dos. Quizá un tres.

Abre la boca, indignada, y me señala con un dedo acusador. Con los mitones de rayas su amenaza parece una broma infantil.

—¡Tu motivación me conmueve, Drake!

—Mentirte no hará que patines mejor.

—¿Y enfadarme sí?

—Es muy posible. La ira es un gran catalizador.

Llega a mi altura y se sienta a mi lado.

—¿Lo dices por experiencia propia?

Aprieto los dientes y asiento. Recuerdo al Drake más dañino, al más destructivo, aunque fuera contra sí mismo, y siento asco, desprecio, la amargura en la boca que me trago sin mirarla.

—Ojalá pudiera decirte que no.

—¿Qué tal la semana? —me pregunta al notar que estamos entrando en un terreno complicado—. Llevas días sin espiarme.

Sonrío de medio lado ante un reproche escondido y le agradezco con los ojos que me aleje de los malos recuerdos. No le digo que he evitado verla. Que me he percatado de que solo lo hago cuando necesito un soplo de aire fresco. Algo distinto. Algo que me recuerde que aún hay alguien ahí fuera con quien puedo hablar cuando las palabras se me atascan y la voz ya no me sale por no usarla. Annie se ha convertido en un escape. Un punto de luz en estos días en los que el sol cada vez sale más tarde y se esconde antes.

—Ha sido una semana tranquila. El trabajo me agota. No es que sea duro, solo aburrido.

—¿Dónde trabajas? Espera, déjame que adivine. —Arruga la nariz y me sonríe con picardía—. Ese aire melancólico tuyo me lleva a un sórdido *pub* de carretera. De moteros. De borrachos deprimidos a los que sacarles el dinero. ¡Eres un hombre perverso, Drake!

Suelto una carcajada y ella aparta la mirada con el rubor extendiéndose por sus mejillas.

—Frío, frío.

—¿Quitanieves? ¿Limpias las entradas de las casas y alegras la vista a las ancianitas aburridas que te vigilan por las ventanas?

Tuerzo el gesto.

—Esa idea es aún más siniestra.

—Mmm. ¡Ya sé! Tienes un laboratorio químico ilegal en el sótano. Los chicos tristes y malos siempre están metidos en la droga.

—¿De dónde sacas esas ideas?

Annie levanta la vista al cielo. Su azul ya es de un tono oscuro que hace que el hielo parezca aún más blanco y pequeñas nubes lo salpican.

—La imaginación siempre ha sido mi superpoder.

—Trabajo en Red Maple. La fábrica de sirope. Zona de envasado.

Abre los ojos con asombro y se muerde una sonrisa. Sus hoyuelos me saludan antes de desaparecer.

—Así que envasas sirope de arce. ¡Vaya! Yo odio el sirope de arce.

—Podrían echarte del país por decir eso.

—Entiendo que tengas cara de querer morirte.

Me río con ganas. Me gusta esta versión de Annie. Me da la sensación de que con cada encuentro su lengua es más afilada. Me gusta no tener que fingir quién soy ni esforzarme por ser mejor. Me gusta que ella tampoco se contenga.

—Además, mi padre es mi superior.

—¡Pobrecillo! Y yo siendo dura contigo.

—¿Y tú? ¿Estudias? ¿Algo relacionado con el arte? No, espera, filosofía. Eres una de esas intelectuales que siempre dicen que no han estudiado y sacan sobresaliente.

Pone los ojos en blanco, pero sé que he dado en el clavo. Intuyo que Annie es una de esas chicas en las que yo nunca me habría fijado más allá de en su cara bonita, pero aquí estamos solos, el resto del mundo no existe y eso lo cambia todo.

Por un instante, me alegro de que así sea.

—Odontología.

Me dedica una sonrisa excesiva de dientes blancos y me río.

—¿Y dices que lo mío es aburrido? ¡Tú metes la cabeza en bocas ajenas! No se me ocurre un infierno peor.

—¡Prefiero eso a etiquetar mermelada! —replica molesta. Pero finge. Sus ojos sonríen. Los míos también.

—No es mermelada.

—Lo mismo da.

El gesto de Annie se dulcifica y el silencio es cómodo. No hay preguntas, aunque nos sobrevuelen. ¿Qué hacemos aquí? ¿De qué nos escondemos? ¿Por qué parece que ambos llevamos tanto dentro que solo el frío y duro hielo podría sostenerlo?

Juego a arrancar un hierbajo del suelo y ella me mira. Cuando le sonrío con suavidad, contiene el aliento.

—Tienes una dentadura bonita —susurra.

Le doy las gracias y, por primera vez, Annie se marcha primero. Cohibida. Incómoda por lo que se le ha escapado sin querer.

Se interna en el bosque.

Me levanto de allí cuando no siento las extremidades. La noche parece mi amiga. Y Annie... supongo que Annie podría llegar a serlo también.

16

Cuando entro en casa, papá está viendo un partido de hockey. Siento la euforia que siempre me provoca ver a los jugadores en acción, la adrenalina despertando bajo mi piel al recordar el sonido de las cuchillas sobre el hielo, el impulso de correr más rápido que los demás, la emoción del gol cuando el *puck* golpea contra la red. El alivio final de quien ha llegado a casa.

Desvío la mirada y me contengo para no pedirle que apague el televisor. Para no lanzar algo contra la pantalla y que estalle en mil pedazos, haciendo desaparecer la imagen y, quizá de rebote, el dolor.

—¿Puedo preguntarte dónde te metes a estas horas? ¿Debería preocuparme?

Me encojo de hombros y me concentro en el sándwich que me ha dejado sobre la mesa. Me rugen las tripas. En cuanto doy un mordisco y compruebo que tiene mayonesa, sonrío. El muy cabrón.

—¿Tengo que dejarte una notita antes de salir?

—No, pero me gustaría saber que no te metes en problemas. O que no estás tirado en una cuneta.

Antes de reflexionar sobre lo que su preocupación genuina me provoca, suelto unas palabras inesperadas hasta para mí.

—He conocido a alguien.

—Oh, vaya.

En la pantalla, pitan el final del segundo tiempo. Los Dallas Stars van por delante. Pienso en jugadas, en estrategias, y el corazón me golpea con fuerza. Lo noto en el pecho, en la vena del cuello, en los oídos. Parpadeo y me esfuerzo por centrarme en la conversación, en cualquier cosa que me distraiga de lo que amenaza con ahogarme.

—Se llama Annie. Tiene más o menos mi edad. Nos vemos en el lago.

—¿Annie? ¿Conoces su apellido? —Niego y sigo comiendo; cuando me limpio la mayonesa de la comisura, él contiene una sonrisa—. No conozco a ninguna Annie. Quizá viva en la urbanización nueva detrás del bosque.

—Tal vez. No lo sé. Solo hablamos mientras patina.

Asiente y me observa cauto. Él sabe que yo ya no lo hago. Él sabe que algo me alejó del hielo y que me duele. Coge el mando y apaga el televisor. Mi alivio ante la pantalla a oscuras no le pasa desapercibido.

—Veo que no has perdido facultades —dice con una sonrisa socarrona al pensar en Annie y en mí como los elementos de una ecuación común.

—No se trata de eso. Solo somos amigos.

Su expresión es la de quien intenta desentrañar un acertijo.

—Me alegro de que comiences a abrirte un poco. Pasas mucho tiempo solo.

—Pensé que tú valorabas la soledad.

Sacude la cabeza y me mira con burla. Siento que mis ataques, ese resentimiento constante que tiene forma de bala, comienzan a rebotar contra su escudo y me caen encima. No le importan. No le molestan. Parece imperturbable o decidido a todo por recuperar lo perdido, lo que no sé si me enfada más o menos que si hiciese lo contrario.

—La soledad es buena únicamente cuando se escoge. Tú, aún no sé por qué, te has visto arrastrado a ella, y eso no me gusta.

Trago el último trozo de pan y me voy a mi habitación.

Allí solo, me doy cuenta de que está en lo cierto. A mí tampoco me gusta esta soledad, esta sensación continua de que el mundo no existe para mí; aunque, en este momento, es todo lo que tengo.

La chica que lo tenía todo

—¿Qué quieres ser de mayor, Lizzie?

Tenían las manos oscurecidas por los arándanos que recogían en una cesta. El sol se metía a lo lejos. Olía al final del verano y a eso dulce que solo se percibe en la infancia.

—Buscadora de tesoros marinos. O adiestradora de elefantes. Quizá diseñadora de ropa para mascotas. ¿Qué quieres ser tú, Annie?

La mayor de las dos sonrió y se metió uno de los frutos en la boca. Crujió y se le resbaló el líquido, aún un poco ácido, por el hueco que había dejado un diente de leche.

—Feliz.

17

El sábado amanece oscuro y triste. Pequeños copos de nieve caen al otro lado de la ventana. Noto una presión en el pecho, un peso que cuando debo ir a trabajar no está. Es el tiempo por delante vacío y sin objetivos.

No sé si es por la conversación que tuve con mi padre sobre la soledad, pero, de repente, el silencio me pone nervioso.

Él no está, ha salido antes de que me despertara. Cambio las sábanas. Hago la colada. Encuentro un maletín de herramientas en el garaje y reviso la cisterna, que pierde agua y cuyo sonido me irrita. Me ducho. Recojo la casa y me ocupo de la comida. Hago carne ahumada que hay en el congelador y patatas fritas. Como solo frente al televisor apagado y guardo la ración de mi padre en la nevera.

Pienso en ir al lago, pero algo me frena. Aún quedan unas horas para el atardecer y hacerlo ahora, sin saber si Annie va a estar allí, rompería las reglas. Sé que no hay reglas. Sé que no hemos compartido más que algunos encuentros casuales, pero siento que ir implicaría algo nuevo y no me veo preparado.

Así que, cuarenta y cinco minutos después, cansado de

mí mismo y de la caminata, estoy frente al Gina's Garden. Es un local amplio en el centro del pueblo con una estética que le hace parecer una floristería en vez de un *pub*, pero la música y el bullicio que se escapan de su puerta entreabierta no dejan lugar a dudas.

En cuanto entro, diviso a Doug sentado en la barra. Habla con una chica de pelo corto y expresión amable que se encuentra al otro lado. Hay una conexión obvia entre ambos que explica que Doug pase su tiempo libre aquí. Ella le hace un leve gesto hacia mí y él se gira al instante.

—Eh, hola, Drake. ¡Qué sorpresa! —Asiento y acepto su invitación a acercarme; la chica sonríe con dulzura mientras seca unos vasos con un trapo—. Gina, este es Drake Tremblay.

Me tiende la mano y la estrecho. La tiene fría y un poco húmeda. Me embarga la extraña sensación de que me estaban esperando.

—Encantada de conocerte. Doug me ha hablado de ti. ¿Qué te apetece tomar? Invita la casa, pero solo a la primera.

—Es el truco para que la gente vuelva —me susurra él con aires conspiratorios.

—Una cerveza estaría bien. Gracias.

Gina se aleja. La mirada de ambos se pierde en su menudo cuerpo. Es bonita de un modo discreto. Doug suspira con cara de imbécil y, solo por cómo la mira, me parece un hombre distinto. Esa certeza que transmite de que siempre lo tiene todo bajo control se tambalea. Acabo de descubrir su talón de Aquiles. Así de fácil.

—Es preciosa, ¿a que sí? Nos casamos el año pasado.

—Enhorabuena.

—Gracias. —Se vuelve hacia mí y su expresión cambia; la mesura que me ha transmitido desde que lo conozco aparece y lo siento de nuevo mucho más adulto que yo—. Así que has decidido aceptar mi invitación. ¿Algún motivo en especial?

Me encojo de hombros con indiferencia, aunque mi actitud me haga parecer un cretino.

—Me aburría. Y me moría por una cerveza.

Gina me tiende una jarra coronada de espuma blanca. Ambos sonríen. Siento que la tarde acaba de convertirse en otra cosa que no esperaba.

—Pues has venido al lugar adecuado.

18

Me despierto con la peor resaca que recuerdo. De hecho, apenas recuerdo nada.

—Tienes mala cara.

Papá desayuna en la cocina. Lee un periódico antiguo y me mira con una ceja arqueada. Me dejo caer frente a él y le robo del plato un trozo de tostada. En cuanto la comida me cae en el estómago, siento un sabor agrio subiéndome por la garganta.

—¿Cuántas cervezas puede beber tu jefe? Estoy seguro de que ayer batió algún tipo de récord —susurro malhumorado.

—¿Saliste con Doug?

—Estuve en el Gina's Garden.

Él asiente y se lleva la taza de té a los labios. Me encuentro tan mal que no me esfuerzo en buscar alguna respuesta ingeniosa con la que dejarle claro que me importa una mierda lo que piense sobre mi lamentable estado.

—¿Cómo volviste a casa? Había ventisca.

—Me trajeron ellos. Gina conducía. —Frunzo el ceño; mi memoria tiene lagunas importantes—. Creo.

Cierro los ojos y momentos del día anterior van y vienen en mi cabeza.

La primera cerveza, a la que le siguieron incontables. Las conversaciones, al principio más un monólogo de Doug que algo bidireccional, a las que me fui entregando según mi cerebro se embotaba. La risa de Malcolm, un amigo de la pareja, que pasó de resultarme irritante a divertirme. La música. Los chupitos de *whisky* que aparecieron en mis manos como por arte de magia. La horrible sensación de no querer estar allí al mismo tiempo que no deseaba marcharme. El crujido de la nieve bajo las botas cuando salimos. Las imágenes difusas. Un viaje en una camioneta azul. Alguna promesa de repetirlo. El frío en mi rostro cuando me tumbé en el porche y se hizo el silencio. La culpa regresando con fuerza, recordándome que es imposible borrar las cosas por mucho que me esfuerce por olvidarlas. Y un pensamiento. Solo uno. Uno que me acompaña desde que Logan pisó el acelerador aquella fatídica noche. El deseo, oscuro e intenso, de que todo acabe.

Me bebo un vaso de agua de un trago hasta que las náuseas remiten.

—Me alegro de que amplíes tu círculo. Es bueno contar con gente, estemos donde estemos.

Por primera vez, lo miro de un modo distinto. Me lo imagino dejando a mi madre y regresando a Leiwe Lake, el lugar en el que nacieron y murieron sus abuelos paternos, y que únicamente visitaba en su infancia durante las vacaciones. Solo. Sin conocer aquí apenas a nadie, porque no mantuvo contacto alguno durante los años que vivió en Calgary. Empezando de cero.

¿Puede una vida hacerte tan infeliz como para preferir una vacía?

—¿Con quién cuentas tú?

La pregunta me sale sin poder refrenarla. Un impulso. Un deseo de saber más fuerte que mis esfuerzos por ignorar cualquier cosa que venga de él. Una necesidad de completar las lagunas que le pertenecen.

—Tengo buenos amigos. Los muchachos son hombres excepcionales. Doug padre me ayudó mucho cuando me mudé. Y, luego, está Ruby. Es una mujer extraordinaria. Llegó al pueblo hace un par de años y enseguida se ganó el cariño de todos.

Sonrío ante la imagen de la sugerente Ruby.

—El otro día me preparó un delicioso desayuno.

—Me lo ha contado.

—¿Y qué más te ha contado?

Papá duda. Su expresión se ensombrece. Yo no aparto mis ojos enrojecidos de los suyos. No sé si es porque mi cerebro aún no responde a los estímulos como debería después de lo de ayer, pero, por un momento, deseo arrancarnos el escudo que ambos portamos delante del otro y ser francos. Deseo que me dé algo que me duela para, así quizá, olvidarme del otro dolor, más intenso siempre que intento ahogarlo en alcohol.

—Que estás tan jodido como lo estuve yo.

19

Annie patina. Lo hace en línea recta, hasta una muesca que ha marcado ella misma con los patines después de tantos intentos; cuando la alcanza, da la vuelta con torpeza y regresa a la orilla. Tranquila, cauta, paciente como solo lo son los que desean algo con vehemencia, aunque no parezcan destinados a conseguirlo.

Cuando me ve, sus labios dibujan una sonrisa leve antes de que su rostro se contraiga en una mueca que no reconozco en ella.

—No tienes muy buena cara. ¿Estás enfermo?

Annie está preocupada. Así que es eso. Apenas me conoce, pero hay algo en su expresión que me dice que le importo. La revelación me tensa y me sorprende; también me agrada de un modo inesperado y dulce.

—Ciertamente, la resaca debería considerarse una enfermedad —bromeo para desprenderme de un sentimiento que me incomoda.

—¿Te divertiste ayer?

Vuelvo al Gina's Garden. A aquellos desconocidos y sus conversaciones. A sus risas, que acabaron mezclándose con la mía. A su amabilidad sin reproches, tan natural como respirar.

—Lo cierto es que sí.

—Pareces sorprendido.

—Hacía mucho que no me divertía.

—¿Que no lo hacías o que no te lo permitías?

Annie sonríe entre dientes. Me gustaría ser honesto y decirle que es una mezcla de ambas cosas, pero prefiero devolverle el golpe. Es lista. Es una chica que a cada cosa que descubro de ella me parece más interesante. Debería marcharme. Debería levantarme y alejarme, pero no lo hago. Solo la miro y me recreo en eso que me aporta que aún no consigo comprender del todo. Este escape de la realidad. Esta burbuja en la que solo existimos nosotros. Una chica que intenta aprender a patinar, aunque se le dé fatal, y un chico que patina mejor que nadie que ella haya conocido, pero que se ha prohibido volver a hacerlo.

—¿Cuándo fue la última vez que te emborrachaste?

Annie alza la mirada al cielo y resopla, pensativa.

—No me gusta el alcohol. Cambia a las personas. Las convierte en otra cosa y suele llevar al arrepentimiento.

Trago saliva y le sonrío con tirantez. Su respuesta me hace replantearme mi existencia. Echo la vista atrás y me enfrento al chico que era y los motivos por los que comencé a beber tan a menudo y sin control. El alcohol es una puerta a otra realidad, esa que anhelamos cuando la nuestra no nos gusta.

—No es malo querer ser otra persona durante un rato, Annie.

Ella se encoge de hombros.

—Puedo gustarme o no, pero nunca he tenido esa necesidad. Para bien o para mal, soy demasiado fiel a mí misma. Además...

—Además, ¿qué? —la animo cuando sus palabras parecen deshacerse en forma de vaho que se le escapa entre los labios.

—A mi hermana le gustaba. Solía meterse en problemas. Y esos problemas fueron los que nos separaron del todo.

La miro. Su mano busca dentro del bolsillo. Yo aún noto en la lengua el regusto de todo lo que bebí ayer y me siento repentinamente incómodo. Sucio. Pegajoso por todo eso que sé que el alcohol te da con la misma facilidad que te quita.

—Nunca me habías dicho que tienes una hermana.

—Tenía.

El dolor de cabeza se disipa y tiemblo. ¿Cómo una sola palabra puede cambiarlo todo? La perspectiva que tienes de una persona. La forma de verla. El significado de cada cosa que dice y hace.

—Lo siento.

Me encantaría que la consolaran, pero las mías suenan vacías.

Annie asiente. Me imagino una versión de sí misma distinta. Alternativa. Quizá con el pelo más claro o los ojos oscuros. Más amable, aunque menos divertida. Porque, pese a que pensaba que había algo en ella que oscurecía con sutilidad cualquier cosa que hacía, Annie es divertida; ahora sé que se trata de tristeza. La pérdida es una losa para cualquiera que la sufra. Quizá este sea el motivo. Tal vez la muerte de su hermana lo enturbie todo. Ni siquiera puedo comprender lo que siente. Yo nunca he perdido a nadie. Incluso cuando mi padre se fue siempre supe que seguía en el mundo, a una llamada de teléfono de distancia, respirando.

—Me habría encantado tener un hermano —le confieso en un torpe intento por cambiar su estado de ánimo—. Siempre se lo decía a mis padres. Lo deseaba con fuerza en Navidad, creyendo de verdad que alguien ajeno a nosotros pudiera tomar esa decisión solo porque yo lo anhelara. Me portaba mejor, recogía mis juguetes, hacía los deberes...

Sacudo la cabeza, avergonzado por el crío que fui, cuando aún no había perdido la ingenuidad. Ella sonríe y parece más ligera que hace un momento.

—Me habría gustado conocerte de niño.

—Te habría caído bien.

—Mejor que tu versión adulta, sin duda.

Nos reímos y Annie saca la mano del bolsillo, soltando su amuleto secreto. Veo la esquina de una hoja asomándose un segundo, antes de desaparecer. Me pregunto si pertenecería a su hermana. Si todo se trata de ella y es el motivo de que Annie haya retado al hielo.

—¿Crees que puede verte desde algún lugar? —Su mirada se oscurece. Le tiembla el labio. Siento el impulso de tocarla, pero no lo hago. No estoy hecho para el consuelo—. Perdona, Annie. No quería incomodarte. Imagino que no es fácil para ti hablar de ello.

Suspira estudiando el cielo y niega. Pienso en lo que me gustaría ver sus hoyuelos, que han quedado relegados por la pena.

—No. No puede verme —afirma con seguridad.

Ojalá pudiera creer en Dios, en un lugar mejor al que marcharnos cuando todo esto acabe, pero nunca he tenido fe. Así que lo único que hago es quedarme a su lado, respirando juntos.

—¿Hoy ya no patinas? —le pregunto tras un silencio demasiado largo.

Annie traga saliva.

—No. Hoy prefiero quedarme aquí. Hoy prefiero mirar el hielo.

Y, aunque desconozco qué sentirá o qué pensamientos la golpearán en este momento, la entiendo con una profundidad inesperada.

—¿Puedo mirarlo contigo?

Annie sonríe y asiente. Tiene lágrimas en los ojos que no llegan a derramarse.

Frente a nosotros, el hielo sigue intacto.

Intuyo que es el único que lo está.

20

—¿Estás seguro de que no quieres venir? —me pregunta mi padre con la cabeza asomada por la ventanilla del coche.

Niego y lo veo alejarse por la carretera. Acabamos de salir del trabajo y le he pedido que me trajera a casa. Los muchachos han quedado para ver el partido y me han invitado con insistencia, pero mi relación con el hockey está en un punto muerto.

Cojo una bolsa de patatas y me siento frente al televisor. La pantalla está negra y, aun así, soy capaz de intuir las imágenes, el ruido del estadio se superpone al silencio solo roto por el crujido de las patatas y las jugadas se muestran nítidas en el aparato vacío.

Joder.

Me levanto y abro una cerveza. No me apetece demasiado, pero el efecto inmediato del alcohol siempre me calma. Doy tragos pequeños y miro el reloj, que se mueve tan despacio que me parece estar en una realidad paralela en la que el tiempo se ralentiza y los objetos inanimados, como el puto televisor, cobran vida.

Una hora después, cuando suena el timbre, agradezco a

quien sea que esté al otro lado que me obligue a apartar la mente de mis mierdas.

—Hola, Drake. —Ruby me deja un beso suave en la mejilla como si fuera algo habitual y entra en casa. Su perfume dulzón se pega al instante en las paredes, en los muebles, en mi garganta—. ¿No está tu padre?

—No. Ha ido a ver el partido. Pensé que os encontraríais luego.

—Aunque te parezca increíble, hay vida más allá de Ruby Belanger. —Me guiña un ojo para un segundo después hacerme un puchero—. En realidad, me estoy escondiendo de él. Me han cambiado el turno y quería darle una sorpresa.

—¿Aquí? —Ella asiente—. Creo que prefiero no preguntar qué tipo de sorpresa es.

—De color fucsia.

Sacudo la cabeza y la veo descalzarse en la puerta. Se pasea por el salón y coloca el abrigo sobre el respaldo de una silla. Su camisa transparente permite entrever el encaje de la sorpresa en forma de sostén que espera darle a mi padre cuando vuelva.

Me pongo las botas, aceptando el favor que me pide Ruby.

—¿A qué hora puedo volver?

Se ríe y se acomoda en el sofá con el mando sobre sus piernas. Para mi desconcierto, da unas palmadas para que me siente a su lado.

—Aún tenemos tiempo, Drake. ¿Por qué no charlamos un rato? Me gustaría conocerte mejor.

Enciende la tele y el partido cobra vida. Sus ojos me analizan y los míos dudan. Yo dudo y ella, por muy extraño que pueda parecer, lo entiende. Mira la pantalla y luego a mí, a mis dedos tensos agarrados al borde de la mesa, a mi mandíbula apretada. Ruby me mira y sabe que, en estos momentos, el control no me pertenece.

Pese a mis ganas de huir, la obedezco y me siento a su lado. Enseguida su mano roza la mía en una caricia casual que no lo es en absoluto.

—Así, muy bien, respira hondo.

Lo hago y cierro los ojos. No sé por qué me siento como me siento, pero desde aquella noche lo que más me gustaba se convirtió en un suplicio. Lo que más feliz me hacía se transformó en una relación tóxica que solo me hace daño. Quizá porque la posibilidad de cumplir mis sueños cuando ella ya no puede me atormenta. El autocastigo es la única forma de redención que conozco. Me siento perdido.

Sin embargo, noto que mi respiración se serena. La estancia deja de dar vueltas.

—Genial, Drake. Ahora ya puedes mirar.

Lo hago y lo veo. Veo los movimientos de los jugadores, analizo sus pases, experimento su tensión. Lo veo y también lo siento. Se me eriza la piel y me estremezco. Desconozco si me altera tanto porque me he prometido no volver a jugar o, precisamente, por todo lo contrario; porque soy débil y sé que, antes o después, acabaré cayendo.

—¿Estás bien?

Pestañeo, aturdido, y me giro hacia Ruby. Su sonrisa es amable; su mano sigue tanteando la mía. Siento el sudor en las palmas y le respondo con una mueca.

—No.

Ella chasquea la lengua.

—¿Cómo podrías estarlo? ¿Quieres que lo apague? Puedo poner otra cosa.

Asiento y Ruby cambia. Un programa cultural convierte mi angustia en calma. Jugamos a adivinar las soluciones antes que el otro. Ella es rápida, aunque eso no significa que acierte; aun así, sus respuestas ingeniosas compensan sus errores y me hacen reír. Me olvido de todo. Hablamos de nuestras películas favoritas. Ella me cuenta que siempre va al cine sola, que es una actividad que no le gusta compartir con nadie.

—¿Nunca has querido cuidar una parcela de tu vida, protegerla para que nadie pueda estropearla jamás?

Sus ojos brillan y su pregunta, inevitablemente, me trae de vuelta a la realidad.

—¿Y si la estropeas tú mismo?

Ruby me sonríe, pero no responde. Sabe que estoy hablando del hielo.

Cuando mira el reloj con disimulo, contengo una sonrisa. Se levanta y se estira como una gata. Mensaje captado.

Cojo el abrigo y me despido de ella. Antes de marcharme para que pueda acomodarse y sorprender a mi padre, la llamo.

—Ruby.

—Dime, cielo.

—Gracias por no hacer preguntas que no quiero contestar.

El beso que me lanza acaba fundiéndose con la puerta cerrada.

El chico que lo perdió todo

Pese a que Caleb era el que tenía todas las papeletas para hacerlo, fue Tucker quien se obsesionó con ella. Averiguó su nombre, sabía cosas sobre su familia, sus estudios o dónde vivía. Su rostro lo acosaba hasta en sueños. La culpa nos perseguía de un modo u otro y, aun así, no hacíamos nada con ella, porque, hiciéramos lo que hiciéramos, el futuro se quedaba en blanco.

Apenas los veía. Ellos seguían entrenando, pero yo me excusé con un dolor de rodilla que los médicos no podían explicar y no volví a pisar el hielo. Caleb se distanció de un modo silencioso. Logan se ocupó de fingir por los cuatro que nada había sucedido; no se perdía una fiesta, salía con chicas, se reía más alto que nunca; en conclusión: vivía, aunque lo hiciera dentro de un disfraz impostado.

Yo no hacía nada. Apenas comía. Apenas dormía. Apenas me relacionaba.

Sí que bebía. Lo que me provocaba el alcohol solo era un modo de estar lejos de todo lo que me recordaba al hockey, a ellos y, por ende, a lo que había pasado.

La última vez que los vi fue en el Prince's Island Park. Tucker nos citó allí una tarde en la que el sol brillaba con fuerza. Que nos reuniera en un sitio en el que pudiéramos hablar sin miedo a que alguien nos escuchara no auguraba nada bueno.

—Ha muerto.

Dos palabras. Una verdad que nos hundió del todo.

Caleb se levantó muy despacio, miró fijamente a Logan y le dio un puñetazo en la mandíbula antes de darnos cuenta de sus intenciones. Tucker lloraba. Yo era incapaz de reaccionar ante nada. Solo veía el hielo, abierto en dos, oscuro en su profundidad. Logan no le respondió. Se llevó la mano al golpe y asintió. De algún modo, daba la sensación de que aquel castigo era parte de su propia penitencia.

Me marché poco después de Caleb.

Logan me siguió y me alcanzó de una carrera.

—Drake, ¿qué haremos ahora?

Parecía mucho más joven. Sus veinte años se perdían en aquella expresión vulnerable que nos había escondido hasta el momento. De los tres, Logan era el último al que había conocido. Había llegado al equipo gracias a un acuerdo externo con la universidad y yo no había tardado en descubrir que había algo oscuro en él bajo su apariencia despreocupada. Una tarde, cuando ya no quedaba nadie en los vestuarios, entré y lo vi desnudo. Ya me había dado cuenta de que, solo en algunas ocasiones, evitaba mostrar determinadas partes de su cuerpo. Me acerqué y le señalé un hematoma que tenía en el muslo.

—¿Qué es eso?

Parpadeó, aturdido por mi aparición, aunque no mintió. Podría haber fingido un golpe recibido en la pista o contarme cualquier otra excusa, pero no lo hizo.

—Mi padre.

Asentí y eso fue todo. Al día siguiente lo esperé y charlamos. Salimos juntos y lo invité a una cerveza. Me contó su historia, que se resumía en una familia disfuncional en todos los aspectos, con un padre maltratador, una madre ausente emocionalmente y dos hermanos pequeños a los que, gracias al hockey, pretendía alejar de ese hogar en cuanto fuera posible. Lo convertí en mi protegido y él lo aceptó. Me gustaban su carisma, su ingenio y su compañía. También su fortaleza y su espíritu de lucha. Pero, sobre todo, me gustaba que conmigo no tuviera miedo, que se divirtiera y olvidase por un tiempo lo que le esperaba en casa.

Y, pese a que lo había considerado mi mejor amigo durante los dos últimos años, de pronto no lo reconocía; se había vuelto un desconocido con el que compartía el peor secreto que nadie podía cargar en su vida.

Lo miré confuso y me encogí de hombros.

—Ahora ya no hay nada que hacer. Nos quitaste la posibilidad, Logan. No voy a culparte porque todos fuimos responsables, pero desde el momento en el que pisaste el acelerador la decisión estuvo tomada. Ahora solo puedes mirar hacia delante.

—Es lo único que sé hacer, Drake —me susurró entre lágrimas—. Solo sé vivir así. No podéis entenderlo, pero si quiero una oportunidad para mis hermanos, solo puedo seguir.

Asentí y le palmeé la espalda.

—Ojalá yo pudiera decir lo mismo.

Logan bajó la mirada, culpable, y nos despedimos en silencio.

21

No lo pienso demasiado. Podría caminar hasta el Buzz, aunque haya dejado a su camarera predilecta en mi casa, o perderme entre las calles del pueblo buscando alguna distracción.

Sin embargo, me interno en el bosque.

Cuando llego al lago, Annie está allí. Tiene los patines puestos, pero no patina. Parece congelada en medio de la superficie y la observa con el ceño fruncido. Una figura de hielo decorando un escenario irreal.

—¿Algo interesante que compartir y que desde aquí no consigo ver?

Ladea el rostro y parece aliviada cuando me reconoce. ¿Se alegrará Annie de verme? Siento placer ante esa posibilidad.

—He visto algo. Debajo. ¡No estoy loca, te lo juro! Una sombra que me perseguía al moverme.

Finge un escalofrío y sonrío.

—¿Por eso estás paralizada? Pareces una de esas muñecas navideñas que decoran los escaparates.

Se muerde el labio, avergonzada, pero todavía asustada. Recuerdo nuestra última conversación en la que me habló de su hermana. Desde entonces, el miedo de Annie me parece que tiene aún más valor, porque lo que hace solo puede estar relacionado con ella. A su lado, mis miedos resultan insignificantes. No importan. Dejan de existir. Así que, por primera vez desde que he llegado a Leiwe Lake, pongo los pies sobre el hielo y doy un par de pasos. Annie me mira con la boca entreabierta y los ojos turbios por una emoción desconocida. Me asomo a la superficie y percibo una sombra deslizándose por debajo. Enseguida la sigue otra. La última luz del día hace que destaquen como pinceladas brillantes sobre la blancura del agua helada. Sin poder evitarlo, sonrío. Cuando alzo la vista hacia ella, todavía parece aterrorizada y se me ocurre una idea.

—Ven conmigo.

Se desliza con cautela hasta llegar a la orilla.

—¿Adónde vamos?

—Seguramente sea más fácil verlos en las zonas más claras. Aquí los árboles oscurecen la superficie y el hielo es más grueso —le digo, emocionado como hacía mucho que no lo estaba—. Ojalá no anocheciera tan pronto, podrías distinguirlos mejor, pero tendremos que conformarnos con esto.

Annie me sigue y bordeamos el lago. Llegamos a una zona a la que cuesta más acceder por la vegetación, pero a partir de la cual se abre un claro. A su alrededor, el hielo está más limpio y, gracias a la iluminación que nos llega de la carretera más cercana, podemos distinguir lo que hay debajo.

—Mira ahí. No tengas miedo.

Le cojo la mano y tiro de ella. Annie tiembla levemente ante mi contacto, pero obedece, curiosa y temerosa a partes iguales. Una niña que está a punto de descubrir de qué clase es el monstruo que vive en su armario. Cuando lo comprende, abre la boca sorprendida y me mira. No dice nada, solo me mira. Tiene las mejillas sonrojadas y pequeñas gotas le apelmazan las pestañas. Los labios agrietados por el frío. Los ojos brillantes por la expectación.

—Son peces —le aclaro.

Su emoción crece, se expande por su rostro y pienso que es bonita. No guapa, sino bonita. Como una puesta de sol o una jugada perfecta en la pista. El pensamiento, tan nítido y honesto, me aturde por un instante.

—¿Peces? ¿Bajo el hielo?

Asiento y da un paso hacia mí para poder verlos mejor. Estamos tan cerca que nuestros brazos se rozan. Su mano aún sujeta la mía. Bajo nuestros pies, dos peces juegan a buscarse. Sus escamas plateadas lanzan destellos. Se mueven en círculos concéntricos cuyo eje son los patines de Annie.

—Oh, Dios mío... ¡No sabía que vivieran! ¿Cómo es posible?

Se tapa la boca con la mano y aprieta la mía con más firmeza.

La voz de mi padre explicándomelo me viene a la memoria. Tenía seis años y acababa de descubrir un pez nadando bajo mis pies mientras patinaba. Que sea él, precisamente, quien me lo enseñara cobra un sentido distinto estando aquí. También me hace recordar todo lo bueno que hubo, que fue mucho, aunque me esfuerce por ignorarlo.

—Todos los líquidos, al congelarse, pierden densidad y su parte helada va al fondo. Pero el agua no. El agua es distinta —le aclaro paciente—. Tiene la particularidad de que, al congelarse, gana densidad y flota. Por ese motivo el lago comienza a congelarse por la superficie y no por el fondo. Bajo ella, los peces pueden vivir perfectamente.

—Pero ¿y el oxígeno? ¿No lo necesitan?

—Chica lista. —Annie sonríe; la alumna de la primera fila que siempre lo pregunta todo sonríe—. Normalmente, el oxígeno está concentrado en la superficie y penetra a través del aire. Por eso es fácil verlos nadar tan cerca. Cuanta más profundidad, menos oxígeno encontramos.

—¿Entonces?

Ambos miramos los peces. Tan ágiles. Tan llenos de vida. Tan ajenos al frío y a todo lo demás que ahora conforma su cielo.

—El oxígeno que continúa presente puede ser el que se filtró antes de formarse la capa de hielo. Si hay pequeños orificios en la superficie, también puede obtenerse por ahí. O bien, si existe una pequeña corriente de agua, el oxígeno puede venir del curso superior de un río. Si nada de esto pasa, tarde o temprano el oxígeno se acabará y los peces morirán.

Contiene el aliento y aprieto su mano.

—No quiero que mueran, Drake.

Me mira. La miro. Los peces bailan a nuestro alrededor.

—Yo tampoco, Annie. Yo tampoco.

22

Cuando regreso a casa, Ruby ya no está.

—¿Qué tal el partido?

—¿El partido? —pregunta mi padre a su vez, confuso, como si el rato con los muchachos hubiera sucedido en otra vida después de su encuentro con Ruby.

Sacudo la cabeza y él sonríe como un idiota. Tiene el pelo húmedo por una ducha reciente y un mordisco marcado en el cuello. Alegrarme por él es algo nuevo, pero ahí está, un sentimiento cálido e inesperado que no me esfuerzo por esconder.

—Gracias por salir, Drake.

Asiento y bajo la vista; la situación es demasiado cómplice para nosotros. Las costumbres únicamente las forja el paso del tiempo.

—Menuda cara de imbécil tienes —añado para alejarme de eso extraño que flota entre ambos. Papá se ríe.

—La causa lo merece. ¿Has estado deambulando solo durante horas o has quedado con alguien?

—He visto a Annie.

—Háblame de ella. ¿Estudia? ¿Trabaja en el pueblo?

Sopeso sus preguntas y caigo en la cuenta de que no lo sé.

No sé qué hace Annie. No sé dónde vive, si tiene amigos en Leiwe Lake o si sale con alguien. Sé que estudia o que ha estudiado Odontología, pero ni siquiera sé si ya está titulada o lo abandonó. En Leiwe Lake no hay estudios superiores, por lo que quizá terminó hace tiempo y es mayor de lo que parece o, como yo, ha dejado más cosas de las debidas atrás. También que tenía una hermana, pero eso lo guardo para ella y para mí.

Pese a los vacíos, lo que sea que compartamos está bien como está. No hay preguntas complicadas. No hay dudas. No hay nada más que lo que ambos queramos contar. Solo somos un chico y una chica que se encuentran en un lugar que han hecho suyo, un lugar seguro donde la decepción no tiene cabida y por eso me gusta.

—No tengo ni idea.

Papá alza las cejas.

—¿Y de qué habláis?

—¿Últimamente? De peces.

—De peces —repite estupefacto.

Sonrío. Recuerdo la expresión infantil de Annie al comprender lo que le estaba explicando sobre los peces atrapados bajo el hielo. Sus ojos bien abiertos, llenos de asombro, admirando la vida bajo nuestros pies, demostrándonos su fuerza y su capacidad de adaptación. Sus hoyuelos marcados. Nuestras manos unidas hasta que uno de los dos, no recuerdo quién, soltó al otro y se alejó.

—Sí, de peces. ¿Acaso eso importa?

Me encojo de hombros. Él asiente, porque sabe que no importa. Que lo que importan son otras cosas a las que no sabemos poner nombre. Los hombres que huyen siempre saben lo que de verdad importa.

23

Me despierto con la camiseta empapada por el sudor. Me incorporo, aturdido, y me encuentro a mi padre en el quicio de la puerta. Su expresión cautelosa me tensa; mi vulnerabilidad me irrita la piel, un mal disfraz que finjo que no me pertenece.

—¿Estás bien?

Trago saliva y el sabor amargo me provoca una punzada en el estómago.

—Solo era una pesadilla.

—¿Desde cuándo las tienes?

Aparto la vista. El silencio es todo lo que soy. Me tumbo y me escondo bajo el edredón. La misma imagen de siempre me persigue, tatuada en mis pupilas.

Cuando el despertador suena a las seis, aún no he logrado conciliar el sueño.

24

Los días pasan y sumamos nuevos encuentros. En algunos, solo miro sus progresos con los patines; en otros, hablamos de todo y de nada; nos conocemos poco a poco y vamos dejando migajas de nosotros mismos en un camino común.

—¿Por qué llegas tan tarde? —me recrimina Annie.

El cielo está oscuro y la luna se deja ver entre dos nubes grises. Si no fuera por la iluminación de las calles y carreteras cercanas, apenas podríamos distinguirnos.

No le contesto. No quiero contarle que hoy he ayudado a mi padre a montar una estantería. Que hemos hablado entre silencios tensos. Que me he clavado un tornillo en la palma y que él se ha reído. Que hemos compartido unas cervezas como lo harían un padre y su hijo montando muebles. No quiero porque lo haría más real y a ratos aún me confunde la relación que tenemos.

—¿Algún motivo de peso para venir antes? —le replico con desdén.

Aunque mi actitud sea más esquiva que otra cosa, Annie sonríe. Aprieta los labios para concentrarse y se desliza con suavidad sobre el hielo. Da un paso. Otro. Otro más. Y, de repente, está patinando. Su cuerpo se mueve con ritmo. Su expresión es de pura dicha. En la mía ya no hay hosquedad, sino orgullo. Aunque su euforia no dura mucho antes de perder el equilibrio y caerse al suelo.

Pese a ello, alza los brazos al cielo y grita victoriosa.

Es un gran momento.

Es suyo y, de algún modo, lo ha hecho nuestro al compartirlo conmigo. Porque Annie me estaba esperando. Me estaba esperando para también regalarme esto.

Después se tumba. Su pelo se desparrama a su alrededor. Largo, castaño, en ondas que recuerdan a las olas del mar. Los dedos, envueltos en lana, juegan a rozar el frío hasta que se queman y los aparta. Estira las piernas y las mueve. Un ángel de nieve sin nieve.

Cierra los ojos y los abre. El cielo está prácticamente despejado y de ese azul que se acerca al negro. No sé por qué, pero la imagen me parece triste. También dulce. Transmite una nostalgia que no comprendo. La mezcla me inquieta.

Entonces Annie entreabre la boca, como si lo que ve le hubiera desvelado un secreto.

—Deberías ver esto, Drake.

Trago saliva. Annie estira la mano y roza la superficie vacía a su lado. Es una invitación sutil. Es un límite no superado hasta ahora. Doy un paso y piso el hielo. Doy otro. Otro más. Parezco un pingüino. Y sigo. La distancia se acorta. Pero esto se trata de algo más que la tarde en la que vimos los peces. Esto me acerca a la sensación de libertad de la que ahora me escondo. En un momento dado, el crujido del hielo me provoca una punzada en el pecho. El miedo lo inunda todo y me tiembla la voz.

—No puedo, Annie. Lo siento.

Me marcho y la dejo ahí. Una chica sola tumbada mirando el cielo de noviembre. Un ángel de hielo aceptando el rechazo de mi corazón helado.

La chica que lo tenía todo

La primera vez que Annie besó a un chico pensó en su hermana.

Algo raro. Algo que, aunque nadie pudiera entender, tenía una explicación completamente lógica.

Regresó a casa y se encontraron en el patio trasero.

—¿Y bien? —preguntó Lizzie inquieta.

—No ha ocurrido. No ha pasado nada. Eso de los fuegos artificiales es una tontería. No merece la pena besar a nadie.

—¡Lo sabía!

La pequeña continuó arrancando malas hierbas del jardín como si nada hubiera sucedido, mientras entre las costillas de Annie un colibrí aleteaba con brío. Era diminuto, pero estaba ahí y provocaba pequeños seísmos.

Su madre se acercó y se sentó a su lado.

—¿Por qué le has mentido?

Annie se mordió el labio, avergonzada, pero aún segura de que había hecho lo correcto quitándole importancia a ese beso.

—Porque no quiero que nadie le haga daño.

—¿Y quién te dice que vayan a hacérselo? ¡Un beso no tiene por qué ser nada más que un beso, Annie! Hay amores que nunca llegan a besarse y el dolor los acompaña igualmente. Todavía eres joven para comprenderlo.

—Pero ¿por qué, entonces, siento esto?

Se tocó el corazón. Latía con rebeldía. Una presión extraña que antes no existía al pensar en aquel chico de pelo rubio y sonrisa torcida. Al pensar en otros. En todos a los que podía besar de aquí a que se muriera. En todo lo que podría sentir. Una lista infinita de chicos que podrían poner su mundo del revés, mover los planetas, abrir grietas en la superficie de la Tierra.

—Estás descubriendo la intensidad, cariño, pero si la controlas no tiene por qué doler. Se siente parecido, aunque no es lo mismo. Las primeras veces siempre se viven así. Disfrútalas, porque nunca vuelven y un día las echarás de menos.

El suspiro soñador de su madre le hizo fruncir el ceño. Porque su madre también era una persona. Una mujer. Un ser humano capaz de sentir placer, dolor, de enamorarse y equivocarse. A ratos se le olvidaba.

—¿Eso quiere decir que después todo va a menos?

—¡No! Cuando de verdad te enamores, cuando conozcas a esa persona hecha para ti, sentirás tanto que creerás que podría estallarte el corazón.

Annie asintió. Reflexionó sobre esas palabras, como hacía siempre con todo. «Mi pequeña filósofa», le decía su padre. A Lizzie no la llamaba nada, tal vez «dragona salvaje» de vez en cuando, y ese privilegio paterno a Annie, egoístamente, le gustaba.

De pronto, una angustia desconocida la embargó y miró a su madre.

—Entonces, ¿hay una persona en algún lugar hecha para mí?

Su madre le sonrió con ternura.

—Una, dos o tres... ¿Quién sabe, Annie? Es lo bonito del amor. Lo especial. Lo imprevisible.

Pero Annie ya no escuchaba sus explicaciones, solo podía pensar en las posibilidades y en cómo llegar a ellas. Llevaba trece años de su vida desperdiciados en esa búsqueda que acababa de activarse.

—¿Y si ha nacido antes de tiempo y es demasiado mayor para que nos encontremos? Peor aún, ¿y si todavía no ha nacido y empiezo a buscarlo sin sentido? ¿Y si vive en, no sé, Zambia? ¡¿Cuándo demonios vamos a ir nosotros a Zambia?!

Aquella noche, Annie se durmió queriendo besar al mundo entero solo para descubrir si, como decía su madre, habría alguien capaz de hacer explotar su propio universo.

También se guardó un secreto. Uno que no compartiría jamás con nadie. Ya por entonces, cuando veía a su hermana eligiendo siempre el camino más complicado, pensaba que lo que de verdad le aterraba no era que otros le hiciesen daño, sino la posibilidad de que Lizzie se lo hiciera a sí misma.

25

Recuerdo la última vez que patiné. Si cierro los ojos, aún estoy allí. Viajo a aquel instante sin mover un músculo, del mismo modo que puedo visitar otros que preferiría olvidar.

La memoria es poderosa. Nos permite regresar a donde fuimos felices, aunque también al origen de la herida más profunda.

El estadio estaba vacío. Los chicos ya se habían ido al vestuario y la algarabía de sus risas se colaba por la puerta mal cerrada. Había sido un gran entrenamiento. Me había desmarcado dos veces sin dificultad y había celebrado el gol como si fuera uno real. Y, pese a la euforia que aún sentía bajo la piel, el mejor momento del día era ese. Cuando todos callaban. Cuando solo quedaba el silencio. Cuando éramos el hielo y yo.

Me deslicé por la pista sin saber que sería la última vez.

De haberlo sabido, me habría recreado en cada movimiento, en cada sensación, pero uno nunca sabe cuándo algo está a punto de acabarse.

Al día siguiente había quedado con los chicos. Un sábado cualquiera. Una fiesta en casa de Kayla. Unas copas. Un tonteo inocente —y no tan inocente— con alguna chica a la que no volvería a ver. Un mensaje subido de tono a Lexie para que supiera que tenía ganas de verla.

Y un error.

Un giro de guion.

Un final inesperado que me alejaría de lo que más me gustaba para siempre.

Abro los ojos. Me encuentro de nuevo en Leiwe Lake. Papá ha cocinado algo cuyo aroma a quemado se cuela por debajo de la puerta. La cama cruje cuando me muevo, pero todavía siento el hielo bajo mi cuerpo. Su olor inconfundible (porque, aunque la ciencia diga lo contrario, el hielo huele y solo unos pocos privilegiados podemos apreciarlo). Su roce invisible en la piel.

Hoy he visto a Annie tumbada en el lago y he deseado sentarme a su lado.

Ha sido una sensación extraña.

El anhelo siempre es cálido, un torrente que crece, se expande y acaba humedeciéndolo todo.

Me rozo la sien y lo noto. Es una lágrima. Es la muestra de que aún hay algo en mí que no está muerto.

26

—Annie.

—Drake.

Se muerde el labio para no sonreír y se desliza por el hielo. No me dice nada. No me pregunta por qué hui el último día. No lanza cuestiones que no quiero responder. Sus movimientos son más precisos. Sus pasos aún son cortos, como si temiera soltarse del todo, pero su cuerpo ya no transmite tanta tensión. El miedo se ha diluido dando paso a otra cosa más tenue.

—¿Cómo te sientes?

—¿A qué te refieres? ¿Es una pregunta educada de esas vacías, una sobre mi estado anímico general o...?

—¿Qué sientes ahora que lo has conseguido? —la interrumpo sin miramientos.

—Bueno, Drake, no creo que lo haya conseguido. Solo soy capaz de deslizarme en línea recta. Y aún me caigo una de cada tres veces. Tenemos mucho camino por delante.

—¿Tenemos? —pregunto con una ceja alzada.

Ella sonríe. Las sonrisas de Annie siempre parecen sinceras, como si las regalara sin querer. Su tristeza también. Me pregunto cómo se sentirá alguien capaz de dejar fluir sus emociones sin miedo a que los demás las puedan ver.

—No pretendía que sucediese, pero te has convertido en mi profesor. Tus consejos funcionaron cuando mi método no lo hacía, así que debo rendirme a tu sabiduría.

—Entonces creo que es el momento de pasar de nivel. Practiquemos la velocidad y la frenada.

Annie asiente. Su expresión concentrada me hace sonreír. Quiero que lo consiga. Necesito que lo haga. Quizá para que uno de los dos pueda volver a sentir lo que es flotar sobre el hielo. Tal vez para ayudarla a alcanzar lo que sea que tenga pendiente con su hermana. Sea lo que sea, quiero acompañarla. Quiero verlo.

—Deslízate despacio y dobla un poco más las rodillas. Cuanto más las dobles, más velocidad cogerás.

Annie obedece. Sé que le asusta, pero se esfuerza. Sus pequeños pasos se armonizan hasta que logra aumentar el ritmo.

—Para parar, solo debes presionar la parte plana de las cuchillas sobre el hielo, hasta que sientas que lo rasca. ¡Así, muy bien, Annie! —la animo, y ella se crece; sus movimientos son más seguros; su actitud, más valiente—. ¡Estira el pie! ¡Dobla la rodilla! ¡Ejerce presión en la parte plana! ¡Eso es! ¡Uuuuuuuh!

La vitoreo, silbo, hago aspavientos exagerados y su risa lo llena todo. Se gira para mirarme y pierde el equilibrio, cayendo de costado. Frunce el ceño por el dolor, pero, aun así, sonríe. Y, pese a que he sentido el impulso de correr hacia ella y ayudarla a levantarse para después negármelo, yo también lo hago.

—¿Eras profesor de patinaje? ¿Es eso? Porque me cuesta creer que seas tan bueno. No me malinterpretes, no las tenía todas conmigo.

—Jugador de hockey.

Las palabras salen disparadas. No lo medito. No las freno, porque son más rápidas que yo. Siento el peso de una pistola sobre el pecho, pero no ha sido eso lo que me ha hecho pronunciarlas, sino que la sensación de presión ha llegado justo después. Primero, la bala; después, la amenaza de peligro.

—Oh.

Annie me mira de un modo distinto. Ladea el rostro y se levanta. Patina despacio hacia mí. Es tan silenciosa que me pregunto si acaso las cuchillas rozan el hielo o flota sobre el agua congelada. Cuando llega a mi encuentro, sus ojos me escrutan como si quisiera saber más pero no se atreviera a preguntar. Seguimos siendo una ecuación extraña en la que las preguntas complicadas sobran y las dudas racionales no existen.

—Soy mucho más que un envasador de sirope de arce —le susurro.

Estamos a un palmo y siento su respiración sobre mi cuello. Cálida. Suave.

—Ya lo veo.

Baja la vista a mis pies. La punta de la bota apenas roza el comienzo del lago. Suspira y sé lo que está pensando. Se pregunta por qué ya no patino. Por qué soy incapaz de tocar el hielo más allá de unos pasos. No obstante, Annie levanta el rostro enarbolado por el frío y las sensaciones, y lanza otra cuestión que nos acerca un poco más sin necesidad de movernos.

—¿Y tú cómo te sientes, Drake?

—¿A qué te refieres? —repito sus mismas palabras y sus labios dibujan una sonrisa con tal lentitud que parece que no sucede—. ¿Es una pregunta educada de esas vacías, una sobre mi estado anímico general o...?

—Lo que quieras contestarme.

Su expresión, tan preocupada y sincera, me desarma. No puedo más que abrir la boca y soltar eso que apenas me deja respirar.

—Me siento bien cuando estoy aquí. Mirando el hielo. Viéndote patinar. El resto del tiempo estoy...

—¿Triste? —pregunta en un susurro ronco.

—No, no es tristeza, la tristeza es dulce y amarga a la vez. Esto es otra cosa. Es ira. Estoy enfadado. Y también siento culpa. La culpa es ácida. La culpa explota dentro de ti y lo ensucia todo. Convierte la ira en odio. Así que me paso el día enfadado y sintiéndome culpable, lo que me lleva a odiarme. —Sonrío con dureza y entonces algo más sale de mí; una verdad nueva; una que supone un poco de luz entre tanta mierda—. Menos cuando estoy aquí, Annie. Aquí todo es distinto.

Su mano encuentra la mía y la aprieta.

—A mí también me gusta venir aquí.

Me mira con dulzura y el peso de mis hombros mengua.

El mundo sigue girando, pero aquí, justo aquí, todo se congela y deseo que lo haga para siempre.

27

El Gina's Garden está igual de lleno que el sábado anterior. Huele a cerveza y a ambientador de coco, y el crujido de las cáscaras de los cacahuetes según entro se pierde bajo el solo de guitarra de Jimi Hendrix que sale por los altavoces.

—¡Chico valiente! —me saluda Gina con una de sus sonrisas amables—. Veo que te has quedado con ganas de más.

Me río entre dientes y acepto la cerveza que me ofrece sin preguntar. Me revuelve el pelo en un gesto maternal y me pregunta qué tal la semana. Me intereso también por la suya y por los problemas que me confió la última vez con uno de sus camareros. Me alegro de que la primera parte de la otra tarde aún se mantenga fresca en mi memoria como para aportar algo a la conversación. Y no me arrepiento de haber regresado, porque es fácil. Ya descubrí el sábado anterior que Gina es una de esas personas afectuosas por naturaleza con las que es sencillo encajar. Ella se amolda a los demás, lo que hace que no tengas que esforzarte. Quizá por eso he vuelto. Porque con ellos no tengo que fingir que soy un tío que bebe por diversión y no para olvidar.

Doug habla con un grupo de jóvenes al otro lado del *pub*. En cuanto me ve, me anima a acercarme. Me presenta a sus amigos y rápidamente me integran en la conversación. Son tres chicos y dos chicas. Una de ellas me mira. Es guapa. Tiene el pelo rubio largo y los ojos azules. Se llama Chelsea y es de Pensilvania. Una auténtica belleza americana.

Me habla de sus estudios, de la emergente carrera de su hermano en la actuación y de un exnovio al que aún llama de vez en cuando por nostalgia. Su voz es dulce, algodón de azúcar del que empalaga. Sus pechos se marcan bajo la licra azul de su camiseta.

Cuando me sonríe, noto un burbujeo en el estómago. Una sensación tenue que reconozco, aunque sienta lejana. Una sensación que no he buscado desde que me despedí de Lexie y que, de pronto, me recuerda que aún soy un hombre con deseos y un cuerpo que despierta ante el mohín de unos bonitos labios.

—Drake, ¿me acompañas a fumar?

La cuarta cerveza que me he bebido responde por mí. La agarro de la mano y salimos. Chelsea es la prima de uno de los amigos de Doug y se marcha en dos días a Harrisburg. Después de esta noche, no volveré a verla. No hay vínculo posible. No hay nada más que un cigarrillo a medias y una atracción directa que no obviamos.

—¡Menudo frío! Me he dejado el abrigo dentro.

Tiembla y sonríe. Sonríe y tiembla. Ni siquiera enciende el cigarro. La envuelvo con mi cuerpo y la beso. Sabe a vodka y a brillo de labios. Chelsea besa bien y toca en los lugares precisos. No hay sorpresa. No hay improvisación. No hay nada de eso que complica las cosas. Únicamente me ofrece lo que espero de ella y lo cojo.

Nos lo montamos en la camioneta de su primo, aparcada a la vuelta del *pub*. Se desnuda con pericia y se coloca a horcajadas sobre mí. Los cristales se cubren de vaho. Cuando entro en ella, no siento nada. Deseo, pura física, un impulso animal. Por lo demás, vacío.

Chelsea se corre con la ayuda de sus dedos poco después de que lo haga yo.

—Ha estado bien, ¿no?

Suspiro contra su frente y me aparto cuando intenta darme un último beso. No es rechazo, es... no sé lo que es, pero quiero marcharme. No quiero volver a verla. No quiero que nadie me toque.

Me despido de Chelsea con un amago de abrazo y no regreso al bar. Camino hasta casa. Cuarenta y cinco minutos de mí mismo con los que acabo hastiado. Quizá por eso no entro. Tal vez ese sea el motivo de que desvíe mis pasos y me acerque al lago. Es noche cerrada. Nunca lo he hecho antes. No espero encontrarla allí, es imposible que esté. Sin embargo, cuando tomo el sendero que me lleva a nuestro rincón secreto, la veo.

Gorro rosa. Abrigo negro. Mitones de rayas. Sus dos hoyuelos.

28

—¿Es que nunca descansas?

Mi voz rompe el silencio del bosque. Annie sonríe y estudia mi aspecto. Ni siquiera me he molestado en comprobar mi atuendo después de practicar sexo. Me imagino con el pelo revuelto, los labios hinchados y la camisa mal abotonada bajo el abrigo. ¿Debería sentir vergüenza?

—¿Has ido a divertirte otra vez? —me pregunta con expresión pícara.

—¿No crees que es peligroso patinar a estas horas? —le replico, porque, de pronto, me pregunto cuántas veces estará Annie aquí sola, en plena noche, sobre el lago helado, y no me gusta. No es prudente. Hace mucho frío y estamos lejos de las primeras viviendas como para que alguien se entere si le sucede algo.

—¿Es pintalabios lo que tienes ahí?

Me señala el cuello y me llevo la mano al punto en el que su mirada sigue fija.

Hoy sí que hay preguntas. Hoy la sorpresa de encontrarnos a una hora que no nos pertenece despierta nuestra curiosidad. Hoy vemos una nueva versión del otro y debemos enfrentarnos a ella.

—No puedo dormir —me confiesa—. Y, cuando no puedo dormir, necesito hacer cosas. No soporto quedarme quieta.

Termina la frase con un balanceo de caderas y se desliza con una destreza que apruebo con un asentimiento. Por mucho que me preocupe el tiempo que pueda pasar aquí sola, me alegro profundamente de que hoy esté.

—He ido al Gina's Garden. He tomado unas cuantas cervezas. He conocido a una chica.

—Sí que suena divertido. ¿Cómo se llama?

—Chelsea. Pero no importa. No volveré a verla.

Patina hasta llegar a mí y se sienta a mi lado. La temperatura ha descendido tanto que me castañean los dientes, aunque ella no parece notarlo.

—¿Era guapa? ¿Te ha gustado? Del uno al diez, ¿cómo de intenso ha sido?

La miro, estupefacto, y me echo a reír.

—¿Hablas en serio?

—¡Claro! Yo... —Sacude la cabeza y se abraza las rodillas—. Supongo que soy una romántica. No es que estemos hablando de amor —pongo los ojos en blanco y Annie se ríe como una niña—, pero la intensidad tiene algo adictivo. Añoro eso.

—¿Tanto hace que no te lo montas con alguien en una camioneta? Claramente está sobrevalorado, créeme.

Su carcajada me hace reír.

—Hace tiempo, sí, pero no solo se trata de eso. Siempre he anhelado algo que nunca llega. Pero sigo enganchada a esa sensación. A la expectación. A esa intensidad que nos abruma antes de que todo acabe.

La observo atónito. Sus palabras transmiten algo agridulce que no me gusta asociar con ella. A Annie le brillan los ojos ante las cosas y pensar que todo está condenado al desencanto apaga esa luz.

—Esperar eso de todo debe de ser decepcionante.

—La mayoría de las veces.

—¿Y las otras?

—Por las otras es por las que merece la pena fracasar el resto del tiempo. Aunque debo confesarte que no he llegado a encontrar eso que hace que todo explote.

—Que explote —repito, intentando entenderla.

Annie sonríe.

—¡Sí! Los fuegos artificiales y todo eso... —Se muerde el labio y siente vergüenza por lo que está compartiendo conmigo, pero tampoco se contiene; no sé si será porque aún me dura el efecto de las cervezas, pero su honestidad me resulta electrizante—. Mi madre me explicó hace tiempo que existen personas capaces de provocarte algo único.

Me mira esperanzada y me apetece saber más de ella. De su vida. De sus experiencias, las decepcionantes y las que no lo fueron. Cualquier cosa que me explique a la chica que tengo delante.

—Un cinco.

—¿Qué?

—A Chelsea. Le doy un cinco.

Annie rompe a reír y me siento un idiota. Y un crío por reducir todo a un número. También mejor que en toda la noche, orgasmo incluido.

—Un cinco. Vaya.

Silba y me paso las manos por el rostro. Cuando estaba en el instituto los chicos solían hacer esto. Puntuaban a las chicas por su belleza o sus destrezas en la intimidad. Algo infantil, injusto y subjetivo que solo servía para hacerles daño. Yo a veces participaba, pero nunca me sentí cómodo. Me pregunto por qué lo hacía, entonces. Por qué la opinión de los demás sobre mí me importaba más que la mía. Supongo que porque siempre somos el equilibrio de lo que se espera de nosotros y lo que en realidad somos.

—Puede que un cinco sea la puntuación más decepcionante de todas —me dice Annie, encogiéndose de hombros.

—¿Por qué?

—Ni bueno ni malo. Totalmente olvidable.

Asiento y la miro. La luna nos ilumina. Sus ojos se parecen al verde de las montañas cuando el invierno se acaba. No tengo manera de saberlo, pero es imposible que Annie sea menos que un siete. Quizá un ocho.

—¿Qué nota le pones en la escala de intensidad de Annie al último afortunado que te tuvo?

Alza la mirada y arruga la nariz ante los recuerdos. Su expresión no es muy alentadora. Siento pena por el pobre diablo en el que está pensando, el mismo que no supo darle lo que deseaba.

—Un tres.

Se muerde el labio y esconde el rostro entre sus rodillas. Si no resultara extraño, le acariciaría el pelo, como a un cachorro o a una niña que no sabe que no debería avergonzarse por eso.

—Lo bueno de las experiencias decepcionantes es que pueden mejorarse. No hace falta que te quedes con la última, puedes sustituirla por una mejor.

Le guiño un ojo, pero su sonrisa se desdibuja al mismo tiempo que siento el peso del alcohol y del cansancio entumeciéndome el cuerpo.

—Sí, supongo que sí. ¿Dejaste alguna novia en...?

Annie duda acerca de mi lugar de origen y termino la pregunta por ella.

—¿En Calgary? —Traga saliva y asiente; sus ojos brillan con intensidad y pestañea, apartando la vista—. No. Solo estaba Lexie. Con Lexie todo era un notable. Lo bastante bueno como para repetir, pero no lo suficiente para que fuese importante.

La noto repentinamente ausente. Su mirada se pierde en el lago y frunce los labios hasta que el inferior apenas se ve.

—Oye, Annie, ¿te ha molestado algo que he dicho? Solo te seguía el juego con lo de la puntuación. Guardo muy buen recuerdo de Lex.

Niega con efusividad y se levanta. Su sonrisa es distinta; tensa; por primera vez, vacía.

Patina despacio y ya no me mira. Se aleja por la superficie como si yo no estuviera, así que decido marcharme. La imagino buscándome con los ojos cuando ya me he ido. Regresando sola a donde quiera que viva. Recordando, al igual que hago yo ya bajo el peso del edredón, cuándo fue la última vez que tuvo un diez entre las manos y si este realmente existió.

El chico que lo perdió todo

Mamá cenaba en la cocina cuando alguien llamó a la puerta. Yo hacía días que malcomía a deshoras y que evitaba su compañía. Cuando abrí, me encontré al otro lado con el rostro adusto del entrenador Sanders.

—Drake, ¿tienes un momento?

Aún llevaba la equipación deportiva que usaba en los entrenamientos. Imaginé que habría venido directamente del estadio, lo que provocó que el nudo de mi garganta se intensificara.

—¿Qué está haciendo aquí, entrenador Sanders?

—Si uno de mis mejores jugadores deja de aparecer por la pista, yo voy a buscarlo. ¿Qué está ocurriendo, Tremblay?

No lo invité a pasar. Salí al rellano y dejé una rendija entreabierta para evitar que mi madre fuera testigo de aquella conversación.

—Me duele la rodilla.

—Tonterías. Puedes mentir a quien quieras, pero a mí no, Drake. Tu rodilla está perfectamente.

Me crucé de brazos en actitud defensiva y se dio de bruces con un muro de silencio.

—¿No dices nada? —insistió.

Aparté la vista. Cada vez que alguien que me apreciaba me miraba a los ojos sentía que me ahogaba.

El entrenador Sanders rondaba los cuarenta y tenía mujer e hijos. Un hombre cuya carrera en el hockey se había visto truncada como la de tantos otros por una lesión, lo que lo había obligado a buscar un camino en el que no tuviera que renunciar a su pasión. Pese a ello, parecía feliz. No se había resignado a abandonar su sueño, sino que había buscado la forma de encajarlo en su nueva realidad. Yo lo admiraba por ello. Más aún, lo respetaba, lo que complicaba una situación ya de por sí incómoda.

—Mira, Drake, no sé qué habrá pasado, pero no puedes paralizar tu vida ni jugarte tu futuro por un problema. ¿Chicas? ¿Familia? —Negué vagamente—. Sea lo que sea, el mundo sigue girando.

Deseé poder decirle que el motivo de mi huida era que había roto algún corazón; que un amigo me había traicionado; que un asunto familiar me obligaba a cuidar de los míos. Pero no se trataba de nada de eso. La verdad era otra. La verdad me posicionaba en un lugar del que no podía ni quería salir.

—No para mí.

La voz me salió ronca, ahogada por la vergüenza, el arrepentimiento y la culpa. Su expresión cambió, se tornó más preocupada, como si hasta el instante hubiera creído estar tratando un conflicto típico de la juventud y no uno real.

—¿Necesitas ayuda? El equipo puede ofrecerte apoyo psicológico de cualquier índole, solo debes...

Negué y apreté los dientes. El dolor me atravesó en dos y solo supe convertirlo en rabia. Me quemaba. Me ahogaba. Necesitaba soltarla, desprenderme de ella del modo que fuera, pero, ante la ausencia de un espejo que me devolviera mi reflejo, temía enfocarla sobre la persona equivocada.

—Lo dejo.

—¿Qué?

Parpadeé, aturdido, y sentí el alivio de esas dos palabras que desconocía de dónde habían salido. Solo sabía que eran las correctas. Que aquello me proporcionaba una huida de mí mismo. Una huida del chico capaz de hacer lo que había hecho.

—Que lo dejo.

Era mi voz. La reconocía, pero me costaba comprender por qué estaba diciendo aquello. Era una salida. La más fácil de todas. Un castigo que me autoimponía y que me colocaba en una posición aventajada respecto a Logan, a Tucker y a Caleb, y que me hacía sentir mejor de un modo egoísta.

—Drake, ¿qué estás diciendo?

El entrenador Sanders dio un paso hacia mí e hizo amago de tocarme, aunque frenó en el último momento. Su expresión era una mezcla de incredulidad, tristeza y enfado que me costaba gestionar y, aun así, la certeza de que no había otro camino para mí me hizo fijar la vista en la suya y repetir aquella decisión con una firmeza inamovible.

—Se acabó.

Chasqueó la lengua y se removió inquieto. El presentimiento de que había algo que no había compartido conmigo me embargó. Algo que podía cambiar las cosas o hundirme del todo. Algo que él iba a usar como último recurso, pese a las consecuencias.

—Mira, Drake, si estás pasando por alguna situación personal compleja, podemos alegar baja médica lo que queda de temporada y ayudarte a solucionarlo. Pero tienes a los ojeadores encima. Sabes que sería tu oportunidad de pasar de la AHL a la NHL. Hay muchas posibilidades de que recibas más de una oferta el año que viene. El sueño de tu vida, Drake. Has nacido para esto.

Cerré los ojos un segundo. El golpe abrió una nueva herida dentro de mí.

—¡Cállese! ¡Cierre la puta boca y márchese!

Lo empujé levemente, pero lo suficiente para que mi reacción lo sorprendiera. Me observó de un modo nuevo. Con miedo, un miedo que no estaba dirigido a mí, sino a lo que me había convertido.

—¿Qué es lo que has hecho, hijo? ¿Qué es lo que te ha roto en pedazos?

Noté las lágrimas, calientes y espesas, y dejé que las viera. Y Sanders lo sabía, aquel sollozo no era por él, ni por aquella conversación, ni por lo que ocultaba y a lo que no me atrevía a poner voz. Aquel dolor era porque me estaba despidiendo de lo único que me hacía sentir vivo y, cuando eso sucede, empiezas a vivir como si ya estuvieras muerto.

—No vuelva a buscarme.

29

El lunes me encuentro con Doug en el segundo descanso. Lleva dos cafés en las manos y me ofrece uno. Con leche, tres de azúcar, templado. Cuando le doy un trago, lo miro con cautela.

—¿Cómo es posible que sepas cómo me gusta el café? Tu perfección comienza a ser irritante.

Se ríe, aunque no responde. Me planteo que Doug sea una especie de superhéroe que se oculta entre sirope de arce y pantalones de pinzas, y que salva a chicos perdidos de hundirse en su propia mierda.

—¿Todo bien? El sábado te marchaste sin despedirte —me pregunta.

No se anda con rodeos. No me juzga, solo quiere saber. Pese a ello, la posibilidad de decepcionarlo se cuela bajo mi ropa y tiemblo.

—Doug, lo siento. Estaba cansado. —Sonríe, burlón, al pensar en lo que sucedió con Chelsea y sacudo la cabeza—. No me refería a ese tipo de cansancio.

—Chelsea dijo que os divertisteis.

—Lo pasamos bien.

Sonreímos con una complicidad que no sabía que echaba

de menos y, sin poder evitarlo, pienso en Logan, en Tucker y en Caleb. Ni el azúcar puede tapar lo amargo de los recuerdos.

—Pero lamento decirte que Gina te interrogará al respecto en cuanto te vea. Le encantan los chismes.

—Podré soportarlo.

—Por cierto, el viernes es su cumpleaños. Haremos una fiesta en el *pub*. Le gustaría que vinieras.

Su invitación esconde una súplica, lo noto. Doug nunca me ha pedido nada, solo me ha ofrecido, solo me ha tendido la mano. Quizá sea el momento de que yo también empiece a responder de algún modo.

Asiento y le digo que allí estaré. Sin embargo, antes de que terminemos el café y volvamos a nuestros puestos, le expongo una duda que me quema desde hace tiempo.

—¿Puedo hacerte una pregunta?

—Claro.

Supongo que, si quiero intentarlo con ellos, lo mejor es empezar a construir la relación sin disfraces.

—¿Por qué lo hacéis? Apenas me conocéis y no soy precisamente la compañía más agradable de Leiwe Lake. No me malinterpretes, agradezco que me hayáis dado una oportunidad, pero me cuesta entenderlo. Me cuesta entender que alguien pueda ser tan generoso sin motivos de peso.

Doug me mira y se termina el café. Arruga el cartón entre los dedos y lo lanza a la papelera. Por un momento, pienso si no le habré ofendido. Si mis palabras habrán sido la gota que ha colmado su vaso de paciencia, en apariencia, infinita. Me percato de que no quiero que suceda. No quiero sentirme solo de nuevo. No quiero volver a la casilla de salida, lo que me hace darme cuenta de que, desde que he llegado aquí, he avanzado, aunque no tengo claro si lo he hecho o no en la dirección correcta.

—No sé con qué clase de personas te relacionabas en Calgary, Drake, pero aquí las cosas funcionan así. No digo que este pueblo sea un remanso de paz, solo que, si buscas, si te fijas en lo que te rodea, podrías conocer a gente que de verdad merece la pena.

Cuando Doug se marcha, papá se acerca y me pregunta por el trabajo del día. Revisamos que todo esté bien antes de terminar la jornada y volvemos juntos a casa. Apenas falta un kilómetro para llegar, cuando lo miro y carraspeo nervioso. No estoy acostumbrado a ser quien dé el primer paso.

—El viernes es el cumpleaños de Gina. Necesito comprarle un regalo.

Papá desvía la vista de la carretera un instante, lo justo para comprobar que soy yo el que acaba de pedirle ayuda y no uno de los muchachos disfrazado de mí para gastarle una broma.

—Creo que no soy la persona más indicada para eso, pero sé quién estaría encantada de ayudarte.

Su sonrisa es una nueva. Una que se parece demasiado a la que solo el Drake niño recuerda.

30

Ruby me espera en su coche a la salida del trabajo, un utilitario de color amarillo intenso que no comprendo que pueda soportar la dureza de estas carreteras. Tampoco que no sea ilegal por motivos estéticos. Lleva flores pintadas en un lateral y la tapicería está cubierta con fundas de color rosa.

—¿Qué tal está hoy mi segundo Tremblay favorito?

—Siendo solo dos, puedo tomarme eso como un insulto.

Papá se ríe antes de darle un beso demasiado cauto, a juzgar por la expresión de Ruby, y se marcha ignorando los comentarios burlones de los muchachos.

—Sabes que es un halago, Drake. Estás muy guapo. ¿Te has hecho algo en el pelo?

Me río entre dientes ante su forma tan sutil de decirme que se ha dado cuenta de que me he peinado antes de ir a su encuentro. Subo al coche y me embarga enseguida el perfume de Ruby. Está en todas partes. Es dulce, intenso, floral, picante. Ni siquiera sabría describirlo. Es como entrar en una tienda esotérica encajada dentro de un jardín botánico.

—Bien. ¿Preparado para una tarde de compras con la buena de Ruby?

Arranca el coche y la particular voz de Joni Mitchell nos

envuelve. La miro con sorpresa cuando Ruby comienza a cantar; áspera, sensual, con una ternura inesperada.

—Lo haces bien.

—¿Tanto te sorprende?

—No, pero jamás habría elegido esta música para ti. Habría apostado por algo más... excéntrico.

Ruby se ríe y la nostalgia brilla en su mirada.

—Le gustaba a mi madre. Me cantaba sus canciones cuando era pequeña.

—¿Cómo era la Ruby niña?

—¿Conoces esas fuerzas sísmicas capaces de separar continentes?

Suelto una carcajada y ella me acompaña.

—Terremoto Ruby. Debería haberlo imaginado.

—Siempre he sido... inquieta. Steven dice que tú eras un niño tranquilo. Que solo parecías despertar cuando estabas sobre el hielo.

Mi sonrisa desaparece. Ruby tamborilea sobre el volante siguiendo el ritmo de una canción que habla de un amor perdido. Canturrea como si no acabara de destapar una herida. Su comentario no es casual, pero con ella las cosas parecen fluir con una naturalidad a la que no estoy acostumbrado, así que me dejo llevar.

—Imagino que también te habrá contado que ya no patino.

Siento su sonrisa sin verla. Aunque es una triste, cargada de todo eso que no decimos.

—Me ha contado muchas cosas. ¿Te molesta?

Ruby aparca frente a una tienda de perfumes. Pienso que no tienen rival al lado del que ella emana allá por donde pasa. Cuando el motor se apaga, me vuelvo y la miro con firmeza.

—Hace unas semanas me habría molestado, pero ahora

me alegro de que lo haga. Me alegro de que estés aquí. Me alegro de que me ayudes en esto. Me gustas, Ruby.

—Tú también me gustas, Drake.

Su sonrisa nos acompaña el resto de la tarde. Paseamos por los locales sin prisas, ojeando todo lo que vemos, como si nuestro objetivo no fuera comprar un regalo por compromiso y sí disfrutar de una tarde de compras. Ruby se prueba lo que me parecen seiscientas prendas en su tienda favorita de ropa y yo valoro cómo le quedan.

—Pareces una muñeca hinchable.

Lleva un vestido blanco de volantes. Se le pega a su figura de tal forma que dudo que pueda quitárselo sin ayuda. Se lo digo y ella se ríe. Su expresión se vuelve pícara.

—Esa es la idea, Drake. Esa es la idea.

Me guiña un ojo y mi carcajada retumba en la zona de probadores.

Me obliga a ponerme un sombrero. Una corbata azul. Un pijama de pingüinos con el que parezco un niño gigante. Compramos el pijama. Tomamos café y bollos de pasas en un descanso que Ruby me permite antes de continuar. Ruby se maquilla gratis con los probadores cosméticos y le compro un pintaúñas de color naranja solo para que se calle de una vez y salgamos de allí.

También me habla de mi padre. Lo hace con confianza, pese a que es obvio que el tema es una neblina extraña flotando sobre mí.

«Tu padre adora estos bollos.»

«Tu padre nunca usa pijama.»

«Tu padre cree en Dios y cada noche reza por ti.»

Encontramos el regalo de Gina en una pequeña tienda de complementos. La chica teje un gorro en un rincón. Hay montones de lana en cestas de mimbre colocadas en el suelo, y en sus estanterías puedes encontrar casi cualquier cosa hecha con este material. Los colores vibran, vivos y enérgicos, a nuestro alrededor. Huele a invierno y a leche caliente.

Reviso los estantes hasta parar frente a un gorro. No tiene nada en especial. Los hilos de colores se entremezclan, azules, amarillos, rosas, verdes... Un pompón lila remata su punta. Es sencillo. Y bonito. Me lo imagino en la cabeza de Annie. Danzando sobre el lago helado. Enmarcando su sonrisa de hoyuelos imposibles y cubierto de nieve, pequeños puntos blancos enredados a la lana.

—¿Te gusta? —Ruby, a mi lado, frunce los labios—. No está mal, pero creo que Gina es más de boinas. ¿Qué te parece esta bufanda? Es maravillosa y va con sus ojos.

Aparto la vista, aún con los dedos sobre el gorro, y alzo una ceja.

—¿Acaso Gina tiene los ojos fucsias?

Ruby se ríe y me da un manotazo en el brazo. Pero no bromeo. La bufanda no puede ser más cursi. De color rosa e hilos dorados entrelazados. Además, le cuelgan pequeños pompones de colores que destacan como copos de nieve.

—Hazme caso. Le encantará.

Compro la bufanda. Le regalo a Ruby unos guantes plateados. Regresamos a casa.

Durante todo el viaje de vuelta me pregunto por qué no me quito de la maldita cabeza la imagen de Annie con ese gorro.

31

Ruby abraza a mi padre en cuanto entra por la puerta. Le besa la comisura de los labios. El cuello. La camisa a la altura del pecho. Él se revuelve, incómodo por que yo sea testigo de su efusivo saludo, pero no aparto la mirada de ellos.

Sonrío con maldad y disfruto de esa irritación propia de un adolescente frente a sus padres. Yo no lo llegué a vivir con él, así que me parece justo que suceda lo opuesto. Ruby me lo pone fácil. Tiene las manos rápidas y la sangre caliente. Además, creo que también le gusta chincharlo.

—¿Qué tal ha ido? —pregunta papá, apartándose de ella lo justo para no ofenderla.

—Bien. Nos hemos dado algún que otro caprichito. Y a Gina le hemos comprado una bufanda tan larga que, si la estiramos, podríamos llegar a Toronto. —Papá se ríe—. Pero eso no es lo mejor. Tiene pompones. Decenas. Cientos. ¡Miles! Le va a encantar. ¿Y el punto? Tiene hilos brillantes entretejidos como si fuera un manto estrellado.

Dejo a Ruby exagerando sobre las virtudes de una simple bufanda y malcomo restos de la cena de ayer antes de marcharme.

—¿Adónde va a estas horas? ¿Tú sabes el frío que hace?

—Irá a ver a Annie.

Las alertas de Ruby saltan. Casi puedo ver sus ojos de animalillo muy abiertos incluso estando de espaldas a mí.

—¿Quién es Annie? ¡Oh, Steven! Siempre te olvidas de contarme lo realmente importante. ¿Qué importa si el chico no patina? Estamos hablando de una chica, ¡por el amor de Dios! Ponme una copa y habla.

Cierro la puerta y escondo las manos enguantadas en los bolsillos. El frío corta la piel y adormece los nervios. Y, aun así, sonrío. Es el efecto del terremoto Ruby.

Me encuentro con Annie y su mirada perspicaz quitándose los patines.

—Ya me iba.

—No deberías estar aquí sola a estas horas, Annie, y menos con este tiempo.

—Si no me dieras plantón... ¿Y esa sonrisa? —me pregunta, porque no solo sonrío por su recriminación. De hecho, me doy cuenta de que hoy no he dejado de hacerlo.

—¿Qué pasa? ¿No puede uno parecer feliz? Tengo que practicar. Quizá algún día lo consiga y no sepa reaccionar.

Annie se ríe con ganas y ese sonido me alivia, ya que el último día no nos despedimos, como si se hubiera molestado por algo.

—Tienes razón. Debemos estar preparados.

Me regala una sonrisa preciosa, hoyuelos incluidos, y me calmo. Resulta anestesiante. Se termina de abrochar las botas y se levanta. Se coloca frente a mí, muy cerca, y me mira con desafío.

—Que sepas que hoy no he necesitado tus consejos. He patinado increíble.

Su nueva seguridad me hace sentir bien. Como si lo hubiéramos conseguido juntos. Como si el hielo aún fuera parte de mí.

—Entonces hoy ha sido un buen día para los dos —le confieso.

—¿Has envasado sirope por encima de tus posibilidades? —bromea.

—He hablado de cosas que no quería y me he dado cuenta de que no pasa nada. Todo sigue igual. Y yo me siento mejor.

Su expresión cambia y me estudia con cautela. Siento que acabo de lanzar una bomba en algún lugar. El estallido aún hace eco entre nosotros. Las verdades funcionan así cuando les plantamos cara, son duras, no se andan con rodeos.

Pienso en Ruby, en cómo con ella ha sido fácil confesar que ya no patino. He dicho en alto que el problema existe y Ruby lo ha aceptado conmigo. Y Annie me mira de un modo parecido. Me pregunto por primera vez si las personas están siempre ahí, tendiendo una mano, y somos nosotros mismos los que nos apartamos. Animales heridos que no se atreven a dar el siguiente paso.

—Eso es bueno, Drake. Es muy bueno.

La miro y veo su propio dolor. No lo conozco, pero brilla en sus ojos. Es una estrella ardiendo. Algo en Annie ha cambiado y no sé por qué, pero quiero que sepa que también podría sentirse mejor, que me gustaría que lo hiciese.

—Podrías intentarlo, si te apetece —le digo con suavidad.

Annie pone los ojos en blanco y comienza a andar hacia el bosque.

—Qué modo más poco sutil de curiosear sobre mi vida.

—Quiero conocerte.

—Ya lo estás haciendo.

—No estoy seguro de ello —replico sincero—. Solo veo la superficie. Lo que queda debajo aún es un misterio.

Ella frena sus pasos, se gira y compartimos una mirada

extraña. Cargada. Prudente, pese a lo que gritamos bajo su silencio.

—Los peces han vuelto —me dice.

No aparta los ojos de mí.

—¿Te han saludado?

—Más o menos. Del susto me he tirado al suelo.

Sonreímos. Y en esta sonrisa cabe mucho más que un chiste compartido. Hay un significado oculto. Una metáfora que nos incumbe, que nos acerca y nos convierte en algo común.

—Algún día saldrán. Quizá se atrevan a golpear el hielo y lo resquebrajen. Sacarán la cabeza y respirarán aire nuevo.

—Somos peces —susurra Annie—. Tú y yo, Drake. Somos peces bajo el hielo.

No le digo nada. ¿Qué podría decirle? Al fin y al cabo, tiene razón. Si no patino es porque el hielo ya no me sostiene, ahora es parte de mí y lo recubre todo. Incluso el corazón.

32

Gina grita y me abraza cuando abre su regalo. Se comporta como si le hubiera ofrecido la luna en una caja, pero solo es una bufanda.

—Solo es una bufanda.

Sonríe con ganas y me da las gracias. Sus amigas la admiran, como si sus hilos de oro fueran de veinticuatro quilates y los pompones, rubíes y esmeraldas.

—¿Qué pasa con esa maldita bufanda? —le digo a un Doug que mira ensimismado a su mujer—. Solo es un trozo de lana.

—Es perfecta para ella. Yo no habría elegido una mejor. ¿Cómo lo supiste?

Me encojo de hombros. Podría hablarle de Ruby y su inestimable ayuda, pero soy demasiado egoísta como para no llevarme el mérito.

—Un mago nunca desvela sus trucos.

Doug se ríe y brindamos con una cerveza. El local está lleno, aunque el ambiente es agradable. Han colgado guirnaldas con forma de flor y una pancarta con la foto de Gina decora una de las paredes. Un globo con el número treinta ondea al fondo. La música es pop inglés de los sesenta, la favorita de la cumpleañera.

—¿Tú crees que es feliz?

La pregunta de Doug me descoloca. Miro a Gina y la veo charlar animadamente con los suyos. Sonríe sin parar, da saltitos, se emociona con cada regalo. Podría ser la pura imagen de la felicidad en un anuncio publicitario.

—Lo parece. Es una gran fiesta.

Doug suspira y le da un trago largo a su botellín.

—Sí. Supongo que sí.

En este instante me doy cuenta de que es humano. Es un hombre de carne y hueso. Los superhéroes, por mucho que lleven capa y salven al mundo, también sufren, y tienen problemas y miedos. Carraspeo y lo observo con cautela. Hay duda en su mirada, que dirige a Gina continuamente, como si hubiera algo más que intentaran cubrir entre sonrisas y muestras de afecto.

—¿Estás preocupado por algo? —Doug se vuelve hacia mí; juega a arrancar la pegatina de la cerveza poco a poco—. No soy muy comunicativo, pero sé escuchar. Podríamos intentarlo.

Me tiembla la voz con las últimas palabras. La prueba de que desde hace un tiempo no estoy acostumbrado a abrirme con los demás, quizá. Doug asiente, agradecido, y me palmea la espalda antes de pedir otra ronda.

Bebemos, uno al lado del otro, mientras, de fondo, las carcajadas de Gina parecen música. Bailotea con sus amigas, come canapés sin parar y bebe vino blanco en una copa con su nombre grabado. Se da una vuelta con gracia cuando una de las chicas alaba su vestido. «Es nuevo», dice coqueta. Está guapa. Se ha colocado una horquilla con una flor roja en el pelo. Carmín del mismo color. El vestido azul le marca las curvas y le hace unas piernas increíbles. Me pregunto cómo será tener una chica así a tu lado siempre, cada día al volver a casa, con la que compartir una intimidad que yo nunca he cedido a nadie.

A mi lado, Doug se termina la cerveza. Su silencio es reconfortante al mismo tiempo que violento, porque Doug no es de los que callan, sino de los que respetan el mutismo de los que somos incapaces de poner palabras al dolor. Doug, desde que lo conozco, es de los que sostienen y hoy parece que su mundo interior se tambalea.

—Llevamos desde la boda intentando ser padres. Ayer nos dieron una mala noticia.

Asiento y pido otra ronda. Frente a nosotros, Gina contonea las caderas y se ríe a carcajadas. En un momento dado, nos mira. Me saca la lengua como una niña y a Doug lo invita a levantarse. Le tiende la mano, pícara y divertida, y él niega antes de rendirse ante lo inevitable.

Se abrazan y se mueven al ritmo de una canción de James Bay.

Parecen felices, sí. Aunque hoy no lo sean del todo.

Me doy cuenta, mirando el beso que llega, de que la felicidad no existe. Son solo instantes punzantes que nos convierten en adictos a su búsqueda. Como los pompones de colores de la bufanda de Gina.

Hoy sí me despido de ellos. Me voy pronto, con los sentidos algo abotargados, pero aún más sobrio que ebrio, porque estoy cansado. Abrazo a Gina y comparto una mirada cómplice con Doug con la que me pide que le guarde el secreto. Las cosas cambian. Los vínculos se estrechan.

Me duermo rápido y sueño con Annie. Patina en el centro del lago. Se ríe con los ojos cerrados. Está guapa, con su abrigo negro y sus mitones de rayas. En la cabeza, el gorro con pompón lila que vi en la tienda.

La chica que lo tenía todo

Su padre era un hombre imaginativo. Le gustaba inventarse historias para ellas antes de dormir, les contaba leyendas de los bosques cuando hacían rutas en verano y se sabía todos los juegos del mundo. Aburrirse con él resultaba imposible.

Sin embargo, sus ideas no siempre le gustaban a Annie. Algunas la incomodaban. Algunas la hacían sentirse un bicho raro y mirarse por dentro más de lo debido.

—Es fácil, Annie. Solo tienes que escribir deseos.

Ella frunció el ceño. Tenía dieciséis años y la mente en blanco. A su lado, su hermana pequeña escribía sin parar con la lengua escapándosele entre los dientes. A Annie le recordaba al chihuahua desdentado de su vecina, la señora Lapointe.

—Vamos, cariño. Todos tenemos objetivos que cumplir. Yo, por ejemplo, siempre he querido tocar el piano. No sé si llegaré a hacerlo, pero está bien dejar constancia de ello por si algún día tengo la posibilidad de aprender y lo he olvidado.

Las palabras de su madre, en vez de tranquilizarla, la irritaron aún más. Para ella aquello debía de ser fácil; era de esas personas que siempre conseguían lo que se proponían. Annie no se equivocaba; dos años después, habría un piano en casa y tendrían que acostumbrarse a las lecciones de su madre a media tarde.

Arrugó la hoja entre los dedos y su mirada se perdió en la ventana. Había dos pájaros apoyados en una rama. Se imaginó su conversación como la de dos viejos amantes que se reencuentran y deben decidir qué hacer con una atracción aún viva. Tal vez era incapaz de imaginarse a sí misma, sus posibles versiones o su futuro, pero sí que podía crear aladas historias de amor. En eso se parecía a su padre.

—¿Qué pasa, Annie?

La voz grave de él le hizo volver a la realidad. Se había sentado a su lado y la miraba con esa calma de profesor que Annie admiraba. Esa serenidad que jamás creía posible en ella. Su cabeza siempre era un hervidero de ideas y dudas, de miedos y problemas sin resolver.

—¿Y si yo no lo veo así? Para mí, escribir todas estas cosas imposibles solo me hará recordar los fracasos.

—¿Por qué piensas que no las lograrás?

Annie suspiró. Siempre se había sentido la más realista de la casa, también la más cobarde. Pero, si de algo estaba segura, era de que no sería capaz de alcanzar aquellos deseos, los que guardaba solo para ella, los que le hacían sentir la felicidad anticipada ante la esperanza de tenerlos al mismo tiempo que se avergonzaba de sí misma por no poder conseguirlos.

La mano de su padre encontró la suya y soltó el papel. Él lo estiró de nuevo, aunque ya no tenía solución: las arrugas quedarían marcadas para siempre.

—No importa lo que escribas ahí, Annie. Será solo para ti. ¿Acaso crees que tu hermana capitaneará un transatlántico?

Los dos se rieron. Frente a ellos, Lizzie garabateaba ideas descabelladas hasta quedarse sin espacio, la mayoría de ellas, imposibles de realizar por ningún ser humano común. Annie había llegado a leer: «Ser la reina de un país europeo».

—Pero lo importante de esto es que aprendáis que podéis soñar sin miedo. Que no hay límites en desear. Que, aquí dentro —su padre le señaló primero la cabeza y después el corazón—, siempre seréis libres.

Annie sintió un amor inmenso por su padre. Aquel soñador que educaba a sus hijas en un mundo construido a su medida, uno sin barreras ni límites.

Así que suspiró, cogió el bolígrafo con fuerza y comenzó a escribir.

33

El domingo, cuando Annie me ve aparecer, su expresión es alegre. Me siento a su lado y me estudia concienzudamente. Aún no se ha puesto los patines y encoge los pies sobre el suelo frío. Sus calcetines son morados con topos amarillos.

—¿Se puede saber qué buscas? —le digo cuando se acerca y curiosea en mi cuello.

—Hoy no hay marcas de labios. ¿Un fin de semana aburrido?

Sacudo la cabeza y ella sonríe con maldad.

—Lo del otro sábado fue algo puntual.

—Qué lástima. Me habría gustado saber si mejoraste la nota.

Termina de calzarse y se pone en pie. Se desliza con esa seguridad que ha ido ganando con los días. Sus movimientos son cada vez más fluidos, aunque sigue sin atreverse a hacer giros. Cuando le toca volver, frena del todo y separa los patines del hielo como si estuviera caminando sobre un campo de minas.

Me levanto y recojo algunas ramas partidas del suelo.

—¿Qué estás haciendo?

—Es el momento de un nuevo consejo.

Annie sonríe emocionada y se acerca para coger las maderas. Le digo dónde colocarlas hasta que observa un pequeño circuito de obstáculos que debe sortear.

—¿Vas a preguntarme algo a cambio?

—Es posible. —Ella acepta—. Necesitas comenzar a practicar los giros.

—¿Por qué?

—No puedes patinar eternamente en línea recta, Annie. A no ser que tu propósito sea llegar a Alaska.

Frunce el ceño y me mira cohibida. Pero ahí está de nuevo, esa determinación que la acompaña siempre sobre el hielo. Ese afán de superación, pese a que los cambios le den miedo.

—Bien. Posición.

Se coloca en la línea de salida y me mira con atención.

—El circuito te sirve de guía para empezar a controlar curvas suaves.

—¿Después de esto estaré preparada para hacer una pirueta?

—Después de esto podrás girar sobre el hielo sin parecer un robot mal engrasado.

Me fulmina con la mirada y me muerdo una sonrisa. Luego observo su primer intento. Sus pasos imprecisos van ganando confianza y logra completar el circuito, aunque más bien a trompicones, sin deslizarse de forma continuada. Le comento sus fallos y vuelve a intentarlo. Con el segundo, mejora. Con el tercero, Annie ha aprendido a moverse con soltura entre las ramas. Va y viene una y otra vez, gira sobre sus pies y busca mi mirada, mi aprobación; comparte conmigo su alegría.

Cuando el cansancio puede con ella, viene hacia mí y se sienta. Emana calor y algunos mechones de pelo escapan bajo su rostro y le cubren las mejillas. Se quita los guantes, se desabrocha los patines y suspira con profundidad. Y espera. Annie espera, porque sabe que ha llegado el momento de que me dé algo a cambio y las preguntas la ponen nerviosa. No es que hoy se lo haya pedido, pero lo nuestro ya funciona así.

Se me ocurren muchas cosas. Podría indagar sobre su hermana, sobre los motivos de que esté aquí, sobre el amuleto que esconde en el bolsillo o, tal vez, incluso atreverme a preguntarle si ella también piensa en mí cuando no estamos juntos.

Sin embargo, hay algo más que me persigue desde la noche del cumpleaños. Una duda. Una necesidad que he convertido en prioridad sin comprender muy bien por qué. Pienso en Gina y en Doug y lo demás desaparece.

—¿Qué harías si desearas mucho algo pero supieras que no es para ti?

Annie reflexiona sobre ello y tira de una pielecilla de su dedo meñique. Que me tome en serio me gusta. Que responda solo a lo que pregunto, sin tratar de concretar a qué me refiero exactamente, me gusta. Que con ella sea tan fácil quitarme el escudo y que el miedo desaparezca me gusta.

—Bueno, hay varias opciones —explica Annie con los ojos fijos en el hielo—. Puedes seguir intentándolo, aunque cada fracaso será más duro. O puedes resignarte. Pese a que lo parezca, renunciar no es algo malo. Te permite buscar otras opciones que, *a priori*, quizá sean peor que la tuya, pero te obliga a abrir la mente. Nunca sabes qué puedes encontrarte.

Medito sus palabras y las hago mías. Incluso así, no sé cómo actuar, porque, por muy mala persona que eso me haga sentir, los demás nunca han sido mi prioridad. No obstante, si quiero ser alguien diferente a ese chico que lo perdió todo, debo empezar por cambios pequeños en una dirección distinta.

—¿Y cómo puedes ayudar a alguien que está pasando por eso?

Annie sonríe. Con mi respuesta acabo de confirmarle que me he sacado la lengua del culo y no estoy hablando de mí.

Que me entienda me gusta.

Que me lea como un libro abierto me gusta.

Que vea más allá de lo que muestro sin necesidad de contárselo me gusta.

—Solo tienes que estar a su lado. Ni siquiera tienes por qué hablar, Drake. Con estar a su lado basta, ¿comprendes?

Asiento. Y me recuerdo a su lado, acompañándola, mientras me hablaba de su hermana. Solo estando. Solo allí.

Trago saliva. A mí estar al lado de Annie también me gusta.

Joder, ¿y si la que me gusta es, simplemente, Annie?

34

Ruby me aborda una mañana en la que aún no me he quitado el pijama de pingüinos ni las legañas.

—Buenos días, ¿tienes hambre?

La miro como si tuviera ante mí un fantasma. Después desvío la vista al reloj que cuelga de la pared y sacudo la cabeza para espabilarme.

—¿Qué haces aquí a estas horas?

Papá sale del dormitorio en calzoncillos y se cuela en el baño sin saludar. Su aparición es todo lo que necesito para saber que se les complicó la noche y que ella se ha quedado a dormir. Creo que es la primera vez que sucede. Las otras ocasiones en las que han salido, Ruby se marcha en su coche antes de que salga el sol.

—Mejor no respondas —bufo, y me siento en la mesa.

—Te he preparado el desayuno.

—Ya lo veo.

Mire donde mire, hay platos deliciosos y algunos aún humean. Huevos revueltos, zumo recién exprimido, tiras de beicon crujiente, *bagels* de miel con semillas de amapola.

Cojo un trozo de beicon y me lo meto en la boca. Su sabor me estalla y pienso que, si existe el cielo, debe de ser algo parecido a esto. Ruby sonríe ante mi reacción y entrelaza las manos sobre el mantel. Parece un cura esperando una confesión.

—Y, por lo que veo, vas a mirarme comer otra vez.

No contesta. Solo me mira. Me bebo medio vaso de zumo y mastico el *bagel* sin apartar los ojos de los suyos. Es paciente. Ruby es de esas personas que, cuando quieren algo, lo buscan con insistencia. Pero también tiene prisa; en diez minutos debemos salir hacia el trabajo y no está segura de que pueda volverme a pillar con la guardia baja. Así que, después de ofrecerme una servilleta pulcramente doblada con forma de cisne, me pregunta con su voz más dulce:

—¿Quién es Annie?

—Es una amiga.

Ruby suspira, porque quiere más. No ha madrugado tanto para obtener una información tan insustancial.

—No conozco a ninguna Annie. ¿Es del lado nuevo? Esos residentes ricos nos están invadiendo.

—No lo sé.

—¡Pues deberías!

Me encojo de hombros y apuro el café. Papá ya está vestido y se asoma con cautela. Me pregunto qué le habrá dado Ruby a cambio para permitirle esta encerrona.

—No tiene importancia —le digo—. Solo le enseño a patinar. Hablamos. Ya está.

—La gente de fiar cuenta cosas de sí misma. A no ser que esté pasando una mala época, claro, como tú. Entonces se convierten en ostras a las que hay que abrir con mucho cuidado para no cortarte.

—¿Acabas de compararme con un molusco?

—También eres ácido como el limón. Una buena combinación.

Ruby sonríe. Y entonces me doy cuenta de que no solo es

su curiosidad natural la que le hace interrogarme, sino que se preocupa de verdad por mí. Doug llevaba razón: si miras, siempre hay gente a tu alrededor deseando tenderte la mano.

—Annie solo es... alguien con quien paso el rato.

—¿Te gusta?

No respondo. Ni siquiera estoy aún seguro de la respuesta. Supongo que porque nunca me ha gustado nadie de ese modo. Para mí gustar siempre ha significado otra cosa. Atracción física, deseo, diversión. Siempre me han gustado las chicas como me gustan los polos de fresa. Pero con Annie es distinto. Con Annie es algo más allá de lamer un helado y llenarme hasta el punto de no querer repetir hasta pasado un tiempo. Con Annie gustar se parece más a lo que sentía cuando me deslizaba sobre el hielo. Hay profundidad. Hay conexión.

Me meto un bollo en la boca y me levanto a por mis cosas. Cuando me monto en el coche, Ruby golpea la ventanilla con sus uñas pintadas y la bajo lo justo para oír un consejo que no sabía que necesitara tanto.

—No es malo que alguien te guste, Drake. Es bonito. Es sano. Déjate abrazar de vez en cuando por sensaciones buenas.

Ruby se va y papá se sube al coche después de besarla como si el planeta fuera a desintegrarse en unas horas. Su repentina entrega se debe a que desconoce que los veo por el espejo retrovisor.

—Pidió hablar contigo a solas. Espero que no te haya molestado —se disculpa una vez arranca el coche.

Me encojo de hombros. Ruby nunca me molesta. Puede ser mínimamente irritante y un tanto invasiva, pero soy capaz de ver todo lo demás bajo su apariencia excéntrica e intensa.

—¿Por qué te gusta?

Para lo personal de la pregunta, papá sonríe y habla desde el alivio del que tiene sed y le dan agua, del que tiene frío y se cubre con una manta. ¿Así es como debería sentirse el amor?

—Porque con Ruby la vida siempre es mejor. Es como uno de esos filtros de internet que hacen que todo parezca más bonito. Esos que quitan las arrugas, las imperfecciones y sustituyen una grúa de fondo por el mar. ¿Entiendes lo que quiero decir?

Pese a que su ejemplo me parece torpe, asiento. Porque sí, resulta fácil imaginar lo que significa y lo sencillo que sería engancharse a ello.

35

Le ofrezco a Annie un caramelo y niega con la cabeza.

—¿No te gustan?

Frunce los labios y aparta la vista. Está concentrada en saltar. Dice que es el momento de saltar sobre el hielo, pero yo creo que aún no está preparada y eso la irrita.

—¿Ahora no me hablas? ¿Qué tienes, tres años? —la provoco.

Ella resopla y su flequillo baila. Se deja caer a mi lado y miramos el lago. El invierno va cubriéndolo todo de una capa blanquecina y densa. Cada día anochece antes y temo el momento en el que las temperaturas desciendan tanto que vernos aquí fuera no sea posible.

—Le faltan muchas habilidades sociales, profesor —susurra enrabietada como una niña.

Sonrío y choco el hombro con el suyo. En cuanto la toco, se relaja y suspira.

—Es que debes tener paciencia. Saltar supone una estabilidad que aún no tienes. Y más allá de eso, un arrojo que...

—Lo sé. ¿Cuándo patinaste por primera vez?

—Dice mi madre que patiné antes que andar, lo cual es

una tontería imposible, pero le gusta contar eso a cualquiera que le pregunta.

Cuando hablo de mamá, algo me aprieta la garganta.

—Los padres siempre adornan la realidad. Necesitan que otros vean lo especiales que son sus hijos, cuando somos como todos los demás —añade ella.

Sonreímos con complicidad.

—Aunque es cierto que fui precoz. Con cuatro años ya patinaba.

—Y seguro que lo hacías mejor que yo.

Annie frunce el ceño y se lo relajo con los dedos. Es la primera vez que la toco de esta manera. Hasta ahora solo nos habíamos dado la mano. Ella contiene el aliento y me mira. Le brillan los ojos y la piel se le tiñe de un rubor tenue. Me pregunto qué sucedería si lo repitiera, si diera un paso más y le rozara la mejilla, la nariz, la comisura de la boca. Me pregunto qué sentiría si la que me tocase fuese ella.

—Todo el mundo patina mejor que tú, Annie.

Mi broma rompe esa tensión extraña que había despertado entre nosotros y me da un manotazo. Me río con ganas y se levanta. Sin decirme nada, se desliza con fluidez, más rápido que nunca, y atraviesa el lago. Su figura empequeñece según avanza. Nunca ha llegado tan lejos. Ahora solo es un bulto difuso que la neblina esconde. ¿Y si desaparece? ¿Y si no vuelve? ¿Y si se cae y no puede levantarse?

Me tenso al imaginar las posibilidades. El hielo bajo mis pies. Ella buscando mi mano. Los dos en medio de la nada.

El pánico lo nubla todo, un miedo espeso que me estremece. Me doy cuenta de que Annie me importa lo suficiente como para preocuparme si se aleja demasiado, como un padre que deja de ver a su retoño en el parque.

No comprendo por qué estoy pensando esto, pero creo que, si Annie lo necesitara, yo patinaría de nuevo. Me olvidaría de mis fantasmas e iría en su busca. Annie me despierta, pero también sé que aún es pronto. Lo que me callo aún pesa más que todo lo que decimos con este silencio.

La veo regresar hasta quedarse a varios metros de mí. Frena con destreza y sus ojos se enredan con los míos. Siento que, de algún modo, me está retando. Hay cierto desafío en ella que me encantaría aceptar, pero... pero me siento entumecido.

—Eso se merece un seis —le digo, puntuando su demostración.

Ella sonríe y pone los brazos en jarras.

—Vaya. ¿Es mi primer aprobado?

Asiento y le devuelvo la sonrisa. Gira sobre sus pies, dando una vuelta completa, como una bailarina dentro de una caja de música. Eso también es nuevo. Sus movimientos son diferentes, más naturales, menos medidos. Está contenta. La Annie contenta es todavía más guapa.

Me levanto. Doy un paso. Me apetece decírselo. Me apetece que sepa que, cuando sonríe tan de verdad, hay un brillo distinto en todo lo que toca. Pero el crujido del hielo me recuerda que yo no, yo sigo siendo el mismo.

—Enhorabuena, Annie.

Mi despedida es sincera. La suya... la suya está llena de anhelo, de curiosidad mal escondida, y abre una grieta bajo mis pies.

—¿Y cuándo fue la última vez que patinaste, Drake?

Cierro los ojos un instante y le susurro un adiós.

Cuando llego a casa, me percato de que Annie se ha saltado las reglas. Hemos rozado un límite con esa pregunta y escuece. Y, pese a ello, no me importa. Hoy somos otros y eso también me gusta, porque cambiar las directrices de algo supone que avanzamos. Que la vida continúa. También para mí.

36

—¿Por qué no la invitas a salir?

Gina me taladra con sus ojos de gato adorable. Es como uno de esos peluches que parpadean y sonríen si los abrazas. Siempre me han dado escalofríos.

—Porque no va de eso.

—¿Y de qué va lo vuestro?

La veo exprimir zumo de limón sobre su cerveza y dudo. Dudo porque no encuentro las palabras. Como cuando quieres definir un color y no termina de encajarte con ninguno. Azul verdoso. Verde azulado. Ni lo uno ni lo otro.

—Hablamos. Me gusta estar con ella. Eso es todo.

Gina me dedica una sonrisa torcida de esas que callan demasiado. Doug, sin embargo, siempre tiene facilidad para exponerlo todo de un modo que es imposible que te moleste. Un poco como Ruby, pero con una fachada educada y modélica. Típico yerno perfecto. Si no me cayera bien, resultaría de lo más irritante.

—¿Piensas en ella a menudo?

Asiento y doy un trago a mi refresco. Es miércoles y he preferido no beber para no cagarla mañana en el trabajo, aunque las botellas brillantes y relucientes detrás de Gina parecen llamarme con insistencia; el alcohol me ayuda a adormecer las voces que no quiero escuchar.

—¿Te gustaría estar ahora mismo con ella? —insiste Doug, llevándome por un camino que solo tiene la posibilidad de la línea recta.

Pienso en Annie. Me la imagino en el *pub*. La veo a mi lado, comiendo cacahuetes con miel y bebiendo... ¿Qué beberá, Annie? Algo sin alcohol, eso seguro. ¿Limonada? ¿Cola? ¿Zumo? Quizá, algún refresco de esos raros, de colores estridentes, muchas burbujas y sabores dulzones que acaban empachando. Y con pajita. Gina los decora con pequeñas palmeras e intuyo que a Annie ese detalle le encantaría. Pero ¿cómo puedo estar tan seguro si apenas la conozco? Es de locos.

Doug no espera mi respuesta. Hay silencios que hablan por sí solos y este es uno de ellos.

—¿Y por qué no lo haces?

Lo miro como si quisiera darle un puñetazo, porque cuando alguien te expone la verdad con tanta simpleza, como si tú fueras tonto y no hubieras sido capaz de encontrarla por ti mismo, duele.

Me termino la bebida, dejo un billete sobre la barra y me despido con un gesto. Sus sonrisas me acompañan durante todo el camino. La sensación de que estoy moviéndome, haciendo algo cuando llevo meses viviendo en automático, también se viene conmigo.

El cielo ya está oscuro cuando llego al lago. Aun así, sería imposible no verla. Pese al abrigo negro, es puro color sobre la blancura del hielo y bajo la luz que aportan el alumbrado a lo lejos y la luna. Un color indefinido. Mezcla de muchas cosas.

—Pensé que no vendrías. Hace demasiado frío —me dice como saludo.

Patina hacia mí y sonríe comedida. Sus ojos me buscan y no los aparto. La verdad se me escapa entre los labios.

—Quería verte.

—Oh.

Annie parpadea y pierde el equilibrio un instante, aunque no frena. Sigue deslizándose hasta llegar a mí.

—Alguien me preguntó si me apetecería estar contigo en ese momento y contesté que sí. Bueno, no contesté, pero eso no importa.

Traga saliva y se coloca a mi lado.

—¿Hablas con alguien de mí?

—No ha sido intencionado, pero mi entorno es insistente. Les preocupo.

—Es lógico. Pareces un alma en pena.

Me río y Annie se acerca un poco más. Su abrigo roza el mío y siento su calor.

—Me preguntan a menudo dónde voy o con quién paso el tiempo aquí. «Con Annie», les digo. Aunque a todos les parece una respuesta vaga.

—Ya. ¿Crees que importa?

Ladeo el rostro y estudio el suyo. Descubro que Annie tiene un lunar muy cerca del ojo derecho, en ese espacio ínfimo entre las pestañas superiores e inferiores. Una pequeña peca oscura que, de pronto, me gustaría tocar.

—¿A qué te refieres?

—Todos nos obsesionamos con saber datos de los demás, Drake. ¿Sales con alguien? ¿Cómo se llama? ¿Dónde vive? ¿Edad? ¿Situación laboral? —enumera con voz grave—. ¿Acaso eso importa más que...? ¡No sé!, ¿ese amigo tuyo sabe algo sobre peces? ¿Le gustan los caramelos? ¿Bebe de vez en cuando para olvidar?

—No me gustaría que eso último fuera algo que destacar en mi biografía, Annie —replico con una mueca.

—Lo sé, pero, de algún modo, ¡eso también eres tú! Y no importa. A mí no me importa —recalca efusiva—. No más que tu habilidad para enseñarme a patinar. ¿Comprendes?

—En realidad, no.

Se ríe. Bajo sus pestañas, los ojos húmedos; la nariz roja; los labios secos. Estamos tan cerca que sería fácil tocarla. Alargar la mano y rozar la suya. Como si me leyera el pensamiento, la mete en el bolsillo y arruga su amuleto de papel.

—No más importante que saber qué escondes ahí, por ejemplo —le susurro, señalándoselo.

Se ruboriza y su mirada se pierde en el suelo. Pero no lo suelta. Aún se amarra a lo que sea que la haga sentirse segura.

—Por ejemplo —repite. Cuando alza el rostro, su expresión es tan sincera que me aturde—. No podemos resumir la vida de alguien con números y datos vacíos. Lo que importa lo llevamos dentro. Y nos lo llevamos para siempre.

Su intensidad me dice que hay mucho más en esas palabras. Algo que no comprendo del todo, porque Annie no llega a compartirlo conmigo, pero que respiramos.

Le aparto un mechón de la cara con dos dedos. Tiene el pelo suave y un poco húmedo. Ella contiene el aliento y da un paso atrás. Se aleja patinando, como si entre nosotros no acabara de suceder algo. Sin nombre. Sin forma aún. Algo que late en mis yemas por haberla tocado. Me llevo los dedos a la nariz. Los guantes me huelen a violetas. Y la miro patinar. Con fluidez. Con un encanto que hacía días no existía. Verla sobre el hielo es como ver a una chica nueva. Una que levita sobre todo lo que no se ve.

El chico que lo perdió todo

Me despedí de Lexie una tarde en la que la conversación ya era inevitable. No era mi novia, nunca había salido con nadie más allá de unas semanas de sexo y diversión, pero con ella había mantenido, por primera vez, aquella amistad con derecho a roce durante meses.

Era guapa, divertida, poco exigente y no veía en mí más de lo que había; que no hubiera expectativas en cuanto a nosotros lo hacía fácil.

Ella solo era Lex.

Ni siquiera había hecho preguntas tras el cambio que me había provocado lo sucedido. Me había cerrado en mí mismo, había dejado de salir, de relacionarme con los demás, de sonreír de forma despreocupada. Solo me había visto con ella en un par de ocasiones en las que las palabras habían sobrado. Me había agarrado a su cuerpo como si fuera un salvavidas para darme cuenta, al llegar al orgasmo, de que el sexo solo era un escape momentáneo.

Pero se merecía algo más que un rechazo silencioso. Jugar al escondite deja de ser divertido cuando uno de los dos no desea hacerlo.

—Siempre me había preguntado cuándo llegaría este

momento. ¿Así es como se siente una chica cuando Drake Tremblay le rompe el corazón? Pues no es para tanto.

Chocó su hombro con el mío con complicidad. Parecía triste, aunque más como el que pierde a un amigo que a un amante.

—No es por ti, yo...

Chasqueó la lengua y, por primera vez, sentí culpa y no alivio al despedirme de alguien.

—Ahórrate el discurso, Drake. Conmigo no es necesario que gastes energías ni despliegues tus encantos. Ya sabía que esto acabaría. Ahora empezaré una nueva etapa. Es posible que algún día te eche de menos, pero otro me levantaré y me acordaré de ti solo como el chico aquel que besaba tan bien y que jugaba al hockey mejor.

Cerré los ojos. Saberme afortunado por haberla conocido me hacía sentir aún peor. Mi parte masoquista deseaba que me gritara, que se enfadara, decepcionarla como últimamente hacía con todo el mundo; que me odiara.

Sin embargo, me miraba con un cariño que no merecía; su lástima parecía quererme abrazar. Me enredé en sus ojos oscuros y sonrió de ese modo en el que lo hacen los que saben que todo está perdido.

—Solo tengo una pregunta. ¿Estás bien?

Tragué saliva y no aparté la mirada de la suya.

—No.

—Me han dicho que has dejado de entrenar. ¿Te duele?

Miramos mi rodilla, pero ambos sabíamos que no era ese dolor fingido al que Lexie se refería.

—Sí.

—¿Hay algo que pueda hacer por ti?

Buscó mis dedos y nuestras manos encajaron. Por unos segundos, me sentí menos solo.

—Ya has hecho demasiado, Lex.

Me llevé su mano a la boca y le dejé un beso.

Sabíamos que no volveríamos a vernos. No nos mandaríamos mensajes ni nos llamaríamos por nuestros cumpleaños. Lo nuestro no funcionaba así y ambos lo aceptábamos con deportividad. Pese a ello, la nostalgia me sorprendió preguntándome qué sería de aquella chica menuda y risueña, y deseando que lograra sus metas.

No obstante, aunque no lo buscamos, nos cruzamos una última vez antes de mudarme a Leiwe Lake.

Ella paseaba del brazo de un chico. Parecía contenta. Yo iba tan borracho que me costaba mantenerme en pie. Nos saludamos con un gesto de cabeza y le sonreí. No me di la vuelta, pero sé que Lexie se giró, preocupada, preguntándose qué sería de mí. Fue la primera vez que reparé en que no solo me había jodido la vida, sino que nunca volvería a vivir nada tan agradablemente simple como pasear con una chica bonita sin querer morirme.

Aquella noche fue una de tantas en las que me ahogué en el alcohol con la intención de desaparecer.

37

—¿Qué tal el trabajo?

—Igual. Igual de soporífero y angustiante.

—Drake...

Me río. La sonrisa de mamá se pega al teléfono y me llega, invisible.

—Supongo que, una vez que te acostumbras, es una buena manera de ganarse la vida —le digo sincero—. ¿Y tú? ¿Cómo estás? ¿Alguna novedad? ¿La tía Maeve ya se ha mudado?

—Aún no. La reforma tardará un par de meses más.

—Acabará saliendo en el periódico: «Mujer asesina a obreros por no cumplir con los plazos».

Nos reímos con complicidad y la echo de menos. Mi madre siempre ha sido una constante. Lo sigue siendo, pero la distancia duele un poco. Cuando lo único que te ata los pies al suelo desaparece, sientes que tú lo haces por momentos.

—¿Y lo demás?

—Bien. Voy encontrando mi sitio. He hecho amigos —le digo, sintiéndome un niño el primer día de colegio—. Así que no reces por mí.

—Lo haré hasta que me muera —añade—. ¿Dónde vas con tanta prisa?

Mi respiración golpea contra el móvil. Camino con dificultad por la calle nevada y debe de oír mis pisadas. La noche es dura. Noviembre se acaba y anuncia un diciembre complicado.

—Voy a cenar a casa de Ruby —respondo sin meditar las consecuencias.

—¿Ruby?

Trago saliva con fuerza y aprieto el teléfono entre los dedos.

—Es la novia de papá.

—Ah.

Cierro los ojos. Me llamo «imbécil». Me pregunto qué hago aquí, a tantos kilómetros de ella, cuando lo único que merece es que la gente se quede a su lado.

—Lo siento, mamá, yo...

Sin embargo, su reacción no es tan desalentadora como creía.

—¡No me molesta, Drake! Solo me ha sorprendido la naturalidad con la que has hablado de ella. Como si la conocieras bien. No sabía que habíais entablado relación. ¿Cómo...? ¿Cómo es?

Pienso en Ruby. En sus virtudes. En lo bien que me siento a su lado. En lo fácil que lo hace todo. Busco una palabra que la defina, solo una. Una que abarque desde lo bueno hasta lo que su figura significa para nosotros. Un rol extraño, injusto para ella, pero que existe porque el amor lo complica todo.

Cojo aire y lo suelto mientras hablo, dubitativo, temeroso de romperla.

—Es... guay.

—Guay —repite mamá, pasmada por mi elección.

Rompemos a reír y pienso que soy un idiota por decir algo como eso.

—Esto puede sonar raro, pero estoy seguro de que te caería bien. Ruby es de esas personas que caen bien a todo el mundo. Aunque su gusto para la moda es cuestionable. Tú eres más elegante.

—Ya veo. ¿Sabes una cosa, Drake? No hace falta que digas algo negativo de ella para compensar cuando me cuentas algo positivo.

—Ah, ¿no? Pensaba que las relaciones funcionaban así. Para no cargártelas.

Mamá suspira. Soy un niñato que no sabe nada. Y la echo de menos.

—Las relaciones funcionan si hay honestidad. Háblame de ella.

Así que lo hago. Le cuento que es excéntrica de un modo adorable. Que es directa, cariñosa y empática. Divertida. Que provoca continuamente a papá. Que se ríe muy alto y que canta suave. Le hablo de Ruby con un afecto que aún no había manifestado y me siento bien, pese a que me imagine a mi madre jugueteando con el bajo de su jersey, como hace siempre que algo la incomoda.

Cuando termino, su voz susurrante se despide de mí.

—Gracias, Drake.

Siento que ha cerrado una puerta que llevaba demasiado tiempo abierta.

Colgamos el teléfono justamente cuando llego a casa de Ruby. Es un segundo piso en un edificio de tres alturas en el centro de Leiwe Lake, de grandes ventanales y jardín comunitario cubierto de nieve.

No comprendo muy bien qué estoy haciendo aquí, pero cuando me dijo que me quería invitar a cenar, una noche ella y yo a solas, no dudé; no encontré motivos. Además, siento que sigue dándome mucho más de lo que yo le doy a cambio, así que hoy espero equilibrar un poco las cosas.

Ya en el ascensor, su olor inconfundible me envuelve. Me imagino un rastro de flores y almizcle tras los pasos de Ruby, su aroma para siempre impregnado allá por donde pasa.

Cuando me abre la puerta, le tiendo una botella de licor de avellanas y su sonrisa me saluda antes que ella.

—¡Por fin, Drake! Puedes dejar el abrigo ahí. Las botas, en la entrada. Ponte cómodo. Fisga lo que consideres. No te asustas con facilidad, ¿verdad? Lo digo por si encuentras algo inapropiado.

Sonrío ante su escandalosa bienvenida y la obedezco. Me interno descalzo en el salón y estudio lo que me rodea. Su calidez me recibe al instante. Aquí no solo huele al perfume de Ruby, sino también a las flores secas que decoran un jarrón y a la carne que se dora en el horno. El ambiente es acogedor y sencillo, aunque está salpicado por esos detalles con los que Ruby lo adorna todo. Cojines de colores y texturas imposibles, cuadros de una viveza extraordinaria, fotografías en cada rincón. Estudio las imágenes con calma. Ruby de niña en un festival escolar. Ruby abrazada a una chica frente al mar. Ruby con una pareja mayor en el que parece un retrato de familia. Ruby disfrazada de sandía en un concierto. Ruby bailando con mi padre; lleva un vestido rojo y él se ríe con la boca abierta.

—Terremoto Ruby —susurro.

—Te preguntarás por qué te he invitado a ti solo.

Me doy la vuelta y me la encuentro colocando la comida en la mesa. Lleva dos manoplas amarillas con las que gesticula según habla, lo que la hace parecer un dibujo animado.

—En realidad, no. Intuyo que va mucho contigo hacer este tipo de cosas.

Me da un cachete en el brazo y pestañea coqueta, como si

le hubiera dedicado un halago. Me señala una copa de vino aún con la manopla puesta y la acepto. Es tinto y amarga un poco al final, pero está bueno.

—Quiero que nos conozcamos mejor, Drake.

Nos sentamos y me sirve verduras asadas. Hay comida para treinta y cinco personas, pero no me quejo. Últimamente mi apetito ha despertado. Quizá suceda porque yo también lo estoy haciendo.

—Ya nos estamos conociendo, Ruby.

Chasquea la lengua y se cruza de brazos antes de disparar. No pierde el tiempo. Me hace preguntas sobre mi vida que respondo como puedo. Esquivo las que me incomodan y me enfrento a otras con una visión nueva desde que estoy aquí. Le hablo del hockey, de mi madre, de Lexie, del vacío que sentía en algunas ocasiones cuando la chica de turno me besaba y yo deseaba que se marchara. Me describo como un chico despreocupado, egoísta, un tanto narcisista y capaz de conseguirlo todo. Un chico que dista mucho del que come frente a ella y bebe vino porque el amargor de los recuerdos es más intenso que el de la bebida.

Hablo más de lo que lo he hecho en meses, con una honestidad que no esperaba poder ofrecerle a nadie, pero hay algo en Ruby que invita a confiar.

—¿Cuándo perdiste la virginidad? —suelta en un momento dado.

—A los quince.

—¿Y cómo fue?

—Olvidable.

Asiente y aparta la vista unos segundos. Recuerdo a Natalie, la chica más guapa de clase. Morena. Ojos miel. Un cuerpo de mujer cuando aún no había cumplido los dieciséis. Nos acostamos tres veces. Poco después dejamos de vernos. Creo que le hice daño, pero nunca se lo pregunté.

Ruby pestañea en mi dirección y vuelvo a centrarme en ella. Come despacio, saborea la comida, pero parece un poco ausente. Perdida en sus propios recuerdos. Por un instante, la percibo nerviosa, incómoda, y en ella eso me desconcierta.

—Yo, a los veintidós. —Abro la boca, sorprendido por la confesión, y ella frunce el ceño, aunque no parece molesta—. No me mires así, fui precoz para muchas cosas, pero para otras no tuve una vida fácil.

Mastico con lentitud. Su expresión sigue siendo la de la misma Ruby de siempre, una mezcla de ternura y dureza única. Si pienso en un animal, Ruby sería una pantera. Bonita, salvaje. O, quizá, un camaleón.

—¿Con quién fue?

Sonríe, encantada de que yo también participe en esto, sea lo que sea.

—Con mi exmarido. Nos conocimos en el trabajo. Yo, por entonces, era secretaria en una oficina. Él era contable. Nada original. Por eso solía contar en las cenas que nos conocimos de otra manera. Nos quedamos encerrados en el mismo ascensor, me salvó de un incendio..., según el día y mi estado de ánimo.

Se encoge de hombros y le da un trago al vino. Sacudo la cabeza por esa forma de ver la vida que siempre me sorprende.

—¿Fue un buen marido?

Ruby asiente y la nostalgia tiñe sus ojos.

—No. O sí. Tampoco puedo faltar a la verdad. —Carraspea y algo cambia en su expresión; es casi imperceptible, pero ahí está, y me da miedo; el que está roto soy yo, no ella, y no quiero que mi visión de Ruby cambie—. Al principio fue perfecto. Siempre lo es.

Ruby rellena las copas. El asado está muy bueno, pero en este momento soy incapaz de comer. Tengo el presentimiento de que lo que me va a decir me va a enfadar. La ira me cierra el estómago.

—¿Y qué pasó?

—Lo de siempre. Que se le cayó el disfraz de cordero y descubrí que me había casado con un lobo.

Suelto el tenedor sobre la mesa y Ruby me mira. No parece triste, ni avergonzada, ni enfadada. Solo resignada, como si la mujer que me está exponiendo también fuera parte de ella.

—¿Por qué me cuentas esto, Ruby?

—Porque quiero que entiendas que el amor es complejo. Que estoy herida. Que soy más de lo que ves. Que esto —se señala a sí misma de arriba abajo—, muchas veces, es un escudo. Pero también que, con tu padre, el escudo no existe y entonces soy yo de verdad y eso es maravilloso. No me escondo. No pienso hacerlo nunca más.

—No deberías hacerlo.

Asiente y suspira aliviada por mi respuesta. Se levanta y desaparece en la cocina. No tarda en regresar con un pastel coronado con guindas. Lo coloca entre ambos y retira los platos a un lado. En la punta de nata más alta, pone con mucho cuidado una alianza. Es fina, dorada, sencilla. Entonces me mira y veo en sus ojos la esperanza recuperada de una mujer que creía haberla perdido.

—Y, también, porque quiero casarme con tu padre.

Trago saliva. El nudo crece. No debería sentirme triste, pero lo hago; sin embargo, siento mucho más. Algo cálido al pensar en esta mujer de pelo cobrizo y mirada franca enamorada. Una mujer que quiere a mi padre, pero aún me respeta más a mí para haber hecho esto.

—No necesitas mi consentimiento para eso, Ruby. No estamos en el siglo XIX.

—Lo sé, pero me gustaría tenerlo. Es importante para mí.

Cuando le cojo la mano y la aprieto entre la mía, su mirada está humedecida.

Solo entonces, le digo que sí.

Más tarde, insiste en llevarme a casa en coche e ignoro sus preguntas sobre por qué no conduzco, aunque su parloteo me gusta. Cuando llegamos, no apaga el motor ni tampoco se baja para saludar a mi padre.

—Volverás a patinar, Drake.

—¿A qué viene eso ahora?

—Porque no se puede respirar lejos de lo que te da la vida.

Se despide de mí y me sonríe con una dulzura que no sé si merezco.

Papá aún está despierto, pero lo que me sorprende no es eso, sino el enorme regalo con un lazo rojo encima de la mesa que lleva mi nombre.

—¿Qué es esto?

—Es para ti. Es de Ruby. No tienes por qué aceptarlo. Ella es... —Papá sacude la cabeza—. A veces se mete donde no la llaman. Le cuesta comprender los límites. Puedo devolvérselo. O lo escondemos y fingimos que nunca lo has recibido. Yo...

Ignoro su perorata y cojo el paquete. Me encierro en mi dormitorio.

Cuando tiro del papel, descubro una caja de cartón. Dentro, unos patines nuevos. Me pregunto cómo habrá averiguado Ruby cuál es mi número. Me la imagino entrando en mi habitación a hurtadillas y mirando las suelas de mis botas. También cuánto le habrán costado. Y por qué no me los ha dado en su casa. Tal vez por miedo, aunque por lo que la conozco intuyo que tiene que ver más con que Ruby respeta mis tiempos, mis demonios, y sabe que esto lo tengo que hacer solo.

Son patines de aficionado, lejos de la calidad de los que guardan polvo en casa de mi madre, pero lo bastante decentes como para haber tenido que gastarse un dinero que sospecho que a ella tampoco le sobra. Paso el dedo por las costuras. Por la cuchilla. Por los cordones.

Me falta el aire, pero el corazón aún late. Y no recordaba que lo hiciera con tanta fuerza.

38

Al día siguiente, en cuanto llegamos del trabajo, me despido de mi padre y salgo a buscar a Annie. El día está feo, apagado y cubierto por una niebla densa que empapa, pero cuando ella me ve llegar y percibo la ilusión encendiendo su rostro, mejora al instante.

Yo también tenía ganas de verla. Pienso cada vez más a menudo en ella. Me pregunto sin cesar qué opinará ante cualquier situación o si le gustará tal o cual cosa.

Nos sonreímos, comedidos, y asumo que algo ha cambiado. Que los dos nos sentimos atraídos por el otro, aunque sea de un modo cauto al que no estoy acostumbrado. Jamás pensé que la lentitud pudiera ser una virtud, pero con Annie me gusta que todo fluya despacio, para paladear con calma los momentos, los gestos, lo que, poco a poco, nos vamos mostrando el uno al otro.

—Ayer no viniste.

Lo dice como si fuera un comentario trivial más, pero capto en su voz la duda, el anhelo, una recriminación que me agrada, porque significa que a ella también le gusta mi compañía.

—Tuve una cita.

—Oh.

Pestañea, sorprendida por mi confesión, y se tensa levemente. Como si hablar de esto ahora fuera diferente.

—¿Te molesta?

—¿Por qué iba a molestarme?

Me encojo de hombros y contengo una sonrisa. Ella se inquieta. Me gusta lo transparente que es Annie, aunque intuyo que para ella debe de ser un fastidio.

—¿Cómo sería tu cita perfecta? —le pregunto curioso. Su expresión se suaviza.

—No importa la cita, importa la persona. Aunque supongo que una que tenga una charla interesante, un paseo con helado y un beso deseado.

Me lo imagino y lo comparo con las que yo he vivido. Me sorprende no haber tenido nunca algo en apariencia tan sencillo.

—¿Estás pensando que soy un muermo? —me pregunta levemente incómoda.

Me río y niego.

—No. Pensaba en lo poco que nos parecemos.

—¿No te gustan los helados? —dice con picardía.

—Me encantan, pero acabo de darme cuenta de que no suelo tener citas.

Annie rompe en carcajadas.

—Ya entiendo. Eres del tipo «encuentros esporádicos sin compromiso de los que despedirte en cuanto acaban».

—¿Ese es su nombre técnico?

—Podría serlo. Seguro que ligas levantando una ceja y no necesitas más para que caigan rendidas. —Sacude la cabeza, decepcionada, y por primera vez en la vida me avergüenzo de no haber deseado otra cosa con una chica—. ¿Me equivoco?

Levanto una ceja en su dirección y pone los ojos en blanco. Nos reímos con ganas.

—¿Cómo ligas tú, Annie? Cuéntame tus tácticas.

—¿Ligar? Odio ligar. Creo que no he ligado en mi vida. Soy de esas que meten la pata y quedan en ridículo a la mínima oportunidad.

—No te creo. Eres adorable.

—¿Adorable?

—Como un cachorro.

Se sonroja y me contengo para no pellizcarle la mejilla.

—Vale. —Me mira con ojos suplicantes—. Pero ¿prometes no reírte?

—No puedo hacer eso, Annie. Pero sí prometo enseñarte mi verdadera táctica.

Suspira profundamente antes de confesar:

—Apunto mi número y se lo meto en el bolsillo. —Acto seguido, se tapa el rostro con las dos manos.

—¿Estás de coña?

Annie niega con la cabeza y aprieto los dientes para no reírme.

—Si me llama, será que estábamos destinados a conocernos. Si no lo hace...

—Es que es una persona sensata que no llama a números desconocidos sin saber quién estará al otro lado —completo la frase.

Se aparta las manos de la cara y me fulmina con la mirada. Su rubor me divierte, aunque también me enternece.

—Oh, Drake, ¡no rompas la magia! Tiene su encanto, ¿no crees? ¿Tú no llamarías? ¿Aunque solo fuera por curiosidad? Es como uno de esos libros de aventuras en los que no sabes qué espera al otro lado de la puerta.

—Una chica adorable o una psicópata. Sí, tiene su encanto. —Me río y choco su hombro con el mío—. No. Conmigo no funcionaría. Lo siento.

La miro fijamente y jugueteo con el bajo de su abrigo.

Apenas lo toco, pero ella sabe que lo siento. Y ella me siente. Es sutil y directo al mismo tiempo. Una insinuación. Una señal silenciosa que hace crecer algo a nuestro alrededor. Annie tarda cinco segundos en comprender lo que estoy haciendo y pone los ojos en blanco.

—¡Venga ya! ¿Eso es todo?

—¿Funciona?

Está ruborizada y se muerde una uña, nerviosa.

—¡Pues claro que funciona!

Nos reímos a carcajadas. Cuando nos calmamos, recuerdo la cena con Ruby y me apetece compartir mis pensamientos con ella.

—La cita era con la novia de mi padre —le explico.

Abre mucho los ojos y su expresión traviesa aparece.

—Vaya. ¿Te van esas cosas? Jamás lo habría adivinado.

Me río y Annie se muerde el labio, escondiendo una sonrisa preciosa.

—Se llama Ruby. Creo que te gustaría. Es imposible que a alguien no le guste Ruby. —Asiente y me mira con dulzura. No se parecen en nada, pero pienso que también sería imposible que a alguien no le gustara Annie—. ¿Celosa de tener que compartir mi tiempo libre con otra mujer?

Me saca la lengua y me lanza un puñado de nieve. Aun así, sus ojos brillan; sus mejillas arden.

—Solo quiero aprender bien a patinar y me preocupaba que hubieras desatendido tus responsabilidades.

—Para tener alguna responsabilidad sobre esto tendrías que pagarme.

Suspira y ladea el rostro. Tiene el pelo encrespado bajo el gorro por la humedad y los labios más rosados que nunca.

—Haz una pregunta —me pide. La observo con lentitud—. Como parte del pago, ya sabes.

Las palabras llegan como una avalancha de nieve hasta

ahora contenida. Sin embargo, desde que Ruby me habló de su vida, hay una cosa que prevalece sobre todas las demás.

—¿Te han tratado bien, Annie?

—¿En Leiwe Lake?

—En la vida. Las personas que te rodean. En el amor.

Annie traga saliva. Mi pregunta es tan trascendental que le asusta. Yo solo quiero entender a Ruby. No estoy acostumbrado a ponerme en los zapatos de los demás. Desde que he llegado a este pueblo me he dado cuenta de que he vivido en un universo que giraba en torno a mí. Como una estrella. Una estrella ahora apagada bajo el brillo de todo lo que no veía.

—He sido afortunada. Mis padres siempre me han querido. En el amor... —Annie suspira y sé que le da vergüenza hablar de este tema, pero, aun así, lo enfrenta, como me da la sensación de que hace con todo—. No estoy segura de saber aún qué es el amor. No, eso no es cierto —se retracta al momento—. Sé lo que es el amor. Lo que no he llegado a vivir es esa idea de amor que nos venden. Ese por el que todo vale.

—Es que no todo vale.

—Lo sé.

Que piense como yo me gusta.

—Aún eres joven.

Annie se ríe, aunque es una risa amarga. Cuando me mira de reojo, veo deseo en su mirada. Esa calidez que solo transmiten los que quieren algo con intensidad.

—Lo dices como si tú tuvieras ochenta años.

—Es que yo no creo que sirva para eso —le digo; siento que me estoy justificando antes de tiempo. Como si la estuviera avisando de que entre los dos no puede haber más de lo que antes hubo con otras. Como si me importara lo que pensara de mí.

—No es cuestión de servir o no, Drake, es cuestión de querer entregarse.

—Pues no quiero.

Mi respuesta le hace gracia. El ímpetu de un niño pequeño que ansía ganar una batalla imaginaria. Su expresión se ensombrece y me siento nervioso.

—Es lícito. ¿Tan mal te han tratado para renunciar tan pronto?

Medito su pregunta y digiero lo que provoca en mí antes de serle tan sincero como puedo.

—Creo que he sido yo el que he tratado mal, en todo caso.

—Ya veo. El chico malo. En las películas tiene su aquel, pero en la vida real...

—Ahí lo tienes.

Sonreímos y Annie se humedece los labios. Los tiene morados. Hace demasiado frío. Cuando vuelve a llevarse la mano a la boca para calentársela con el vaho, se la cojo y la guardo en mi bolsillo junto a la mía. El gesto la inquieta, pero no dice nada. Solo aparta la vista y habla, quizá para huir de este silencio que nos envuelve, de esta tensión que crece cuando nos tocamos.

—Tuve un novio durante dos años —me cuenta muy bajito—. Lo quise a mi manera. Él también me quiso. Era bueno. Amable. Divertido. Pero ¿conoces esa sensación de que se te olvida algo al salir de casa? Ese presentimiento que te acompaña el resto del día de que te has dejado algo importante, aunque compruebes que no es verdad. Pues eso sentía cuando estábamos juntos. Que me había dejado otra cosa en alguna otra parte.

Annie deja escapar una exhalación, como si nunca se hubiera atrevido a compartir aquel pensamiento en alto.

—Yo siento eso continuamente.

—¿De verdad?

Me mira, emocionada por que la entienda, y asiento. Mi vida es un continuo de vacíos sin explicación. Dentro del bolsillo, sus dedos se mueven con suavidad entre los míos. Se buscan. Dos niños que se ven por primera vez y juegan a conocerse.

—Pero acabo de darme cuenta de que aquí es distinto.

Annie pestañea. El vaho se escapa entre sus labios y asciende hacia el cielo.

—¿Aquí?

La miro y suspiro. Sus dedos han dejado de serpentear y ahora esperan una respuesta. Me imagino su corazón latiendo más rápido, aguardando impaciente lo que sea que lo haga saltar.

Observo el lago. Nuestras manos unidas dentro de mi abrigo. Su rostro.

Me pregunto cómo sería quererla; que Annie te quiera; sentir que no te falta nada.

—Me gusta estar aquí —le digo—. Creo que aquí, en el lago, contigo, es en el único lugar que puedo ser yo mismo. El yo que soy ahora. Los demás esperan que vuelva a ser el que era, pero ese Drake ya no existe. Así que aquí, donde no hacemos suposiciones del otro, cuando nos vemos y hablamos y nada importa más que lo que queramos decir, esa sensación desaparece.

Annie contiene el aliento. Me observa de un modo distinto. Su nariz se arruga levemente y le tiembla el labio. Tiene palabras colgándole entre los dientes, pero se reprime. Su mano se tensa y la separa muy despacio. Siento su falta antes de sacar la mía del bolsillo.

Se gira y su mirada se pierde en el paisaje helado.

Me encantaría saber qué pasa en este instante por su cabeza, pero tampoco me importa. Porque así también está bien. Ruby, Doug, mis padres, todos llevan razón. Es bueno abrirse de vez en cuando. Decir las cosas. Soltar un poco lo que guardamos para que lo demás pese menos.

—Aquí todo es distinto —susurra Annie para sí misma, aún sin mirarme.

Pienso en los peces que observamos bajo el hielo, jugando a buscarse, acompañándose en el duro invierno.

39

Los días pasan. Papá arranca una hoja del calendario de la cocina y diciembre nos saluda. Sin ser muy consciente del paso del tiempo, ya llevo en Leiwe Lake dos meses y nada ha cambiado, a la vez que todo lo ha hecho.

Me miro al espejo por las mañanas y soy el mismo. Mismo rostro. Mismo pelo. Mismo hastío. Pero descubro cosas en mí que antes no estaban.

Voy a la fábrica con ganas; me gusta la sensación de sentirme útil, la satisfacción y el cansancio por el trabajo bien hecho al acabar la jornada. Bromeo con los muchachos, me tomo un café con Doug a media mañana, saludo a algunos vecinos con simpatía, me brillan los ojos cuando termino el día junto al lago.

No sé nada de mi pasado más allá de mamá y la tía Maeve. Tampoco me importa. Aunque, si pienso en los míos, asumo que sí que he forjado vínculos. Están Doug y Gina, y también Ruby. Voy y vengo con ellos, me dejo hacer, me cuidan y lo agradezco a mi manera. Es fácil cuando te sostienen sin tener que pedirlo. El cuerpo se aligera. La tensión mengua y respirar no cuesta tanto. Con mi padre la distancia juega a desaparecer de vez en cuando. En otros momentos se alza fuerte, un muro de hielo que nos recuerda que hay cosas que nunca se olvidan.

También está Annie.

—Háblame de ella.

Ruby mordisquea una galleta y papá pone los ojos en blanco. He descubierto que no es que le moleste que ella sea una entrometida, sino que teme que su insistencia me aleje. Se preocupa por mí. De verdad le importo. Durante años había pensado que mi existencia era un lastre para él, pero estaba equivocado.

Estamos los tres en casa. Desde mi cena con Ruby sus rutinas han cambiado, como si mi aceptación les hubiera obligado a dejar de fingir que no pasan todo el tiempo posible juntos. No he vuelto a hablar con Ruby de su deseo de casarse con mi padre, pero desde entonces me mira de un modo distinto. Al igual que con Doug, ella y yo compartimos un secreto. Y es bonito. Me entrego. Me voy dando sin apenas darme cuenta.

—Ojos verdes. Pelo castaño.

—Sigue.

Me como una galleta y gimo. Están deliciosas. Ruby juguetea con las migas del mantel. Cada día que viene lo hace con bolsas repletas de recetas suculentas que mi padre y yo devoramos. Algunas se las lleva de la cafetería al terminar su turno, pero otras las cocina para nosotros y solo por ese detalle saben mejor.

Pienso en Annie y le sonrío.

—Inteligente. Graciosa sin pretenderlo. Compleja.

—¿Compleja?

—Sí, siento que hay mucho más que no deja ver. Y, aun así, resulta honesta. Transparente con lo que siente.

—Eso me gusta.

—A mí también.

Ruby sonríe y mi padre me mira cauto. Su expresión me confunde. Como si hasta ahora hubiera creído que Annie no importaba y acabara de descubrir que lo hace para mí de un modo nuevo.

—No quiero estropear las cosas —digo de sopetón.

La mirada de ambos se suaviza. Hay algo en el ambiente distinto. Los tres en el salón. La música suave que sale de los altavoces. El olor de las galletas recién hechas.

Una escena hogareña que hacía mucho que no disfrutaba.

—Hazle un regalo —me sugiere Ruby.

—¿Qué?

—Cuando alguien te importa es una forma de demostrárselo.

Asiento y me como otra galleta. Recuerdo los patines que guardan polvo debajo de mi cama y ella sonríe con timidez. No quiero que se arrepienta de lo que hizo. No quiero que se sienta culpable ni que piense que ha podido estropear algo conmigo por eso, así que le guiño un ojo y me meto otra galleta en la boca.

—Voy a engordar diez kilos si sigues trayendo comida cada vez que vienes.

Ruby se ríe.

—Qué más dan las consecuencias si nos hace felices —suelta como si nada antes de zamparse otra.

Y siento que ese consejo se puede extrapolar a cualquier otra cosa. A las galletas. Al café que mi padre toma a escondidas de vez en cuando. A Annie.

40

Entro en la tienda una tarde. La chica levanta la vista de las agujas y me sonríe.

—¿Puedo ayudarte?

Le señalo el gorro. Sus hilos de colores. Su pompón lila.

—¿Quieres que le borde algo?

Y pronuncio su nombre. Una sola palabra. Algo que comienza a parecerme inmenso.

—Annie.

La chica que lo tenía todo

Con la llegada de la adolescencia, algo cambió. Annie se había zambullido en ella con ganas de descubrir la magnitud de su intensidad, pero con cierta cautela. Lizzie, en cambio, más joven y atolondrada, se rindió a aquella época casi con violencia.

—No puedes escaparte de casa, Lizzie.

—¿Vas a delatarme? Pensaba que las hermanas estaban para lo contrario.

—Sabes que no.

—¿Entonces? Solo voy a casa de Jayden. ¿A ti qué más te da?

Annie apartó la vista. Jayden no solo era mayor para su hermana, sino que Annie lo había besado unas semanas atrás. Lizzie no lo sabía. A Lizzie le gustaba Jayden. Jayden solo disfrutaba del arte de gustar a cualquier chica ingenua. Annie pensaba que los triángulos amorosos solo funcionan en las novelas.

Vio a su hermana saltar por la ventana de casa y perderse en la oscuridad de la noche. Bajo el pijama llevaba un vestido que le había robado del armario. Uno que Annie se había comprado en un arrebato, pero que nunca se había atrevido a ponerse. Uno que guardaba para una ocasión especial y que su hermana usaría como si fuese un simple trapo sin significado. Uno que sabía que ya nunca se pondría.

Aquella noche Lizzie besaría a Jayden, le dejaría acariciarla en zonas que nunca había tocado nadie y se despediría de él sabiendo que después dolería, porque Jayden no volvería a dirigirle la palabra. Aunque no le importaba. Vivir aquellas sensaciones bien merecía la pena, por muy efímeras que fueran.

A la mañana siguiente, Annie se despertó con su hermana hecha un ovillo entre sus brazos. Aún llevaba el vestido. La almohada tenía restos de las lágrimas derramadas en la madrugada.

—Buenos días, Lizzie. ¿Lo pasaste bien?

—Fue increíble.

—Y, entonces, ¿por qué has llorado?

La pequeña se encogió de hombros.

—Métete en tus asuntos, Annie.

El abrazo terminó como si no hubiera sido más que una tregua que ninguna de las dos comprendía del todo.

Cuando algo se rompe, nunca vuelve a ser lo mismo.

Los remiendos siempre se ven entre las costuras, duros y ásperos; cicatrices de tela.

41

—Annie.

—Drake.

Me siento y ella patina.

Pienso en lo fácil que es crear rutinas. Cómo lo que antes resultaba excepcional puede convertirse en algo tan habitual como charlar con Doug y Gina los sábados o reírme de las bromas de los muchachos. Y Annie ya no es una chica patinando sola en el lago, es otra cosa que forma parte de mis días.

—Has mejorado mucho —le digo.

Su sonrisa es un faro en mitad de la noche. El sol ya se oculta demasiado pronto como para que esté cuando ella y yo nos encontramos.

—Gracias. Y, aun así, sigues negándote a enseñarme a dar saltos.

Sacudo la cabeza, resignado, y me levanto. Ella me saca la lengua y me llama «cobarde» sin voz. Le leo los labios y sonrío inevitablemente. Sabe que, si no le enseño, solo es porque no se me ocurre cómo sin enfrentarme al hielo. Me gusta su atrevimiento. Me provoca ganas, una electricidad que dista mucho del miedo, de la ira, de todo lo que había llegado a asociar con el hielo como un modo de castigarme.

Después hace muecas extrañas y bailotea de forma cómica. Mis carcajadas son todo lo que oímos en este rincón perdido. Me río mucho con Annie. Me gusta su sentido del humor, su ingenio y que se burle de mí sin maldad ninguna. También que no le dé miedo reírse de sí misma.

A veces imita animales sobre el lago y juego a adivinarlos. Cuando hace la foca, se pone bizca, aunque no tenga sentido.

He aprendido que siempre les da la justa importancia a las cosas, sobre todo a las inevitables.

Que escucha lo que le digo, pero, más aún, lo que no me atrevo a pronunciar en voz alta.

Y, también, que me mira como si el Drake que veo frente al espejo no existiera.

Con ella soy otro.

Con ella soy yo.

Los límites están difusos.

Suspiro y decido romper más la distancia. No la física, sino la que siento que comienza a enredarme en algo que nunca he buscado.

—¿Por qué ya no te da miedo? —le pregunto.

—¿Cómo?

Parece confundida, aunque curiosa. Se desliza suavemente hasta quedar a dos zancadas de mí. De repente, sus movimientos me parecen tan fluidos que da la impresión de que llevara años haciendo esto. Ya no hay gracia en sus gestos, solo delicadeza.

—El hielo. Dijiste que te daba miedo. Me contaste lo de aquel chico, y lo entiendo, pero ahora... ahora es como si no pudieras mantenerte alejada de él.

Annie se encoge de hombros. Su mirada es un paisaje desconocido. Su mano se cuela en el bolsillo del abrigo y aprieta con fuerza lo que sea que esconda dentro.

—¿Y por qué tú no lo haces? ¿Por qué ya no patinas, Drake?

Me reta. Los límites continúan difuminándose. Las preguntas que antes evitábamos cada vez tienen más peso. Densas, espesas como lava candente que nos quema. Y no importa. Porque esto, esto que late bajo mi ropa y que me recuerda que estoy vivo, me gusta. Quizá no lo merezca, pero siempre he sido un egoísta y me siento fácil, vulnerable.

La miro sin pestañear. El corazón se me arruga como una hoja inservible de papel.

—Porque, desde hace un tiempo, ser feliz me da miedo.

Annie asiente y se aleja patinando. Pese a ello, no deja de mirarme. Nuestros ojos tienden el camino que yo aún no me atrevo a atravesar.

42

Me despierto sobresaltado. Tengo la camiseta empapada de sudor y me tiemblan las manos. El corazón me salta frenético y la boca me sabe amarga.

Si cierro los ojos, la veo.

La calle oscura y ella tendida en el asfalto. En mis sueños la luz intermitente de la farola funciona a la perfección, alumbrándola como el foco sobre el personaje principal de una obra de teatro.

Pequeña. Indefensa. Abandonada.

Me levanto y voy a la cocina. El agua fría me calma, aunque aún me siento inestable.

—¿Una mala noche?

Cierro la nevera y lo veo. Por su expresión, sé que soy el motivo de que se haya desvelado.

—Podrías ponerte unos pantalones.

Papá mira hacia abajo y sonríe. Ruby tenía razón con eso de que no usa pijama. Yo me siento un imbécil con el mío de pingüinos, pero es lo más agradable al tacto que he usado jamás.

Me dejo caer en el sofá y no tarda en sentarse a mi lado. No hemos encendido la luz, pero la que entra por las ventanas es suficiente para atisbar los detalles. Su ceño fruncido. Mi palidez. Las sombras de la culpa y el miedo.

—¿Cuándo empezaron?

Hace ocho meses, veintitrés días y unas cuatro horas.

No es la primera vez que me lo pregunta, pero sí la primera en la que quiero contestarle.

—Hace unos meses.

—¿Son siempre iguales?

Suspiro y me tapo el rostro con el brazo. No quiero hablar. No quiero poner voz a esto que siento por dentro.

—Si quisiera que me psicoanalizaran, iría a un puto terapeuta.

—Igual es una buena idea.

Retiro el brazo y lo fulmino con la mirada.

—No estás en condiciones de darme consejos vitales.

Según lo digo, me arrepiento. El reproche acumulado con los años hace tiempo que ha dejado de servirme. Ya no me alivia; si acaso, alimenta la mierda que soy.

Él suspira. No pierde la calma. Se comporta como un adulto, como el padre que siempre esperé que fuera.

—Mira, Drake. Lo estoy intentando. Eso no significa que lo haga bien, pero lo intento. Quiero ayudarte. Me encantaría que te marcharas de Leiwe Lake, pero no porque no me guste que estés aquí, sino porque eso significaría que estás bien. Que, sea lo que sea lo que te trajo a esta casa, ya lo has superado.

Sus palabras me aturden. Me sorprende que, cuando ha dicho que le gustaría que me marchara, he sentido decepción, temor y tristeza. No quiero irme de aquí. De pronto, sé que Leiwe Lake es el único lugar en el mundo en el que no puedo hundirme del todo. Y el mérito no es solo de Annie, Doug, Gina y Ruby, sino también de este hombre que me ha ofrecido un hogar como sostén.

Pienso en todo. En el hielo. En los chicos. En la sensación de plenitud en la que vivíamos, tan falsa como adictiva, en el éxito que ya no fue. El sabor del *whisky* de aquella noche vuelve a mi boca; la voz de Caleb, la inquietud de Tucker, la mirada de Logan por el retrovisor; el golpe en mi cuerpo; el suyo inerte en el suelo; un copo de nieve.

—Hice algo. Algo que no se puede cambiar. Algo que...

Pierdo la voz. Noto la garganta seca y los ojos húmedos.

—Todos hemos hecho cosas, Drake. Cosas de las que nos arrepentimos. Yo soy el primero que no lo hice bien en su día con tu madre y contigo, pero somos humanos. Tenemos miedo y dudas, y a veces no sabemos gestionar lo que sentimos.

Niego con la cabeza. Mi sonrisa es pura ira. No por él, sino por todo lo que guardo, lo que me muerde por dentro cada vez que pienso en ella, en aquella noche, en la persona en la que me he convertido por mis decisiones.

—No puedes entenderlo.

Porque no se trata de desamor, ni siquiera de no cuidar a un niño. Se trata de algo más. De algo imperdonable.

—Pero puedo intentar entenderte a ti. Lo que sientes. Lo que necesitas. ¿Eso te vale?

Trago saliva y me vuelvo sobre los cojines para que no me vea.

Las lágrimas mojan el tejido.

Cuando papá se cansa de esperar una respuesta que no llega, se levanta y se va.

El «gracias» que le susurro se queda flotando en la oscuridad de la sala vacía.

43

—No tienes buena cara.

—No he dormido muy bien.

Annie asiente y me mira cauta. Lo cierto es que estoy hecho un asco.

Después de que mi padre regresara a su dormitorio, me dediqué a pensar. Me imaginé situaciones distintas. Otras vidas. Diferentes escenarios en los que yo ya no fuera este yo, sino otro. Versiones de mí mismo con las que sentir orgullo, alivio y paz.

Sin embargo, cuando ya amanecía, acepté que eso jamás sucedería. Que yo soy quien soy y, me guste o no, debo vivir con ello.

Tal vez por eso me siento inquieto. Como si vistiera un disfraz que me queda grande o una piel que no me pertenece. Quizá ese sea el motivo de que haya venido en busca de Annie más pronto que nunca y haya suspirado aliviado al encontrarla aquí.

Tengo la sensación de que siempre me está esperando.

Aún brilla el sol entre unas nubes cargadas que lo llenarán todo de nieve de madrugada.

—Cuéntame algo, Annie. Hoy necesito algo...

Las palabras se quedan en el aire. Ella me mira y asiente. No pregunta más. Solo me entiende. Como si pudiera ver lo que hay debajo, los pensamientos enredados y oscuros que me envuelven y apenas me dejan respirar.

—Una vez me tragué un reloj.

Alzo una ceja, sorprendido, y ella hace un mohín.

—¿En serio?

—Tenía siete años y estaba jugando a mordisquear la correa. Era de goma, de esos infantiles con muchos colores que se doblan con facilidad. No sé cómo sucedió, pero, de pronto, tenía el reloj atorado en la garganta y, en un intento de mi padre por sacármelo, me lo tragué.

—¿Y qué pasó?

—Acabé en el hospital y, bueno, tuvimos que esperar a que saliera... Ya sabes.

Rompo a reír y Annie me acompaña.

—Pero ¿te cuento lo más sorprendente de todo? —Asiento y ella se ruboriza, avergonzada por aquel accidente que, pese al susto, seguramente acabó siendo una divertida anécdota familiar—. Nadie me creía, pero podía oír el tictac dentro de mí.

Volvemos a reír y la llamo «cocodrilo», porque me recuerda a Peter Pan y la historia del capitán Garfio.

Y así, hablando de cuentos y de recuerdos de la infancia, el tiempo pasa y me siento más ligero.

—¿Mejor?

—Sí. Gracias, Annie.

Sonríe y me mira con una fijeza que podría incomodarme, pero que me gusta. Me permite afianzar la creencia de que también hay algo en mí que la atrae. Sus ojos recorren mi rostro. Mi nariz. Mis mejillas. Mi boca. Si ella fuera un lápiz, la mina habría convertido mi cara en un borrón. Siento los labios cubiertos de grafito.

—Se te achinan los ojos de una forma muy graciosa cuando te ríes. Transmite algo bonito —me dice con timidez.

—Parece que te sorprende.

Traga saliva y sus siguientes palabras me acarician.

—No entraba en mis planes encontrar cosas en ti que me gustasen.

—En los míos tampoco.

—¿Qué te gusta de mí?

Se muerde el labio y me contengo para no tocarla.

—Tu perseverancia. Tus hoyuelos. —Al nombrarlos, aparecen—. Tu melancolía. Tienes algo oscuro en medio de la luz y eso me provoca curiosidad.

—Eso es porque tú también estás triste. La tristeza se arrastra. Se contagia.

—No quiero que estés triste, Annie.

—Yo tampoco.

Aprovecho el ambiente cómplice para dar un paso.

—¿Dónde vives?

Mi pregunta la sorprende y aparta la vista. La desvía a los árboles que nos rodean y el hechizo se rompe.

—¿Conoces la casa del bosque?

—¿La del guarda?

Ella asiente.

—Me la han alquilado por un tiempo. ¿Por qué me lo preguntas?

—No te miento. Quiero conocerte. Creo que me gustas, Annie.

El silencio nos golpea. Siento que acabo de derribar un alud de nieve. Aunque no me siento mal. Responda lo que responda, me agrada haberlo compartido con ella. Ruby tenía razón. No está mal que alguien me guste. Al igual que tampoco hay nada de malo en darme la oportunidad de sentir de vez en cuando.

Annie se pasa la lengua por los labios y su expresión se

arruga. Siento que se pliega, que su cabeza bulle, que no me equivoco al pensar que hay algo creciendo entre nosotros, aunque sea distinto y, a todas luces, un poco raro. Pero aquí estamos. Y esto es lo que tenemos. Esto es lo que somos.

—De habernos conocido en otro momento, en otras circunstancias, en otra realidad..., también me habrías gustado, Drake —me confiesa con un hilillo de voz.

—¿Y en esta? Aparte de mis ojos achinados y mi dentadura, ¿no te gusto en esta vida, Annie?

Ella no responde. Parece hipnotizada por el hielo frío y duro. También nerviosa. Podría coger su mano y frenar el temblor que oculta, pero la dejo estar. La dejo que medite sobre lo que acabo de lanzar entre nosotros con tanta naturalidad que ni siquiera parece importante. Quizá no lo sea. Puede que no sea más que una verdad expuesta que podemos seguir obviando.

—Tú a mí sí me gustas —repito—. Más allá de esa férrea determinación con la que te enfrentas a todo y de esos malditos hoyuelos que no dejan de tentarme. No sé por qué, tampoco si espero algo más contándotelo, solo... solo quería decírtelo. Me parece justo que lo sepas.

Se muerde el labio y sonríe. Su hoyuelo izquierdo aparece. Me quito un guante para acariciarlo y ella se estremece.

—¿Qué estás haciendo, Drake?

Me acerco muy despacio. La miro a los ojos, esperando una señal con la que me indique que pare, pero Annie no se mueve. Le dejo un beso. Ahí. Justo en esa muesca invisible que he acabado adorando por encima de otras cosas más reseñables. Annie contiene el aliento. Sus mejillas se sonrojan. Yo me levanto y me voy.

Por primera vez en meses, duermo diez horas seguidas. Cuando me despierto, pienso en Annie y sonrío. Los recuerdos malos siguen dormidos durante unos instantes que desearía alargar para siempre.

44

Me paso el día pensando en lo que ocurrió con Annie. En algo tan nimio que en mi pasado jamás habría sido relevante, pero que ahora importa. Tiene consistencia, me provoca sensaciones, me evade y me obsesiona.

Ayer besé a Annie y me gustó.

Ni siquiera lo hice en la boca. Solo rocé ese maldito hoyuelo y ahora deseo hacerlo otra vez.

Voy al lago en cuanto siento que es el momento. Pero, por primera vez, ella no está.

Espero. Espero. Espero.

Cuando la noche es cerrada y el frío insoportable, me marcho.

Hago lo mismo los tres días siguientes, pero Annie no aparece.

El chico que lo perdió todo

Una noche, mi madre me encontró tirado en el porche de la casa en la que vivíamos. Apestaba a alcohol y a sudor. Tenía un ojo morado y el labio partido. La sangre había dejado un pequeño charco en el suelo y las lágrimas se me habían secado en las mejillas, dejándome la piel cuarteada por la suciedad y mis propios fluidos.

Cuando la vi, lancé un gemido apenas audible y deseé morirme.

—Cariño, no puedes seguir así.

Me ayudó a levantarme y le manché el vestido. Supe que aquella mancha de sangre reseca no saldría del tejido y aquello me pareció más horrible aún que cualquier cosa que hubiera hecho esa noche.

—¿Y qué quieres que haga, mamá? Siento que no... Que no puedo... Yo...

—Llama a tu padre.

Sentí el dolor, agudo y sordo en un lugar olvidado, cerré los ojos y decidí nuevamente huir.

45

Abro los ojos y la luz me hace daño. Noto la garganta en carne viva y un latido insistente en las sienes. En cuanto me muevo, Ruby se acerca, se agacha a mi lado y coloca la mano en mi frente para comprobar si tengo fiebre.

—¿Qué haces aquí? —le pregunto.

—Hoy tengo turno de tarde. Tu padre me ha pedido que viniera a verte por si necesitabas algo.

—Estoy bien, ¿qué hora es?

Me incorporo y me tiende un vaso de agua y una pastilla.

—La de tomarte esto.

Obedezco y miro la hora en el móvil. Son más de las diez. Entonces recuerdo que estoy enfermo. El dolor de cabeza apareció ayer, mientras esperaba a Annie en el lago, a sabiendas de que tampoco acudiría. Los temblores no tardaron en acompañarle. Cuando llegué a casa, mi padre me miró asustado y me obligó a tomarme un bol de sopa caliente y un analgésico.

Levanto las sábanas con intención de vestirme para ir a la fábrica, pero ella me detiene.

—Ruby, tengo que ir a trabajar, yo...

—Cálmate. El jefe te ha dado el día libre.

Me dejo caer sobre la almohada y cierro los ojos. Bendito Doug. Debería regalarle una bufanda aún más bonita que la de Gina. Ruby me arropa con tanta ternura que siento ganas de llorar. Estar enfermo es una mierda.

—Creo que va a estallarme la cabeza.

—Tienes fiebre. Me ha dicho tu padre que te pasas el día por ahí con este frío. ¿En qué estabas pensando?

Tuerzo el gesto.

—Fui a ver a Annie. Creo que la he cagado, Ruby.

—¿No podéis quedar en una cafetería como todo el mundo? Lo raro no siempre es especial, Drake.

—Tiene gracia que lo digas tú.

Ruby me pellizca el brazo y después lo acaricia con mimo. Pienso en mi madre, en su forma de cuidarme cuando enfermaba, incluso ya siendo un adulto. Ruby lo hace muy bien.

—Es una pena que desperdicies tus dotes maternales conmigo. Deberías marcharte.

—Hay suficientes mimitos de Ruby para todos. —Sonrío y a continuación hago una mueca, porque el simple gesto me duele—. ¿Qué le has hecho a la chica?

—Le dije que me gustaba. La toqué. La besé.

—¿Y no quería? No dudo de la educación que has recibido, pero espero que alguien te haya explicado lo que es el consentimiento, Drake.

Pongo los ojos en blanco.

—No se trata de eso. Le dejé espacio para parar, pero no lo hizo. Solo que no ha vuelto. No la veo desde entonces y me da miedo haberlo estropeado.

—Pues siento decirte que solo te queda esperar. Saber esperar también es una virtud, Drake. Esperar hasta que decida volver. Esperar hasta que esté preparada para responder a ese beso, sea con otro o con una despedida. ¿Estás preparado tú para cualquiera de esas dos opciones?

Ruby me sonríe con afecto mientras medito sobre las posibilidades. No quiero despedirme de Annie. No quiero decirle adiós. No la besaré más, pero alejarnos no es el camino.

—Pero puedes hacerlo aquí, ¿vale? —añade Ruby convirtiéndome en un gusano de seda entre las mantas—. No quiero que mueras. Te he cogido cariño.

—Gracias, Ruby.

—De nada, encanto.

46

Me paso dos días en la cama. Ruby me cuida y mi padre lo intenta, aunque con una torpeza que me hace sonreír.

—Le pone nervioso no saber qué hacer —me dice ella mientras lo mira con dulzura.

Al tercero, pese a que me siento débil, consigo que me den permiso para salir a tomar el aire, como un preso anhelando la libertad. No engaño a nadie, ambos fingen que no saben que pretendo volver al lago, y, cuando Ruby me pone tantas capas de ropa que apenas puedo moverme, me dirijo hacia el bosque.

Por primera vez, avanzo más allá de la orilla donde siempre me encuentro con Annie y me interno entre los árboles. Recuerdo la vieja casa a la que se refería de mis primeros días en Leiwe Lake. Curioseé por el bosque hasta verla al final de un sendero; entonces, ante la posibilidad de cruzarme con alguien y tener que relacionarme, me di la vuelta y la olvidé.

Ahora que sé que Annie se aloja allí no puedo evitar acercarme.

Sé que Ruby tiene razón y solo debo esperar. Esperar a que Annie decida qué hacer con lo que sintió ante aquel amago de beso. Sea bueno o malo, pero esperar. Por eso solo observo la vieja edificación.

No hay luz. No hay nada.

Escarcha y polvo la cubren. Flores muertas me miran apoyadas en el alféizar de las ventanas cerradas. Si no supiera que Annie vive allí, pensaría que se encuentra abandonada.

Doy unos pasos más por el lateral. No parece que haya nadie dentro, pero tampoco quiero que me pille husmeando; no creo que arreglara las cosas, ya de por sí un poco incómodas. Desde la esquina de una ventana, veo una sala. Hay una mesa alargada y, sobre ella, los mitones de Annie y un cuaderno de tapas azules. Sigo caminando y descubro que la casa tiene otra puerta. A su lado, colgados de un gancho, hay unos patines. Los patines de Annie.

—¿Por qué lo hiciste?

Doy un respingo y me giro, pero no veo a nadie.

—¿Annie?

A través de la puerta entreabierta se cuela su respiración. Parece nerviosa y yo también lo estoy. Porque esto es distinto. Porque me habla, pero lo hace escondida, lo que no supone precisamente una invitación a entrar.

Me acerco muy despacio y me apoyo en el quicio.

—¿A qué te refieres? —le pregunto bajito.

Su suspiro me toca la mejilla. Cálido. Agitado. Dulce.

—¿Por qué me besaste, Drake?

—Porque quería.

—Pues no vuelvas a hacerlo.

Cierro los ojos y me la imagino al otro lado. Apoyada en la puerta. Tocándonos sin hacerlo, solo separados por un trozo de madera.

—Siento no haberte pedido permiso, Annie. Lo tendré en cuenta para la próxima vez.

—No habrá próxima vez —responde con brusquedad.

Y la puerta se cierra.

Antes de irme, saco del bolsillo interior de mi abrigo el gorro que le he comprado y lo cuelgo en el gancho, sobre los patines.

47

Tardo un par de días más en volver a verla. Después de aquella conversación en su casa, la he esperado en el lago y, al asumir que no iba a aparecer, me he ido sin rencores. Pero hoy está sentada en la orilla y me mira con los ojos muy abiertos. No los recordaba tan verdes. Tan vivos. Hay un brillo en ellos que me aturde, como cuando un destello te ciega.

—Siento lo del otro día, Drake.

No he llegado a su lado y ya me ha pedido disculpas, como si no soportara perder más tiempo. Me observa cauta y se abraza las rodillas. La percibo más pequeña, incluso dentro de ese abrigo que la hace parecer un oso adorable.

—No importa. Te enfadaste. Estabas en tu derecho a decírmelo.

—No. No estaba enfadada contigo.

—Ah, ¿no? —le pregunto confuso.

—Estaba enfadada conmigo.

—¿Por qué?

—Porque me gustó.

Traga saliva y veo que sujeta algo entre los dedos. La lana se escapa entre ellos y acarician su nombre bordado en hilo blanco. Entonces alza el rostro y me pierdo en esa vulnerabilidad que vi en ella desde el primer día y que se intensifica por momentos.

—Y eso, ¿te gusta? —le susurro, señalando el regalo que le dejé sobre los patines.

Una pequeña sonrisa se despereza en sus labios y algo dentro de mí hace lo mismo, se estira como un cuerpo recién despertado.

Me siento y nuestras piernas se rozan. Le quito su gorro rosa muy despacio. Su pelo se mueve, como si estuviera vivo, y se expande sobre sus hombros. Nunca la había visto así y esta diferencia, en otros contextos sin importancia alguna, me excita. De algún modo, siento que la he desnudado.

Annie se sonroja ante mi escrutinio y se coloca el gorro nuevo. Los hilos de colores entremezclados brillan. El pompón lila se agita cuando se ríe. De repente, comprendo la ilusión de Gina por la bufanda que le regalé, porque, joder, es el gorro perfecto.

Annie se ríe cada vez más fuerte. Como una niña incapaz de controlarse ante un millón de cosquillas.

—¿Qué? —le pregunto. Y su risa crece. Y no la entiendo. Pero también me río.

Cuando conseguimos parar, nos miramos en silencio. Su sonrisa es dulce. La mía, sincera, tan natural que parece mentira que me cueste usarla el resto del tiempo.

—Gracias, Drake.

Y eso es todo. Volvemos a ser los mismos, aunque nada lo sea. Cada detalle que sumamos —un beso suave, una confesión, un regalo— hace que todo sea distinto.

Annie se levanta y patina. La observo y le corrijo algunos movimientos. Posturas. Errores que se convierten en vicios con facilidad. Finge que es una bailarina y yo, muy serio, le puntúo la técnica. Hablamos de música, libros, de nuestros postres favoritos. Esto ya no va solo de patinaje, aquí hay mucho más.

Antes de irme, Annie se acerca muy despacio a mí. Puedo sentir su respiración en la cara. Suave, dulce, caliente. Sus labios rozan la comisura de los míos. Siento que algo dentro de mí se deshace, como le sucederá a este lago cuando el invierno se marche.

48

—Intuyo que me hiciste caso. ¿Le has hecho un regalo? ¿Has dado un paso más, Drake? Esa carita solo puede significar una cosa.

Ruby sonríe con picardía al verme embobado mirando por la ventana y decido ignorarla. No me apetece hablar de Annie.

—¿Otra vez alimentándonos? —le devuelvo las preguntas con cierta maldad—. ¿O es que te has mudado a esta casa y no me he enterado? Pensé que vivías en el centro.

—Y vivo allí.

—¿Estás segura de eso?

Me he dado cuenta de que últimamente pasa más noches aquí que en su piso. Quizá sea porque con este clima es más fácil así y no me molesta, pero no está mal dejarlo claro para comprobar si ellos también son conscientes. Puede que yo no sea el único que necesita un empujón de vez en cuando.

En cuanto lo digo, mi padre carraspea y se oculta tras el periódico. Sonrío entre dientes.

—Yo intuyo que vosotros dos tenéis algunas conversaciones pendientes.

Ruby me fulmina con la mirada y se escabulle a la cocina.

Papá me observa preocupado y me meto un trozo de pastel en la boca.

—¿Te molesta que esté aquí? —pregunta, comedido.

—Para nada. ¿A ti?

Me mira ceñudo y farfulla algo ininteligible antes de maldecir y susurrarme una confesión, mientras vigila nervioso que Ruby no vuelva.

—Me encanta pasar todo el tiempo posible con ella, pero no sé si vamos muy rápido, ¿comprendes?

—¿Hay alguna medida estándar de tiempo para estas cosas?

—No me tomes el pelo, Drake.

Se pasa la mano por el rostro y, por un instante, siento afecto por él. Un afecto real, una ternura inesperada ante su versión más vulnerable.

—Es que yo sé poco de relaciones. El experto eres tú.

—Nadie se hace experto en esto. Jamás. Todo cambia en un segundo. Cada persona es un mundo. Los sentimientos son angustiosos —me dice inquieto.

Tiene los ojos hundidos y se muerde una uña con rabia. Siento que lo veo por primera vez, como si hubiera estado mirando lo que me rodea con una venda que ahora cae lentamente. Mi padre siempre me ha parecido un bloque de hielo. Inexpresivo. Frío. Y, en este instante, no puede parecerme nada más distinto.

¿Tanto nos puede cegar el dolor?

—Creo que necesitas una copa.

Mi padre alza el rostro, totalmente conmocionado, y asiente con efusividad.

—¡Ruby, tenemos que salir! En un rato volvemos —le grita, levantándose y cogiendo la ropa de abrigo.

Ruby se asoma, parpadea confusa en nuestra dirección y asiente.

—Os dejaré la cena preparada y me iré a casa. Pasadlo bien.

Cierra la puerta de la cocina antes de que nosotros hagamos lo mismo con la de entrada.

La chica que lo tenía todo

—¡Devuélvemelo!

Lizzie gritaba mientras Annie, subida a la cama, escondía un papel en su espalda.

—Debería decírselo a papá y mamá.

—¿Por qué no me dejas en paz?

—Lizzie, solo tienes quince años.

La pequeña subió de un salto al colchón y ambas forcejearon. Se cayeron sobre las sábanas revueltas hasta que Annie volvió a hacerse con la autorización falsa.

—Que tú seas una mojigata no significa que yo también lo sea. Es mi cuerpo, ¡tengo derecho a hacer lo que quiera con él!

—¿No entiendes que es muy probable que te arrepientas? ¡A los quince años a mí me gustaba Justin Timberlake! ¿Qué crees que pensaría ahora si me hubiera tatuado su nombre en el trasero?

Lizzie se rio.

—Pues que eres patética.

Annie suspiró y la otra apartó la vista. Había falsificado la firma de sus padres para hacerse un tatuaje. Lo había hecho tan bien que Annie habría sido incapaz de distinguir aquella rúbrica de la verdadera. Incluso adjuntaba fotocopias de una documentación falsa, como una profesional de la mentira. Ella no había podido ocultarles que había robado unos pendientes en una tienda un par de años atrás; había confesado como si su futuro estuviera en juego y su hermana pequeña, en cambio, pensaba meterse tinta bajo la piel.

—Podrías esperar. Un par de años, al menos.

Lizzie se mordió el labio y Annie supo que dudaba. Aunque hacía tiempo que pensaba que un animal salvaje habitaba en el interior de su hermana y este no tardó en aparecérsele. Además, desde que Annie se había marchado a estudiar a Edmonton y solo regresaba a casa los fines de semana o en las épocas estivales, como en aquel momento, la relación entre ambas era más distante que nunca.

—Puedes contárselo a papá y mamá, pero, si lo haces, ten por seguro que no volveré a dirigirte la palabra.

Le arrancó el papel de las manos y una parte de Annie se rindió; la misma que sabía que, inevitablemente, su hermana siempre sería para ella una galaxia lejana.

No obstante, otra parte muy escondida alzó la voz una vez más. Una que se agarraba a la esperanza de que las cosas fuesen diferentes.

—Iré contigo.

—¿Qué?

Lizzie parpadeó, sorprendida por aquel cambio de rumbo.

—Te acompañaré. Me aseguraré de que te lo haces en las condiciones más higiénicas posibles y con un profesional. Soy mayor de edad, firmaré un nuevo consentimiento si hace falta, pero siempre y cuando dé el visto bueno al local y al diseño. Iremos juntas y te guardaré el secreto.

Annie sonrió con decisión, aunque por dentro temblaba.

—¿Hablas en serio?

Tres días más tarde, las dos entraban en un estudio de

tatuajes. Un tipo llamado Billy les explicó con paciencia, bajo petición de Annie, cuáles eran los riesgos de tatuarse, los cuidados requeridos para una correcta cicatrización y el porcentaje de clientela que se arrepentía de una decisión así. Para sorpresa de Annie, era mucho más bajo del que no lo hacía.

Revisaron los catálogos de diseños. Algunos las impresionaron por su elaboración, por lo grotescos que resultaban o por la intensidad que guardaban entre sus trazos. Lizzie se paraba ante dibujos estrafalarios, siluetas de conos helados, palabras bonitas que a Annie le resultaban vacías, personajes de ficción, un dragón alado, una cometa. Elecciones rápidas que dejaban en evidencia su volatilidad, su falta de madurez, como si lo quisiera todo y, al mismo tiempo, nada le importara.

Entonces, entre las páginas, algo captó la atención de Annie.

Era pequeño. Sutil. Casi insignificante entre los demás.

Sintió una punzada en el pecho. Un latido distinto. Un anhelo que desconocía que llevara dentro.

—Este.

—¿Qué?

Lizzie se acercó a ella y lo observaron. Por un instante, se miraron y lo entendieron. Las separaba un abismo, pero aún podían regalarse algo que las uniera para siempre. Annie pensó en un puente tambaleante pero sólido juntando dos montañas que, de no ser por él, nunca llegarían a tocarse.

Cuando salieron del local, lo hicieron con una sonrisa.

En sus muñecas brillaba un diminuto copo de nieve.

49

Cogemos el coche y paramos en Luke's Food. Como era de esperar por el tiempo que hace, el local está prácticamente vacío. Solo un grupo de jóvenes se ríe mientras come pizza. Podríamos haber ido al Buzz, pero mi padre dice que nadie en su sano juicio hablaría allí de Ruby.

Nos sentamos a una mesa al fondo y un joven con acné que no aparenta más de quince años se acerca a tomarnos nota.

—¿Cerveza?

Asiento y mi padre le pide dos jarras; el chico se marcha con andares torpes; me pregunto cómo debe de ser crecer en un lugar como Leiwe Lake y lo distinta que podría haber sido mi vida si mamá y él hubieran tomado otras decisiones. Me imagino en todos estos escenarios como un Drake de trece, dieciséis, veinte años, viniendo a visitarlo a menudo y creando una vida en el pueblo, forjando relaciones duraderas. Pese a lo que siempre había creído, me resulta fácil; podría haber encajado; podría haber funcionado.

—Es intensa —añade, lo que me devuelve a la pizzería y al motivo de que estemos juntos aquí.

—¿La cerveza? —pregunto dando un primer sorbo.

—No, Ruby.

—¿Eso es un problema?

—¡No! Me encanta. Ruby es... No tengo palabras.

Pero yo sí. Las tengo porque con Ruby es sencillo poner nombre a las cosas.

—Terremoto Ruby.

Mi padre levanta las manos, complacido por que yo comprenda lo que quiere decir.

—¡Exacto! Con ella parece que siempre fuera festivo, y sin necesidad de hacer nada especial. Cuando la conocí, bueno..., me impresionó.

Sin poder evitarlo, rompo a reír. En un pueblo tan conservador como este, la exuberancia de Ruby se asemeja a encontrar un oasis en el desierto.

—Imagino que sus pantalones ceñidos tuvieron parte de culpa.

—No voy a engañar a nadie, me tenía loco, pero la primera vez que hablé con ella me di cuenta de que era mucho más que un escote prominente y una sonrisa bonita. Ruby es...

Me mira cauto y se muerde el labio. Suspira con profundidad y da un trago largo. La espuma le mancha la barbilla. Siento que acaba de entrar en un camino que hemos estado esquivando hasta el momento. Uno que nos lleva a mi madre de forma inevitable.

—¿Por qué te callas? Vamos, dilo —lo apremio; él coge aire antes de pronunciar las palabras que intuye que pueden acabar con este acercamiento.

—Ruby es lo que siempre busqué.

Tuerzo los labios y noto el pellizco de decepción. El rencor despertando. La imagen de mi madre como el patrón de comparación que pone punto final a una historia que ella nunca deseó que terminara.

—Y en el pasado no encontraste. Entiendo.

—Drake, no...

Sin embargo, por primera vez niego con la cabeza. No quiero que se disculpe. No tiene por qué. Mi resentimiento sigue siendo la respuesta del niño que vio a su padre marchar, no la del adulto que, por fin, acepta que las cosas, a veces, simplemente acaban y dejan paso a otras. Pienso en Annie. En que lo peor de mi vida me ha traído hasta ella. En que no he sido justo juzgando a mi padre cuando yo he hecho cosas mucho peores.

Trago saliva y también pienso en Ruby. La buena y valiente Ruby.

—No creo que haya nada de malo en los cambios. ¿Quieres dormir con ella? Hazlo. ¿Te gusta despertarte a su lado cada mañana? Hazlo. ¿Os apetece pasar cada minuto del día abrazados? No hay nada que os lo impida.

Pestañea en mi dirección y asiente. Aun así, hay algo que lo frena y no soy yo.

—¿De qué tienes miedo? —pregunto.

—De equivocarme —me confiesa—. De hacerle daño. De presionarla y que se marche. De estropearlo.

Sonrío, porque entiendo sus temores. Al fin y al cabo, son un reflejo de los míos.

—¿La quieres?

—Sí.

No hay duda. No le tiembla la voz.

—Pues no pienses tanto las cosas. No les busques sentido o explicación. Normalmente, todo siempre es más sencillo de lo que parece. Ruby necesita a alguien que la respete y la quiera bien, y me consta que tú lo haces. Sigue haciéndolo y a la mierda lo que pueda opinar el resto.

Choco mi jarra con la suya y bebo. Él tarda un poco más en hacerlo. Cuando deja la jarra sobre la mesa, veo que tiene los ojos enrojecidos.

—Por favor, no llores. Evítanoslo —bromeo para romper la tensión. Él sonríe.

—Es por el gas.

—Ya.

Bebemos y charlamos. De Ruby. De anécdotas del trabajo. Del partido de hockey que están retransmitiendo y el motivo de que al llegar me haya sentado conscientemente de espaldas al televisor. Charlamos hasta de mamá.

—¿Vas a ir a verla por Navidad?

—Debería, pero no sé si...

«Si estoy preparado para volver.»

«Si podría soportarlo.»

«Si retrocedería todo lo que he conseguido avanzar desde que llegué a Leiwe Lake.»

Papá estira la mano y toca la mía. Es apenas un roce, aunque suficiente para alejarme de los pensamientos intrusivos y volver a su lado.

—Puedes quedarte todo el tiempo que necesites. Esta es tu casa, Drake.

Asiento y le doy las gracias con la mirada.

Nos terminamos las cervezas en silencio. Y me siento cómodo. Satisfecho de esta tregua que nos he concedido.

Antes de salir del local, papá sacude la cabeza y me hace partícipe de un secreto.

—Por cierto, voy a pedirle que se case conmigo.

Sin poder evitarlo, y aunque él no entienda mi reacción, rompo a reír. Le palmeo la espalda y salimos al frío de diciembre.

Cuando llegamos a casa, nos encontramos con Ruby en el porche. Lleva un abrigo de pelo marrón y los guantes plateados que le regalé.

—Os he dejado un hojaldre de carne en el horno. Nos vemos mañana.

Papá se queda parado frente a ella y, entonces, da dos pasos y la estrecha entre sus brazos. Le dice con un beso todo eso que aún no se ha atrevido a decirle con palabras. Cuando se separan, Ruby se ríe como una niña y se recoloca el pelo.

—Vaya. ¡Sí que ha tenido que ser buena la conversación! —exclama con la respiración agitada—. Deberíais salir juntos más a menudo.

Nos reímos los tres y la obligamos a entrar de nuevo en casa.

Huele a hogar, a leña y al perfume de Ruby.

Al otro lado de la ventana, la nieve cae con fuerza, pero todo es calor, un calor suave al que sería muy fácil acostumbrarme.

50

Desde que le he regalado el gorro a Annie no se lo ha quitado. No hemos hablado de ello, aunque el recuerdo nos sobrevuela a ambos. Está guapa. Puede que sea una estupidez, pero ahora sonríe más, como si el simple hecho de tenerlo puesto le transmitiera ganas de hacerlo.

—¿Por qué me miras así? —me pregunta, balanceándose sobre los patines.

—¿Cómo te miro?

Se sonroja levemente y se desliza despacio hasta quedar frente a mí.

—No lo sé. Distinto.

Mis labios se estiran, perezosos, y ella me imita.

—Pensaba que estás muy guapa sobre el hielo. —Contiene el aliento y sigo; sus mejillas se encienden; su mano busca dentro de su bolsillo—. Tu cara y tu cuerpo son los mismos que los primeros días, pero ahora que te sientes cómoda patinando es diferente. Es como si todo destacara más. Como si te cubriera un brillo que antes no existía. Brillas, Annie.

Suspira y ambos observamos el vaho que escapa entre sus dientes.

—Deberías probarlo —me invita con cautela.

Asiento y noto la emoción bajo la piel. La adrenalina por el recuerdo de lo que era. El hormigueo en los pies.

—Quizá algún día —susurro con la voz enronquecida.

—Algún día.

Nos retamos con la mirada y ella me hace un mohín. Una invitación sutil. Un gesto cómplice. Divertido. Astuto. Provocador sin darse cuenta.

Deseo besarla. Deseo levantarme, caminar hacia ella y morderle la boca. Probar su sabor. Descubrir a otra Annie. Entreabre los labios y gime bajito. Entre nosotros flota un anhelo silencioso. Porque ella lo sabe. Ella sabe lo que estoy pensando. Lo que solo sucede cuando dos personas piensan lo mismo.

Carraspeo y le señalo su mano, aún escondida en el abrigo.

—Pensaba que lo tocabas cuando tenías miedo, pero también cuando estás nerviosa.

—¿Qué?

Sus dedos aparecen con lentitud, como si hubieran sido pillados haciendo algo malo.

—Tu amuleto.

—No sé de qué hablas.

—Del amuleto que guardas en el bolsillo. Siempre que algo te altera metes la mano y lo sujetas. O él te sujeta a ti, no lo tengo del todo claro.

—No es nada.

—Nada es nunca nada.

—Eso no tiene sentido.

Me río y, sorprendentemente, ella me acompaña. Los nervios por haberle expuesto con tanta claridad su secreto se aligeran, aunque aún está tensa y duda.

—¿Y si yo te cuento un secreto a cambio?

—¿Me estás chantajeando, Drake?

—Solo planteo una posibilidad. Un trato justo. Yo también sé retarte, Annie —le digo con dulzura.

Sus ojos curiosos se entrecierran. No quiero que se enfade. No quiero estropearlo empujándola a hablarme de algo que es obvio que es importante para ella. Pero Annie también me tienta continuamente y hace tiempo que hemos ido saltando límites, dejando en el aire las preguntas que al principio no nos atrevíamos a formular. La confianza nos ha hecho poner voz a algunas cosas que antes ignorábamos.

Annie lo entiende, así que asiente y me lanzo.

Siento que estamos haciendo un avance enorme hacia algo desconocido.

—No tengo el carné de conducir. Lo he ido aplazando y poniendo excusas a todo el mundo. Que si no es el momento, que si no lo necesito, que si me da pereza... pero, la verdad, es que me da miedo.

—Te da miedo conducir. —Asiento y ella ladea el rostro. Me estudia como si acabara de enseñarle una versión de mí mismo que nunca habría esperado—. ¿Y por qué me lo cuentas?

—Porque me da vergüenza. Es algo que todos mis amigos fueron haciendo y que me iba dejando atrás. Una cuestión de ego, quizá. Llámalo como quieras. Pero me has enseñado que no pasa nada por tener miedo. Mírate.

La señalo, desde sus pies, enfundados en los viejos patines, hasta su postura firme, erguida como si llevara toda la vida respirando sobre el hielo.

—Es una lista —me confiesa con el rostro enarbolado—. Una tontería.

—Si te importa, no es una tontería.

Mis palabras le agradan y se muestra más segura. Mete la mano en el bolsillo y saca una hoja doblada de papel. Está arrugada en algunas zonas y tiene los bordes oscurecidos.

—¿Alguna vez has tenido una lista de objetivos? Esas cosas que te gustaría hacer antes de morir y que vas tachando.

—Claro. Todos los tenemos. Nunca los he escrito, pero sería fácil hacerlo —le miento, porque en este momento de mi vida intuyo que dejaría la hoja en blanco.

Sin embargo, Annie sonríe y se desliza hacia mí, algo menos avergonzada ahora que se siente comprendida. Despliega la hoja y la lee en silencio. Su mirada se envuelve de algo cálido. La emoción la nubla y deja de esconderse.

He mentido. Sí que podría escribir una lista de objetivos; no sé mañana, pero hoy todos llevarían su nombre.

—Enséñamela —le pido.

—¡Ni en sueños!

La esconde en el bolsillo con rapidez y aparta la vista. Admito que esas listas siempre me han parecido infantiles y pretenciosas. Idealistas. Poco inteligentes. Pero, por su expresión, sé que esta es distinta.

—Annie...

Nos quedamos en silencio y me levanto. Camino hacia ella y alargo la mano para rozar la suya. Ella tiembla y entonces lo entiendo. La nostalgia es demasiado intensa como para no sentirla.

—¿Esto tiene que ver con tu hermana?

Traga saliva y sus ojos se humedecen. Entrelazo mis dedos con los suyos y los meto en su bolsillo. Siento la hoja de papel caliente, ajada de tanto tocarla.

—Mi padre nos obligó a hacerla —me confiesa—. Incluso a mi madre. Uno de esos momentos familiares, ya sabes.

«No, no lo sé», quiero decirle, pero me lo trago. Porque la felicidad de Annie no puede ensombrecerse porque yo no la haya vivido.

—Yo no quería —prosigue con la mirada en el pasado—.

Me aterraba dejar constancia de mis fracasos en vez de verlo como una oportunidad para cumplir sueños.

Sonrío. Por esto me gusta Annie. Porque no ignora los colores grises del mundo ni las partes difíciles de las cosas, solo los acepta. Vive con ellos. Se esfuerza por sacarles utilidad y hacerlos suyos.

—Pero Lizzie... —continúa; sacude la cabeza al pensar en su hermana—. Lizzie se volvió loca, se obsesionó con ella. Siempre quería probarlo todo, así que su lista era interminable. La llevaba a todas partes y se enfrentaba a lo que había escrito como si fueran retos en vez de sueños. Yo me burlaba de ella. Sé que estaba mal, pero me parecía una tontería, una inmadurez propia de una niña. Aunque ahora...

Su mirada se oscurece, sus rasgos se tensan. No es tristeza ni enfado, es dolor. Un dolor que quiero arrancarle como sea. Sin reflexionar sobre las consecuencias, tomo una decisión. No hay dudas. No hay miedos. No me importa nada que tenga que ver con mis propios fantasmas, si puedo ayudar a Annie. Si puedo conseguir que supere el duelo de su hermana, aunque sea cumpliendo una estúpida lista, como dos adolescentes soñadores.

—Vamos. Ven conmigo.

Tiro de su mano y avanzo. No miro atrás. Ni adelante. Sí a nuestros dedos unidos. Solo siento su respiración y la mía, mis latidos en los oídos. No hay pasado. No hay futuro. Únicamente tenemos este momento.

—¿Qué haces, Drake? Estás...

Estoy sobre el hielo. No me muevo demasiado, solo camino como puedo sin matarme, pero esto ya es más de lo que he logrado en mucho tiempo. Por ella. Por Annie.

—Vas a aprender a dar giros. Vamos a conseguir que taches de esa estúpida lista lo que sea que tenga que ver con el patinaje. ¿Me has entendido?

Annie asiente. Se ha quedado sin voz. Agarra mi mano con fuerza y se deja llevar, se entrega, igual que Ruby entre los brazos de mi padre, igual que Doug a la felicidad de Gina.

La sujeto por la cintura y la ayudo a girar con un pie levantado. Ella me escucha con paciencia, su atención tan puesta en mí que, si un terremoto nos sacudiera, seguiríamos mirándonos, enredados ambos en esto que estamos compartiendo.

Me resbalo en un momento dado por no tener patines y ella se ríe. Me agarra con firmeza del brazo y no me suelta. Nos tocamos todo el tiempo. Creo que no hay un segundo en el que no tengamos uno un dedo sobre el otro, incluso a veces sin necesidad.

Y no duele. Noto el hielo debajo y solo me trae recuerdos buenos. Porque son los que he creado con Annie. No tiene nada que ver con lo que hice o dejé atrás. Con el chico del que me despedí y al que decidí castigar quitándole lo que más amaba. Esto es algo distinto. Esto es nuevo. Y me gusta demasiado como para no disfrutarlo.

Annie consigue girar una vez sobre sí misma sin apoyo y sin caerse, aunque al frenar se desestabiliza y la acojo entre mis brazos. Alza el rostro y se encuentra con el mío. Su aliento me envuelve. El frío no existe.

—Si alguien te viera ahora mismo, pensaría que llevas patinando toda la vida.

Abre los ojos, sorprendida por mi halago, y sonríe ampliamente. Se aparta muy despacio y me arrepiento de no haberla abrazado más fuerte.

—Gracias, profesor.

Me hace una reverencia exagerada y nos reímos. La tensión se rompe. La normalidad vuelve.

Annie se aleja patinando y yo la aplaudo. Me siento generoso, quizá porque no me quiero ir, así que también le enseño a dar zancadas en ocho. Le explico cómo debe colocar los pies sin levantarlos del hielo. «*Junta los talones, deslízate, sepáralos*». Ella repite el movimiento una y otra vez, hasta dejar marcado su rastro en la superficie, que se asemeja al contorno de un reloj de arena. Cuando se siente segura, la animo a levantar un pie mientras avanza, después el otro. Sus movimientos son precisos, elegantes, fluidos. Una chica bailando dentro de una bola de nieve.

Mira al cielo y se ríe. Alza las manos y gira muy despacio. Pequeños copos le mojan las pestañas.

Sus ojos me encuentran y siento que despierto. Que llevo años dormido. Que el efecto de la anestesia acaba y que regreso a la vida.

—Gracias, Drake.

Me marcho con una presión extraña en el pecho. Una calidez desconocida. Unas ganas de volver a verla, cuando acabamos de despedirnos, de lo más insistentes.

51

Gina y Doug me sermonean, pero los ignoro mientras doy tragos cortos de cerveza.

—¿Por qué no la traes un día? Creo que deberíamos conocerla. —Alzo una ceja en dirección a Gina y ella rectifica—. *Merecemos* conocerla. Si tenemos que aguantarte esa cara de tonto, qué menos que descubrir el motivo.

Doug se ríe y le lanzo un posavasos. Desde que les he contado que Annie me gusta no dejan de preguntarme por ella. No es que me moleste, pero he descubierto que quiero ir despacio, que las cosas fluyan entre Annie y yo al ritmo natural que nos marquen, que lo que ocurra sea solo nuestro. Quizá porque, por primera vez, siento algo que va más allá de querer arrancarle la ropa. De hecho, esos pensamientos apenas aparecen; aunque existen, pasan desapercibidos bajo el peso de todo lo demás que Annie me despierta. Quiero saberlo todo de ella. Si es de dulce o salado. Si le gusta el mar. Los tres objetos que elegiría para sobrevivir si se quedara a la deriva y llegase a una isla desierta. Gilipolleces. Detalles de los que me he burlado infinidad de veces cuando eran mis amigos los que se sentían así por alguien, pero que ahora me persiguen e invaden mi mente.

—¿Por qué os importa tanto?

Me sonríen con afecto y me siento un niño. Recuerdo el secreto de Doug y me tenso. No hemos vuelto a hablar del tema, pero desde que sé que está ahí lo siento entre nosotros. Velado bajo sus sonrisas perennes. Anclado a ellos cuando se miran en silencio, alargan la mano y se tocan. En sus miradas perdidas que acaban encontrándose. Son buenas personas. Amables. Empáticos. Divertidos. Trabajadores. Pero crecer te enseña eso, que el dolor o la felicidad no dependen de nuestras virtudes, sino que la vida avanza sola, nos lleva por caminos improbables o inesperados. Y debemos aceptarlos. Siento que yo comienzo a hacerlo.

Crecer es aprender a esconder la herida.

Aun sabiéndolo, sufro por Gina. Por ambos. Así que hago lo único que puedo hacer: los acompaño. Les dejo que me traten como a un crío, como al protegido que soy para ellos, que me cuiden y me den todos los consejos que guardaban para alguien que quizá no llegue nunca.

—Os prometo que, cuando sea el momento, seréis los primeros en conocerla, ¿vale? ¿Te sirve eso, Gina?

Ella da saltitos, emocionada, y asiente.

La tarde transcurre tranquila. Hablamos de todo y de nada. Los escucho reír. Observo sus gestos, su complicidad, lo que los une. Me mantengo más callado que nunca, en apariencia ausente, pero estoy aquí, con ellos, preguntándome cómo sería tener a Annie cerca, presentarle a mis amigos, invitarla a un batido, a un zumo o a lo que sea que beba. Confiarle que hoy no me he dado la vuelta cuando he visto que había un partido de hockey en la televisión. Retirarle el pelo de la cara, como hace ahora mismo Doug con Gina, y rozarle un hoyuelo.

Me termino la cerveza en un intento por tragarme esa esperanza que no deja de alimentarse.

Cuando llego a casa, oigo a mi padre y a Ruby charlando aún desde la puerta. Me asomo a la ventana, por miedo a romper su intimidad. La risa de Ruby resuena a través de los muros y se cuela por las rendijas. Mi padre la coge del brazo y tira de ella. La obliga a girar al ritmo de una canción lenta. Ella se ríe a carcajadas. Su falda se balancea, dejando a la vista el liguero de sus medias. Ambos están descalzos. Se abrazan y bailan. Se miran como si solo existiera este momento. Como si el mundo empezara y acabara en esta casa a las afueras de un pueblo de Canadá. Y, entonces, me asola un recuerdo. Mi madre nunca bailaba. Él lo intentaba y a ella la irritaba. Se apartaba, lo rechazaba de un modo sutil que a él le dolía, aunque fingiese que no le afectaba. Yo los veía sentado en el borde de las escaleras que llevaban al piso superior, con la cabeza entre los barrotes, esperando ser testigo de un momento íntimo que no llegaba.

Pero Ruby sí baila. Ruby se deja llevar, se entrega, lo apremia a bailar más.

Doug y Gina. Mi padre y Ruby. Siento que está en todas partes. Es cálido. Es reconfortante. Como una ducha templada después de un buen partido. Como una cerveza con los amigos. Como el primer helado de un niño.

Trago saliva y disfruto unos segundos más de la imagen antes de entrar. En cuanto me ven se separan, dos críos avergonzados por haberlos pillado abrazados.

—Tranquilos, seguid con lo vuestro. Yo solo venía a coger algo.

Entro en mi dormitorio, sintiendo sus miradas confusas puestas en mí, y me despido a la misma velocidad cuando salgo con los patines colgados al hombro.

Dejo atrás sus suspiros de asombro y me interno en el bosque.

Quiero verla.

Necesito verla.

Necesito saber si esto que siento es real.

52

Hay una chica en el lago. Siempre está, pero hoy me parece una chica distinta.

Gira sobre sí misma, lo hace despacio, midiendo cada movimiento, concentrándose en mantener el equilibrio. De vez en cuando, mira a su alrededor, buscando algo. Buscándome a mí.

Camino hacia la orilla y entonces me ve.

Sonríe. Su sonrisa es auténtica. Al igual que el brillo de sus ojos. O que el temblor de su labio superior cuando es consciente de cómo la miro. No hay engaño en ella de ningún tipo.

Se queda quieta.

Su sonrisa se entreabre al ver los patines. Sus labios dibujan un círculo perfecto.

Me siento en el borde y me descalzo.

Me los pongo y los abrocho con lentitud. Soy consciente de todo lo que sucede. Percibo el sonido del cordón enlazándose sobre sí mismo, el de mi respiración, el de las cuchillas de Annie rascando el hielo.

Mi corazón amenaza con salírseme del pecho cuando me levanto y piso el lago.

Cojo aire una vez, dos, tres. Me quema. Es denso, y dulce, y frío, y me recuerda que estoy vivo. Aun así, duele. Da miedo. Porque esto es tan parte del Drake que era en el pasado que no sé cómo afrontarlo. No quiero ser ese chico. No quiero volver.

Noto la boca seca y tiemblo. El sudor se desliza por mi espalda, pese a que la temperatura es tan baja que no siento las manos. Intento moverme, pero me deslizo con torpeza, como si algo más fuerte que el odio que siento por mí mismo me frenara.

Estoy perdiendo el control.

—No te mires los pies. —La voz de Annie, repitiendo el primer consejo que le di, me hace volver a la realidad—. Hacerlo no evitará que caigas, te generará inseguridad y puedes acabar chocando con cualquiera.

Obedezco y me encuentro con su mirada serena. Sonríe y el miedo se atenúa. Yo también lo hago. La necesidad apremiante de estar con ella vuelve con fuerza y lo demás desaparece.

Me deslizo con destreza hasta llegar a su altura. Entonces freno. Le acaricio la mejilla y Annie contiene el aliento.

Doy otro paso.

Estoy cerca.

Estoy sobre el hielo.

Annie traga saliva y su voz nos envuelve.

—Estás patinando. ¿Puedo preguntarte por qué?

No aparto la mano de su rostro. Ella se humedece los labios. Mi corazón late furioso y se acomoda, como si acabara de encontrar un sitio en el que quedarse después de un tiempo perdido.

—Porque necesitaba hacer esto.

Me acerco muy despacio. Rozo su nariz con la mía. Su respiración se agita. Ella levanta una mano y se agarra con fuerza a mi abrigo. Como si tuviera miedo de deshacerse sobre el hielo. Como si temiera que fuera a arrepentirme y marcharme.

Sonrío contra sus labios y la beso.

Beso a Annie.

Y Annie me besa.

Nos besamos y giramos.

Dos peces bajo el hielo que descubren que la primavera ha llegado antes de tiempo.

SEGUNDA PARTE

Si buscas «nudo» en el diccionario, aparecen diecinueve acepciones.

Ninguna se asemeja a lo que somos nosotros.

EXTRAÍDO DEL CUADERNO DE ANNIE

El chico que lo perdió todo

El estadio estaba a oscuras. Los entrenamientos habían acabado, pero conocíamos los horarios de limpieza y todos teníamos cómplices que pasaban por alto que nos coláramos a deshora para reflexionar en el silencio de una pista vacía.

Hacía semanas que no entraba y me había prometido no volver a hacerlo, pero ya tenía un billete sin vuelta a Leiwe Lake y una parte de mí, una escondida que aún latía bajo el peso de todo lo demás, necesitaba despedirse definitivamente de lo que dejaba atrás.

Me senté en el banquillo y recordé. El primer partido oficial, la primera vez que el disco atravesó la portería, la primera derrota. Los momentos cómplices con los compañeros, las miradas de admiración, la ovación del público.

Todo se había esfumado y los recuerdos estaban rodeados de una neblina difusa, como si se conservaran desde hacía tanto tiempo que los cubriera una capa de polvo.

—Perdona, pensaba que no había nadie.

Pestañeé, aturdido, y me encontré con Logan. Tenía el pelo húmedo por la ducha y la mochila le colgaba del hombro.

—No importa. Yo ya me iba.

Sin embargo, no me moví y Logan se sentó a mi lado. Me preguntaba sin cesar cómo se sentiría, si notaría esa presión insoportable en el pecho siempre que estaba despierto, como me sucedía a mí. También cómo podía continuar con su vida como si no se hubiese partido en dos desde el día del accidente, cuando yo era incapaz de hacer nada que me recordase al Drake que era antes de que el camino de esa chica se cruzara con el nuestro.

—No duermo bien —me confesó en un susurro—. Me despierto a menudo y me cuesta conciliar el sueño. Es...

—Yo tampoco. Aunque es aún peor cuando estoy despierto.

Logan asintió y se llevó una mano a la boca. Me fijé en que tenía las uñas tan mordidas que las bordeaba sangre reseca.

—Los Edmonton Oilers se han interesado por mí.

—Vaya... Eso es increíble. Enhorabuena.

Sonrió, en apariencia orgulloso, aunque todo parecía diluido por eso que ambos escondíamos. Fui consciente en ese preciso instante de que nunca volveríamos a sentir igual las cosas; nunca nos alegraríamos como antes cuando uno de nosotros consiguiera un buen contrato; no saltaríamos de emoción al recibir una buena noticia; la felicidad jamás volvería a ser completa, porque siempre oiríamos una voz susurrándonos al oído que no lo merecíamos y que ella ya no podría cumplir sus sueños.

—¿Vas a aceptar, si presentan una oferta?

—¿Por qué no iba a hacerlo? —preguntó, repentinamente a la defensiva. Aunque no tuviera la menor gracia, me reí.

—Ya.

Me pasé la mano por el rostro y supe que el vínculo que un día había existido entre Logan y yo había desaparecido. Aun así, él lo intentó.

—Deberías volver, Drake.

—No vayas por ahí, Logan.

Tragué saliva y apreté los dientes. Me concentré en el hielo, pero la ira era más fuerte y lo estaba empañando todo. La blancura de la pista se fue oscureciendo hasta desaparecer y tuve miedo de hacerlo yo.

—Respeto tu decisión, pero dejarlo todo no cambia nada.

—Lo sé. Ella sigue muerta.

—No me refería a eso.

—También lo sé. —Suspiré y decidí ser sincero con él una última vez—. No espero que lo entiendas, Logan, cada uno afronta las cosas de un modo diferente, pero desde aquel día soy incapaz de pensar en el hielo sin bloquearme. Porque, aunque no afecte en nada que yo deje el hockey, aquí sí que cambia algo. —Me señalé el pecho y noté la presión, la incomodidad, la falta de aire—. Cerca del hielo el dolor es insoportable. Cerca de lo que más feliz me hace solo puedo pensar en que ella ya nunca más podrá serlo. ¿Es que no lo entiendes?

Logan apartó la vista y supe que sentía vergüenza. Vergüenza por haber pisado el acelerador aquel día. Vergüenza por seguir como si lo sucedido no le importase. Vergüenza por que el miedo hubiera sido más fuerte que esa parte humana que nos gritaba a todos que bajáramos del puto coche.

—¿Lo hiciste por mí?

Se giró y vi que tenía los ojos cubiertos de lágrimas. Me pareció más niño que nunca, como si los tres años que nos llevábamos se hubieran convertido en una década.

—Aquella noche —insistió—. Podrías haberme detenido, Drake. Eras el único que podía. Si me hubieras hecho un simple gesto, habría parado.

—No me hagas responsable de tus actos. No te lo consiento —repliqué con dureza.

Pero, en el fondo, lo sabía. Sabía que aquello era verdad y uno de los motivos de haberme dejado llevar por su miedo. ¿El único? Jamás podría saberlo con seguridad.

—No es eso lo que digo, solo... Gracias.

A mi lado, Logan lloraba en silencio. La sombra de su padre y de la vida de mierda que le había tocado nos sobrevolaba. ¿Había callado por él? No estaba seguro. Recordaba haber pensado en lo que sabía, en la rabia que me provocaba que mi mejor amigo sufriera una situación de maltrato insostenible y desde hacía años. Una de la que el hockey podría salvarlo a él y a sus hermanos. Su única esperanza.

¿Había dudado por miedo a que lo sucedido los destrozase del todo? Jamás sabría la verdad. Lo único que teníamos ahora era una realidad en la que sobrevivir como cada uno pudiera.

Le puse una mano en el hombro y noté que se encogía.

—Adiós, Logan.

53

Annie me mira. Tiene los ojos brillantes y una sonrisa traviesa que le cuesta contener. Los labios húmedos por mi saliva. La piel caliente. El cuerpo blando agarrado a mí.

Le retiro el pelo de la frente, pegado bajo el gorro, haciéndole cosquillas en la nariz.

—A lo mejor no patinabas antes por esto —dice; mira de reojo hacia abajo; las punteras de nuestros patines se tocan—. Si me hubieras besado el primer día, habría salido corriendo.

—¿Porque besar y patinar van unidos?

Se ríe y quiero comerme esa risa, aspirarla y llevármela conmigo.

—Algo así.

Acerca su rostro al mío y apoya su mejilla con delicadeza en mi cuello. Noto su respiración sobre mis latidos. Su aliento dulce.

—No patinaba porque no merezco ser feliz, Annie.

Se tensa un instante, pero no se aparta. En vez de eso, me rodea la cintura con fuerza y nos abrazamos. Nunca me han gustado los abrazos, me incomodan, siempre siento ganas de estar en otra parte, aunque esto es distinto. Con Annie todo lo es.

—Castigarse no hará que las cosas cambien, Drake. Aliviar tu culpa no hará que el pasado sea diferente.

Suspiro profundamente y me balanceo con ella. Nos deslizamos sobre el hielo y giramos.

—De todos modos, ya no tenía sentido negármelo —le confieso.

Alza la mirada y me pierdo en sus ojos. No he visto antes unos ojos tan expresivos como los de Annie.

—¿Por qué?

—Porque hace tiempo que hay algo más que me hace feliz y de eso sí estaba disfrutando.

Se muerde el labio y lo rozo con dos dedos. Lo atrapo y tiro de él. Su gemido es música. Me acerco despacio y la beso. Su lengua se enreda con la mía. El deseo despierta y nos envuelve.

Cuando ya temblamos por el frío, nos separamos y la acompaño a casa. Nos despedimos en su puerta. Sonreímos como si fuera la primera vez.

—¿Y ahora qué? —me pregunta.

Me encojo de hombros.

—Podríamos hacer una lista.

Annie se ríe.

—¿De primeras veces?

—De lo que tú quieras, Annie.

Asiente y su expresión se dulcifica, agradecida por dar importancia a sus secretos.

Me lanza un beso y desaparece.

Más tarde, al meterme en la cama, pienso que enamorarse se parece mucho a aprender a patinar. Cuando por fin lo consigues, te sientes invencible.

54

Ruby y mi padre me observan con prudencia. El desayuno de hoy podría pasar por un banquete real, lo que significa que Ruby pretende ganarse mi confianza por el estómago.

—Hoy hay descuentos en Luke's Food.

—Ha salido el sol.

—¿Te gusta la mermelada? Es casera.

—¿Has dormido bien, Drake? Tienes buen aspecto.

Comentarios triviales para cortar la tensión que nos envuelve, la misma que silencia lo que de verdad desean gritar:

«*¿Has vuelto a patinar?*».

«*¿Por qué decidiste hacerlo ayer?*».

«*¿Cómo te sientes?*».

«*¿Debemos preocuparnos por algo?*».

Yo desayuno como si hiciera años que no probara bocado, despacio, saboreando cada plato, disfrutando de una mañana de domingo que me parece perfecta.

Cuando a Ruby está a punto de darle un ataque, a juzgar por el tic de su ojo izquierdo, dejo la servilleta sobre la mesa y me cruzo de brazos. Ambos pestañean en mi dirección, nerviosos, y sonrío.

—Steven, es tu hijo, si va a apuñalar a alguien repentinamente, ese deberías ser tú.

Me río ante el comentario de Ruby y ellos me acompañan. Primero con cautela, hasta que los tres lo hacemos con ganas, sin conocer el motivo por el que nos reímos. Pero sienta bien. Es fácil. Es bonito. Es una de esas cosas que había olvidado que se podían hacer.

—Estoy bien. Dejad de preocuparos tanto. Ayer patiné y no sucedió nada. —Recuerdo cada instante; la sensación de flotar al deslizarme sobre el hielo, la misma que se mantuvo cuando besé a Annie; rectifico con una sonrisa que les dice demasiado—. Nada malo.

—Entiendo —dice mi padre. Aunque no entiende nada.

—Gracias por los patines, Ruby. —Ella asiente y arruga el ceño, aún desubicada por mi cambio de actitud—. No son los mejores que he tenido, pero cumplieron con su cometido. Patinar para mí nunca será lo que era. No puedo volver a jugar al hockey. Pero puedo convertirlo en otra cosa. ¿Comprendéis lo que quiero decir?

Asienten con efusividad y se miran de reojo. Mi padre, totalmente desconcertado y algo triste, como si hasta el momento hubiera albergado la esperanza de volver a verme en acción. Ruby, en cambio, lo hace con una sonrisa preciosa y la mirada empañada. Porque ella sí entiende lo que digo. Ella conoce la sensación de tener que convertirte en otra cosa para sobrevivir.

Nos terminamos el café en silencio. Quizá aún tengan dudas por responder, pero las callan, temerosos de que algo cambie ahora que la serenidad me acompaña.

Antes de despedirme de ellos, que van a pasar el día de descanso de ambos en un pueblo cercano, me acerco a mi padre y le digo que espere un instante.

—¿Qué pasa, Drake?

Cojo aire y lo suelto, aunque me dé miedo. Aunque suponga enfrentarme a una parte de mí que no termina de gustarme. Pienso en Annie y en su forma de afrontar las cosas, y me siento valiente.

—He pensado que podríamos practicar con el coche. Unas nociones básicas, ya sabes, antes de tomar la decisión de apuntarme o no a clases. Si no te supone un problema —añado ante su cara de desconcierto.

—Claro. Me encantaría ayudarte, Drake.

Un minuto después, los observo a través de la ventana. Ruby abraza a mi padre antes de subir al coche. Su emoción no se parece a la mía, es otra, pero, por primera vez, me alegro de haberla provocado yo.

55

En cuanto me quedo solo, me visto y voy al lago.

Aún es temprano y nunca he venido a estas horas, pero necesito verla.

Es una sensación que reconozco. Es la misma que cuando me preparaba para un partido. Esa energía desbordante que amenaza con consumirte si no la vuelcas en lo que deseas.

Annie está sentada en la orilla. Cuando me ve, sonríe ilusionada y le correspondo.

Me anima a sentarme a su lado, así que dejo los patines junto a los suyos y la obedezco. Con los rostros muy cerca, nos respiramos.

—Drake.

—Annie.

Me muerde el labio. Un pellizco suave. Un roce juguetón que me la pone dura, pero más allá de eso, me consuela. Me quita la tensión acumulada que traía encima y que solo era anhelo por verla.

—Así que es esto —le digo.

Ella me mira confusa.

—¿El qué?

No le contesto. Ni siquiera yo tengo la certeza de lo que estoy hablando. ¿Deseo? ¿Conexión? ¿Amor? Solo sonrío. Y la beso.

El hielo nos espera. Los patines de ambos también. Pero ya habrá tiempo.

Ahora solo quiero perderme en su boca.

Con la respiración agitada, Annie se separa y saca la lista del bolsillo. Duda por un instante, con los dedos temblorosos mientras la agarra con firmeza. Finalmente, cuando está preparada, me la tiende.

—No es necesario, Annie.

Ella asiente e insiste. La pone sobre mi mano. La desdobla con mucho cuidado.

—Pero quiero hacerlo.

Leo las primeras palabras. La letra es redondeada, bonita, muy marcada. Transmite exigencia, responsabilidad, prudencia. Es la letra que siempre habría imaginado para Annie. Sigo con el dedo enguantado cada línea, como un niño que está aprendiendo a leer, pero solo es para evitar que me tiemble cuando comprendo lo importante que es lo que está compartiendo conmigo.

Únicamente parece un trozo de papel, pero es mucho más.

Es el corazón de Annie en mi mano, mientras con los ojos me pregunta qué hacemos con él.

Cosas que hacer antes de morir:

Dormir bajo una aurora boreal.

~~Practicar sexo.~~

Aprender a patinar sobre hielo.

Ver uno de mis relatos publicados en algún medio.

~~Completar el cubo de Rubik.~~

Enamorarme.

~~Hacer voluntariado.~~

~~No odiar a mi hermana.~~ Comprender a mi hermana.

Dejar de tener miedo.

56

Doblo la hoja y la guardo en su bolsillo. Después la beso. Un beso suave, casi tímido.

—Es una tontería, pero yo...

La silencio, cubriendo su boca con dos dedos.

—Deja de decir eso. Si algo nos importa, no es una tontería. Y yo creo que esa lista es algo serio, Annie.

Se muerde el labio y aparta la mirada, cohibida. La recuerdo el primer día, intentando mantenerse en pie con los patines, y todo cobra un sentido nuevo. Su perseverancia me resulta aún más admirable. Sus esfuerzos. Su expresión de anhelo, una mezcla de ilusión y miedo.

Me hace pensar que lo que vemos nunca es la verdad del todo, siempre hay más, siempre hay que escarbar para comprender por qué hacemos lo que hacemos, para entender a los otros.

Paso un brazo por encima de su hombro y la atraigo hacia mí. Ella se estremece. Aún no estamos acostumbrados a tocarnos con esta naturalidad, pero necesito hacerlo. Necesito que me sienta cerca, que sepa que estoy aquí y que la entiendo.

—¿Cuándo crees que podré tacharlo? —susurra contra mi cuello.

Sonrío y la aprieto contra mi pecho.

—Falta poco, pero aún te queda una última lección. —Alza el rostro hacia mí y sus ojos se iluminan—. Vamos, ponte los patines.

Cuando estamos listos, la cojo de la mano y la levanto. Avanzo sobre el hielo y no la suelto. Entrelazo los dedos con los suyos y patinamos.

Cierro los ojos. Me deslizo sobre la superficie y respiro. Annie, a mi lado, se deja llevar en silencio. Siento su sonrisa, sus labios entreabiertos y el vaho que se escapa por ellos, aun sin mirarla. Y es fácil. Es tan agradable que no comprendo por qué no lo hemos hecho antes.

Nos movemos por el lago con naturalidad. Me imagino que desde fuera debemos de parecer una pareja cualquiera pasando el rato, pero somos más que eso. Somos dos personas que han encontrado en el hielo un nexo en común, y ambos conocemos la importancia que patinar tiene para el otro. No es solo un paseo. Es trascendente para nosotros, a la altura de un seísmo: que un país no lo note no significa que para otro no suponga reestructurar sus cimientos.

Tiro de ella y frenamos. Rodeo su cintura y la acerco a mí.

—¿Estás bien? —me pregunta.

Relajo el ceño fruncido y la observo. Su preocupación me excita. No creo que tenga lógica alguna, pero con ella lo bonito se convierte en algo de lo más estimulante.

—Sí. ¿Y tú?

—Nerviosa. Extremadamente nerviosa. Aunque no sé por qué.

Me río y me acompaña. Qué guapa es. Hay algo en Annie que me hace mirarla boquiabierto, como si fuera un fragmento de material espacial que hubiera caído del cielo. Entonces comienzo a girar con ella en mis brazos. Un eje que mueve el mundo. El mío. Annie sonríe y me mira con esa ilusión que solo sienten los que han recibido un regalo perfecto.

—Es la primera vez que patinas con alguien —le digo.

Estiro su brazo y la obligo a alejarse. Después la atraigo de nuevo hacia mí. Se mueve con soltura, pero me deja tener el control, como si fuéramos una pareja de baile.

—Es diferente —me dice con una sonrisa traviesa—. Contigo cambia.

Tiro de ella y la acojo sobre mi pecho. Sus labios a punto de rozar los míos. Respiro su aliento.

—Sucede como con el sexo. —Contiene un jadeo y aprieto la parte baja de su espalda contra mí—. Hacerlo solo está bien, pero con alguien... es otra cosa muy distinta.

Su piel se enciende. Mi cuerpo también. Me lame el labio inferior muy despacio y cierro los ojos. Me sujeta por las mejillas y me devora. Annie me devora como el que está a dieta y come un helado a escondidas. Me dejo hacer. Le cedo el control. Comprendo por primera vez que soltar las riendas puede ser de lo más placentero. Que entregarse a otro contiene una belleza que nunca había apreciado.

Nos separamos con las respiraciones agitadas y sonreímos. La vergüenza de Annie ya no existe, solo el deseo.

—Le he pedido a mi padre que me enseñe a conducir —le confieso sin venir a cuento.

Ella pestañea, aturdida aún por las emociones, y asiente sin dejar de mirarme.

—¿Por qué ahora?

—Porque sé que puedo hacerlo. Igual que lo has hecho tú.

Sonríe, orgullosa de mí, y nos abrazamos. Me doy cuenta de que ha metido la mano en el bolsillo y acaricia con mimo su amuleto de papel. Cada vez que la veo hacer eso, siento algo que jamás había sentido. Me recuerda a la sensación de ponerme la ropa sobre una herida. Una caricia sobre lo que duele. Un soplido para que una quemadura deje de escocer.

—Aléjate de mí, Annie.

Da un paso atrás, confundida, y la animo a hacerlo con una mirada amable. Patina hasta que nos separan al menos diez metros. Nunca he hecho esto. No así. Alguna vez, con los chicos, jugábamos y bromeábamos, imitando a los patinadores artísticos, pero lo mío era el hockey, cuya elegancia no está reñida con la violencia.

Flexiono las rodillas y coloco los brazos en tensión para cogerla. Al otro lado del lago, Annie ladea el rostro y me observa desconcertada.

—Vamos, Annie. ¿No querías aprender a hacer piruetas?

Después de unos segundos muda, rompe a reír como una niña.

La chica que lo tenía todo

A veces, revisaba la lista. Lo hacía cada vez que Lizzie contaba, como si hubiera superado una gran proeza, que había tachado una línea de la suya. Annie fingía que no le interesaba, pero, en realidad, la curiosidad por saber qué era lo que su hermana había logrado le burbujeaba en el estómago.

La envidiaba. Annie envidiaba a Lizzie. No era un sentimiento que le agradara ni tampoco se lo había dicho nunca a nadie, pero envidiaba su coraje, su entrega, su modo de enfrentarse a la vida, como si importara y no lo hiciese al mismo tiempo.

Quizá por eso aquella tarde cambió la última línea.

No odiar a mi hermana.

Había escrito esas palabras desde las tripas, dejándose llevar por lo que sentía en aquel momento, mientras Lizzie completaba la petición de su padre igual que si hubiera nacido para ello y Annie se quedaba en blanco.

Sin embargo, aquella tarde algo había cambiado en ella. Había visto a Lizzie rescatar un pajarito del patio. Se había caído del nido y aún respiraba. Lizzie había entrado en casa y le había pedido ayuda sin vacilar. Annie había corrido a la cocina y entre las dos le habían creado una cama de algodón y trapos viejos. La habían colocado al lado de una estufa y, con una jeringa y una pasta de cereales y agua, lo habían alimentado en silencio.

Durante todo el proceso, Lizzie miraba al pajarito con ternura, se esforzaba por salvarlo, mientras que Annie miraba a Lizzie.

¿Quién era su hermana? ¿Acaso esa chica era la misma a la que semanas atrás había pillado leyendo a escondidas uno de sus cuadernos? ¿Podía una persona tener dos caras tan opuestas hasta formar algo indescifrable?

Annie cogió el bolígrafo y modificó su lista.

~~No odiar a mi hermana.~~ *Comprender a mi hermana.*

57

Las calles están cubiertas de nieve. Hay sal sobre el asfalto y la gente se cobija en el calor de sus casas. Está anocheciendo y solo puedo pensar en correr al lago y reencontrarme con Annie, pero estoy aquí, subido al coche de mi padre, con él de copiloto y los caminos del bosque frente a nosotros.

—No creo que sea el mejor momento para aprender a conducir.

—Yo creo que no hay uno mejor. Es imposible que atropelles a nadie.

Pongo los ojos en blanco ante su broma y él sonríe.

—¿Y si nos estrellamos contra un árbol?

—Tengo seguro a todo riesgo. Diré que fue culpa de la nieve.

Chasqueo la lengua y agarro el volante. No puede ser muy difícil si todo el mundo lo hace. Aun así, me tiemblan las piernas cuando giro la llave y el motor resuena en el silencio que anticipa la noche. Noto el sudor resbalando por mi espalda y las manos heladas.

—Deberíamos dejarlo para otro día.

—Venga, Drake, solo quiero que aprendas unas nociones básicas y que llegues hasta el claro en línea recta. Incluso un niño lo haría.

—No sé si esa es una manera muy educativa de animar.

Papá sacude la cabeza y me dan ganas de pisar el acelerador y chocar contra un abeto.

—Todos tenemos miedos, Drake. El miedo es primordial para la supervivencia, pero, a veces, también es ilógico. Es ahí cuando no debes permitir que salga victorioso. Recuerda lo que sentías cuando ganabas un partido.

Trago saliva y lo hago. Revivo la intensidad corriendo por mis venas, la adrenalina bajo la piel, la sensación de que todo era posible. Me siento vivo. Coloco el pie sobre el acelerador y el coche ronronea cuando lo aprieto levemente.

—Siempre te ha gustado ganar —añade con una complicidad hasta ahora prohibida entre nosotros—. Al menos, inténtalo.

Sujeto con fuerza el volante y presiono el pedal con más firmeza. El coche se mueve. Mi corazón late frenético y pienso en mil maneras de morir, pero no lo hacemos. Porque estoy vivo. Tan vivo como no recordaba.

—Muy bien. Endereza el volante.

Obedezco y avanzamos entre los primeros árboles que nos acercan al bosque. Los faros iluminan el lago al fondo y me pregunto si Annie me estará mirando desde algún lugar.

—¿Ves? Ya estás conduciendo.

—Es posible que vayamos a tres kilómetros por hora.

Papá se ríe.

—¿Y qué? Pero el primer paso siempre es el más difícil.

Recuerdo a Annie intentando mantenerse en pie sobre el hielo y sonrío.

Cuando uno de los árboles obstaculiza mi camino, freno y el coche se para. Nos quedamos callados, mirando la oscuridad, y una sensación de calma absoluta me invade. No he hecho nada memorable, pero para mí ya es un gran avance. Las grandes hazañas siempre empiezan con pasos pequeños.

—¿A qué le tienes miedo, papá?

Se gira hacia mí y me observa con una franqueza que me afecta. Siento que nos vamos quitando capas, cada día una, cada vez más desnudos el uno frente al otro, con menos escudos.

—A morir solo. A ser una mala persona. Al cáncer. —Asiento y nos envuelve una sensación pegajosa; todas esas cosas son sensatas, lógicas; no se parecen a mi miedo, y siento que por un instante nos alejamos de nuevo. Él se da cuenta y arruga el rostro—. Y a las arañas. Sobre todo, a las arañas.

Sonrío y él me acompaña.

De pronto, veo a Annie atravesando el bosque; su pompón lila se mueve con sus pasos. Su abrigo le hace parecer un oso de dibujos animados.

—Annie —susurro.

Papá sigue la dirección de mi mirada. Entrecierra los ojos cuando ella se pierde entre los árboles. Su curiosidad es obvia, pero no me molesta. Lo miro y me entiende sin necesidad de palabras.

—Ve. De todos modos, no creo que fueras capaz de maniobrar para dar la vuelta.

Suelto una carcajada y le doy con el puño en el hombro. Ambos bajamos y nos encontramos a medio camino rodeando el coche. Él, con la intención de ponerse al volante. Yo, de ir en busca de Annie.

—Gracias.

—Gracias a ti, Drake.

Asiento y comprendo su expresión emocionada. Porque todos nos damos a los demás. Incluso cuando parece que es unidireccional, hay un doble camino que llega al otro.

58

Atisbo luz a través de la ventana. Es leve, la poca que brinda una chimenea encendida, pero ahí está, dando forma a una Annie que se ha quitado el abrigo y lo ha dejado secando a los pies del fuego.

Cuando llego a la entrada, veo la puerta entreabierta. Una invitación. Una señal de que ella sabía que vendría. O, quizá, una casualidad que no voy a desperdiciar. Golpeo la madera con los nudillos y Annie se levanta. Su sonrisa es inmensa cuando se acerca, aunque se queda muy quieta al otro lado.

A través de la rendija abierta, nos miramos y hablamos sin pronunciar palabra.

«¿Puedo pasar?»

«Hazlo. Por favor.»

El deseo de Annie es tan visible que entiendo que a veces sienta vergüenza. Pero es sano. Y bonito. Y tan reconfortante que el mío crece y se expande a nuestro alrededor. Si tuviera color, la casa entera ardería en tonos anaranjados.

—¿Estabas conduciendo? —pregunta con una sonrisa torcida.

Entro en la casa y cierro la puerta. Al instante, siento que todo lo que me rodea es suyo. Pese a la decadencia impregnada en las paredes, Annie ha hecho de ese lugar un hogar que solo puede pertenecerle a ella. Hay flores secas en cada rincón. Libros. Hojas desperdigadas garabateadas con sus letras. El mismo cuaderno azul que vi desde la ventana. Huele a violetas y a la nieve que se pega a las ventanas y nos recuerda que nos espera ahí fuera. Los muebles son austeros, pero parecen recubiertos por una capa que los hace destacar, pese a su antigüedad.

—Sí. Le he pedido a mi padre que me enseñe. Ya sabes, por recuperar los clichés típicos que no compartimos en la adolescencia. ¿Qué te parece? No eres la única capaz de superarse.

Annie se ríe y se acerca a mí. Me quita el abrigo con calma y lo deja junto al suyo para que se seque al fuego. Me doy cuenta de que es la primera vez que la veo sin tanta ropa. El pantalón negro se ciñe a sus curvas como una segunda piel. El jersey blanco tiene estrellas bordadas que destellan cuando se mueve. El pelo, más voluminoso ahora que no lo oculta bajo el gorro, le cae por encima de los hombros. Aún lleva los mitones puestos.

—Tengo las manos heladas —me dice.

Asiento y las cojo entre las mías para calentárselas. Le quito los guantes, las acerco a la boca y exhalo sobre ellas. Annie sonríe. Tiene las pupilas dilatadas y las mejillas encendidas.

Siento que estamos viviendo un momento importante.

—Es la primera vez que te veo así.

—¿Cómo?

—Sin abrigo. Lejos del hielo. —Le aparto el pelo de la cara y se estremece—. Estás muy guapa.

Alza el rostro, me mira, los ojos, la nariz, la boca, y respiro el suspiro profundo que se le escapa.

—Tú también.

Nos reímos y la beso. Sus labios húmedos me reciben hambrientos. Su saliva es dulce. Mis manos se pierden bajo su jersey y descubro la suavidad de su espalda. Las suyas se cuelgan de mi cuello y gime. Annie gime. Es un sonido auténtico, no se parece a ningún otro que conozco. Lo quiero para mí. Quiero guardármelo, grabármelo en el teléfono y ponérmelo en la oreja antes de dormir.

Me separo y ella gruñe.

«Yo tampoco quiero dejar de besarte, Annie, pero necesito que sepas que me vuelves loco».

—Si escribiera mi propia lista, oír ese sonido cada minuto de mi vida sería el primer objetivo.

Su risa choca contra mi boca y nos movemos por la sala. Lo hacemos a trompicones para no separarnos, con los labios pegados, enrojecidos por las ganas, hasta que caemos sobre un sofá de muelles que chirría bajo nuestro peso. No es lo más cómodo del mundo, pero ni siquiera importa.

—¿Y qué más escribirías en esa lista? Aparte de hacerme gemir —me susurra entre besos.

Nuestros cuerpos se enredan como pueden para no caernos. Es un espacio pequeño, aunque no necesitamos más. Siento sus piernas entre las mías, el contorno de su pecho, sus brazos rodeándome, sus cabellos haciéndome cosquillas.

—Aprender a conducir para comprarme el coche de mis sueños. Recorrer el mundo con una mochila. Empezar de nuevo con mi padre.

—Creo que ya estás haciendo esto último.

Trago saliva y Annie sigue el movimiento en mi cuello con un dedo. Puede que tenga razón. Puede que sea natural alcanzar algunas metas sin darnos cuenta, lo que significa que era inevitable que sucediese. Esa idea me consuela.

—Es posible.

—¿Qué más? —Voy a negar, a ocultar lo que prefiero no decir en voz alta, pero ella insiste—. Siempre hay algo más, Drake.

Dibujo el contorno de su oreja y se le eriza la piel.

—Lograr que tú completes la tuya. Hacerte feliz. Besarte toda una noche.

Meto la mano bajo su jersey y le acaricio el ombligo. Annie se estremece. Me gustaría que este fuera el comienzo de algo sin final.

—Sigue —susurra con voz ronca.

—Descubrir cómo viajar en el tiempo y cambiar las cosas —confieso con la mirada perdida en el lunar junto a su ojo derecho.

—¿Qué cambiarías?

—Todo. Lo cambiaría todo, Annie. Sería otro Drake. No me montaría en ese coche. No saldría de casa aquella noche.

Las palabras salen como si hablar de ello fuera normal, cuando jamás lo había hablado con nadie. Parpadeo, apartando las imágenes, las lágrimas que no se ven, la punzada de realidad que es como una herida mal cerrada que vuelve a sangrar en cuanto te despistas.

Annie no sabe de qué hablo, aunque veo en sus ojos una comprensión que no tiene sentido. Como si pudiera leer entre líneas y viajar conmigo a aquel momento en el que lo perdí todo.

Pese a ello, sus manos siguen, me regalan caricias, me consuelan. Ella está conmigo. Annie me acepta, incluso con lo que callo, y por eso me gusta cada día más. Aquí, en esta cabaña a oscuras, siento que lo tengo todo.

Agacho el rostro y las lenguas se encuentran. La beso como si fuera la primera vez. Como si supiéramos que es la última y ya nada importara. Como si fuéramos perfectos, los únicos habitantes del planeta, la cura de todas las enfermedades. La beso, sí, y Annie me besa.

El dolor no existe.

El dolor puede irse a la mierda.

Nos besamos como locos. Lengua. Jadeos. Mordiscos. Annie besa como he aprendido que lo hace todo, se esfuerza, se da por entero para lograr la perfección. Yo no pienso, me dejo llevar, me olvido por unos minutos de todo y me centro en sentirla, en el placer mutuo, en el olor de su cuello y en la inquietud de sus manos buscando nuevos rincones en mi cuerpo.

—Drake...

—¿Quieres que pare?

Me aparto y me encuentro con su mirada velada cuando consigo enfocar la mía. Entonces se ríe tan fuerte que pienso que ha hecho una broma que no pillo.

—No, Drake. No pares. Haz que dure para siempre.

Le desabrocho los pantalones. Ella me quita el jersey y la camiseta. Las prendas vuelan y las pieles se erizan. Las ventanas están cubiertas de vaho y nieve.

Cuando la veo desnuda por primera vez, me bloqueo. Es imposible que tenga tanta suerte. Es imposible que el mundo me regale esto después de lo que hice.

—¿Qué pasa, Drake?

Suspiro contra sus labios y apoyo la frente en la suya. Annie está temblando, pero no es frío; es expectación, y anhelo, y un sentimiento tan intenso que pienso que podría arrollarnos.

La culpa me encuentra con las manos en sus caderas.

—No te merezco.

—Es posible —me dice traviesa; no puedo evitar sonreír—. Pero aquí me tienes.

Pestañeo, aturdido, y me doy cuenta de que, pese a todo, vivir consiste en esto. En coger lo que nos dan y hacerlo nuestro. En no rendirnos. En no desperdiciar los momentos.

Cuando entro en Annie, me pregunto si puede haber algo más, algo mejor, en algún lugar. No lo concibo. No podría soportarlo.

Si es así, yo no lo quiero.

59

—Dime que no quieres repetirlo. Mi ego no soportará decirte que, después de dos veces, no creo que pueda hacerlo hasta dentro de un rato —le digo al percibir el movimiento de su mano hacia mi entrepierna.

Annie se ríe como una niña.

Estamos abrazados bajo una manta. Desnudos. Tan cómodos como si siempre hubiéramos vivido así, uno enredado en el otro y sin ropa. Ni siquiera hemos encendido la luz.

—No, solo me gusta sentirte. Cuando hago esto —pasa los dedos por mi cadera y tiemblo—, tu piel despierta. ¿No lo notas?

Asiento y la beso en el pelo. Pienso que no solo se despierta la piel, y no hay ninguna connotación sexual en este pensamiento, sino que una parte de mí apagada se enciende y me recuerda que la vida también es lo que estamos haciendo. Soy demasiado egoísta para renunciar a esto. No quiero que ella lo haga. No quiero que Annie renuncie a nada que pueda hacerla feliz.

La cojo por la barbilla para que me mire y me encuentro con su rostro cansado. Tiene los ojos somnolientos y un color precioso en las mejillas.

—Annie, ¿me dejas tu lista?

Asiente, confundida, y se despereza. Se pone únicamente una camiseta y se levanta para buscarla dentro de su abrigo. Pese a que la luz de la hoguera que nos alumbra es tenue, aprecio sus piernas torneadas, sus caderas redondeadas, sus pechos firmes bajo la tela. Su espalda. Me encanta su espalda, la curvatura del final podría volverme loco.

—Aquí la tienes.

Aunque ya confía en mí como para enseñármela, noto que le tiemblan las manos escondidas en los puños de la prenda.

—¿No tendrás un bolígrafo?

Se tensa levemente, pero no hace preguntas. Encuentra lo que le pido y regresa a mí con la inquietud en sus ojos. Se hace un ovillo bajo la manta y desdoblo la hoja. Me encuentro de nuevo con su letra, bonita, pulcra, redonda; solo puede ser suya. La leo con calma, sintiendo que cada palabra se me clava como si abriera heridas. Es ternura lo que siento, y afecto, y admiración, pero también dolor. Que aprender a patinar esté en la lista no me sorprendió la primera vez que la vi, pero otros deseos sí lo hicieron y me han hecho pensar en todo lo que aún no sé de ella y que me encantaría conocer de su mano.

—¿Escribes relatos?

Se encoge de hombros.

—Escribo, en general —confiesa; su mirada se desvía al cuaderno azul que descansa sobre la mesa—. Siempre preparaba algún texto para los concursos universitarios, pero al final nunca lo enviaba. Solo me atreví a presentarlo en la escuela y, obviamente, no gané.

—Me encantaría leer uno.

Annie se ríe y niega con efusividad.

—No es que me dé vergüenza, es... es que prefiero quedarme con lo que me aportan a mí a descubrir que son malos y acabar aborreciéndolos.

—No creo que sean malos, pero ¿qué importa si lo son? No se acaba el mundo, Annie. Si es algo que te haría feliz, hazlo. Esto no es para los demás, sino para ti.

Arruga el ceño y se esconde bajo la manta. La hoja aún está entre ambos y el bolígrafo me quema en los dedos, así que se lo tiendo de nuevo.

—Creo que ya puedes tachar esto, Annie.

Le señalo la línea en la que expresa su deseo de aprender a patinar y pestañea, aturdida. Entreabre los labios y suelta un suspiro cargado de significado. Cuando coge el bolígrafo, le tiembla la mano. Su mirada se empaña, pero sonríe. Una sonrisa preciosa que se intensifica cuando clava la punta en el papel y traza una línea. Las letras parecen difuminarse bajo la tinta azul.

—¿Qué se siente?

Annie traga saliva. Una lágrima se desliza por su mejilla muy despacio. Se la limpio con el dedo y se ríe.

—Paz.

Me abraza con fuerza. Un abrazo inesperado que acojo con el corazón desbocado y un deseo. Un deseo intenso que crece por momentos. Porque yo también quiero sentir eso. Yo también quiero sentirme en paz.

60

Cuando entro en casa, Ruby y mi padre están sentados a la mesa. Huele a café y a huevos revueltos. Son las seis de la mañana y apenas he dormido, pero me siento muy despierto.

—¿Dónde has pasado la noche? —pregunta Ruby, siempre más valiente, por los dos.

—¿Hace falta que conteste?

Ambos sonríen. Mi padre ni siquiera disimula que está bebiendo café, sino que alza la taza hacia mí y le da un trago largo. Me quito el abrigo y me siento a la mesa. Debería ducharme y cambiarme para ir al trabajo, aunque prefiero seguir oliendo a Annie un poco más. Soy un cerdo. Un cerdo muy afortunado.

—Te hemos dejado un poco. —Ruby desliza hacia mí el plato aún humeante de huevos revueltos con beicon y me rugen las tripas solo con verlo—. Imagino que necesitarás reponer fuerzas.

Después de un silencio incómodo, los tres rompemos a reír. Pienso en Annie y en lo bonito que sería que estuviese aquí, pese a que los comentarios de Ruby la harían morirse de vergüenza. Me digo que, quizá, algún día. Que tenemos un sinfín de oportunidades por delante. Que la vida es esto. Es dura, compleja, inesperada, sí, pero también generosa y fascinante.

Ya en el coche, papá no tarda en poner voz a sus pensamientos.

—Me alegro por ti, Drake.

—Gracias.

—¿Vais en serio?

La pregunta me tensa al momento. Tengo el impulso de huir demasiado interiorizado, pero todo es distinto con Annie. Yo lo soy. Supongo que a esto se refería ella con eso de los fuegos artificiales. Recuerdo aquella conversación en la que me explicó esa sensación de que se le había olvidado algo en casa cuando estaba con otras personas. Esa incomodidad persistente que la perseguía y que yo entendía, porque la sentía todo el tiempo.

—Cuando estoy con ella, no siento que me espere algo en alguna otra parte —confieso con un hilo de voz.

Papá asiente; parece complacido con mi respuesta. Y, por extraño que me resulte, yo también.

—Pues ahora queda la parte más difícil.

—¿Difícil?

Papá se ríe. De repente, me siento tan inexperto como frente al volante.

—Lo fácil es encontrarlo, Drake. Lo complicado es cuidarlo. Mantenerlo.

Mi mirada se pierde en las montañas nevadas. Pienso en el amor como un bloque de hielo. Duro, compacto, firme, pero también capaz de desaparecer bajo el calor en apenas una estación.

Hacemos el resto del trayecto en silencio. Ni siquiera encendemos la radio. Papá me deja reflexionar sobre lo que acabo de descubrir y yo lo hago. Pienso en Annie como un trozo de agua helada que debo mantener vivo, protegido del sol.

Antes de entrar en la fábrica, me digo que podría intentarlo. Que con ella merece la pena. Que, quizá, haya encontrado algún motivo para luchar más allá de sobrevivir bajo el peso de mis pecados.

El chico que lo perdió todo

La última noche antes de marcharme de Calgary fue la peor de todas.

Mamá ideó un plan de despedida que acepté por complacerla, pero que resultó tan decepcionante que lo único que conseguimos con él fue que la tristeza impregnada en todo lo que tocaba fuera más obvia.

Cenamos en mi restaurante favorito, fuimos al cine, paseamos por la ciudad. Hicimos todo lo que otras veces había funcionado, pero yo no estaba. Yo estaba en otra parte.

Cuando me metí en la cama, la oí hablar con la tía Maeve y me levanté. Entreabrí la puerta y la vi sentada en la penumbra; el teléfono agarrado con fuerza entre las manos y la mirada perdida, ahogada por las emociones. Me di cuenta de que estaba tan cansada que aquello la estaba consumiendo en vida y supe que debía marcharme; que, por mucho que la idea de irme con mi padre me desagradara, era lo mejor para todos.

—No quiero que se vaya, pero estoy desesperada.

...

—Quiero que me devuelva a mi hijo, ¿lo entiendes, Maeve? Necesito que mi hijo regrese, y si para eso tengo que alejarlo de mí, de su casa, de todo lo que conoce, lo haré.

...

—Solo quiero que vuelva. Quiero que Drake vuelva a mí.

Su sollozo ahogado fue lo último que oí. Cerré la puerta, me metí en la cama y dejé que las pesadillas me saludaran.

61

Annie patina y yo la miro. Gira sobre sí misma con los ojos cerrados. Se desliza hacia mí y se agacha. Nuestros ojos se cruzan. Sopla con suavidad y me aparta el pelo de la cara.

—Eres preciosa.

Niega, pero sonríe. Acaricio sus hoyuelos con la lengua. El frío desaparece bajo las manos enredadas y el deseo mal contenido.

62

Annie me acaricia la frente. Las orejas. La punta de la nariz.

Me besa.

Sus labios saben a invierno.

La luna brilla entre las montañas.

63

Annie sonríe.

Annie me toca.

Annie gime en mi oído.

64

Annie.

La chica que lo tenía todo

Desde que Annie había vuelto a casa por las vacaciones de invierno, su hermana apenas le había dirigido la palabra. Si se cruzaban por el pasillo, ni siquiera se miraban. La casa estaba gobernada por un silencio tenso que sus padres obviaban, acostumbrados a la relación insana que sus hijas mantenían desde hacía demasiado tiempo.

—Tener un hermano es el mejor regalo que puede hacerte la vida —le repetía su madre cuando ellas discutían.

Pero Annie no terminaba de entenderlo. Entre Lizzie y ella siempre había existido un abismo insalvable. Desde el momento en el que la vio, como un bebé rollizo que lloraba cada tres minutos y medio, supo que aquella personita la haría sufrir. Su impulso de protegerla era sincero, pero más casi una obligación que le nacía de las entrañas que un deseo personal. Annie sabía que era su deber y siempre había sido responsable en exceso. Lizzie, en cambio, había nacido para saltarse las reglas. Como si su objetivo en la vida fuese trastocar la de su hermana.

Pese a ello, Annie sentía que la quería con toda su alma. Era un sentimiento animal, salvaje, primitivo; una emoción que no podía controlar y que, al mirarla, le hacía sentir plena.

«Lo tengo todo —se decía cuando Lizzie la sacaba de quicio—, tengo una familia encantadora, salud, un futuro prometedor si trabajo en él. Soy una privilegiada.»

Annie había aprendido a base de heridas que tener una hermana no se parecía a tener una amiga. Las amigas encajaban, compartían afinidades, formas de ver la vida, metas. Con una hermana la relación era muy distinta; las hermanas no tenían por qué encajar, ni siquiera tenían por qué caerse bien ni gustarse. Pero su vínculo era biológico, casi físico, dos cuerpos que habían compartido útero y cuya sangre las hacía compatibles a niveles más oscuros. Annie había comprendido que podía no congeniar con Lizzie, burlarse de su lista de sueños y no soportar sus dramas, pero también que, por ella, podría llegar a matar. Un pensamiento que jamás había confesado a nadie, pero que la asolaba de vez en cuando; la certeza absoluta de que averiguaría cómo deshacerse de un cadáver si su hermana lo necesitaba.

Aquellos sentimientos la desbordaban.

Dejó el libro a un lado y estiró el cuello. Llevaba dos horas estudiando y estaba cansada. Tenía exámenes a la vuelta de las vacaciones, así que, aunque fuera un período de descanso, no podía relajarse.

Se levantó y salió descalza de su dormitorio con la idea de hacerse un sándwich.

Sin embargo, al pasar por delante de la habitación de Lizzie, la conversación telefónica que mantenía con una de sus amigas la obligó a frenar.

—Es una pena que no puedas venir a la fiesta, Liz. Es en el almacén abandonado de papel del que nos habló Sophie. Su hermano y sus amigos la organizan. No es necesario enseñar el carné.

Annie se asomó por el hueco de la puerta entreabierta y vio a su hermana. El teléfono sobre las sábanas revueltas con el altavoz activado. Su sonrisa de suficiencia respondiendo sin que su amiga le hubiera preguntado mientras se pintaba de rosa las uñas de los pies.

—Voy a ir a la fiesta, Karen.

—¿No estás castigada por lo de la semana pasada?

—Ya sabes que mis padres no creen en los castigos. Me lo impusieron solo para que mi hermana no tuviera un ataque de ansiedad. Doña Perfecta no soporta que me divierta.

Annie apretó los dientes y se apoyó en la pared para evitar que la viera.

Sus padres le habían contado en una llamada lo que había sucedido. Lizzie había llegado tres horas más tarde del toque de queda y ni siquiera se había disculpado. Era como si las normas no fueran con ella, como si la libertad a su edad fuese un derecho y no una responsabilidad que ganarse. Annie había tenido que insistir para que la reprendieran, porque, al fin y al cabo, esa solo había sido una más de una larga lista de errores e imprudencias.

Pese a ello, le dolían las palabras de su hermana. Le dolía que entendiera su preocupación y severidad como algo malo y no como un deseo de protegerla.

—¡Genial! ¿Qué vas a ponerte? —respondió Karen emocionada.

—El vestido negro que robamos el otro día en el centro comercial.

Annie cerró los ojos. Le costaba respirar. No era enfado, era miedo. Ese miedo encarnado que la conducta de Lizzie siempre despertaba en ella.

—Te queda de muerte. ¿Nos maquillamos en mi casa?

Annie regresó corriendo a su cuarto y cogió el móvil. Rebuscó en las redes sociales y no tardó en encontrar información en un grupo privado sobre la fiesta ilegal de la que hablaba la amiga de su hermana. Era una locura. Habría alcohol, drogas y quién sabe qué más en un polígono medio abandonado a las afueras de la ciudad. Eran menores. No podía tolerarlo, así que Annie bajó corriendo las escaleras e interrumpió la conversación que estaban manteniendo sus padres.

—Lizzie planea ir el sábado a una fiesta ilegal.

A su espalda, su hermana pequeña la observaba boquiabierta a mitad de las escaleras. No dijo nada, solo se dio la vuelta y desapareció de nuevo en el piso de arriba.

No obstante, Annie lo oyó. Un «te odio» silencioso que tuvo el impacto de un trueno.

65

Los días pasan y el ambiente navideño llena las calles. Luces de colores adornan las casas y cada rincón de Leiwe Lake huele a pastel de calabaza. Mantengo mis lecciones de conducir, pese a que el clima no acompaña, pero disfruto de esos ratos con mi padre. Descubro que es paciente, que se esfuerza para que entienda sus explicaciones y que no se burla de mí cuando me bloqueo, sino que respeta mi miedo. Hay una camaradería entre los dos que me gusta, porque significa que, sea lo que sea lo que estemos haciendo, vamos por buen camino. No siempre podemos internarnos en el bosque, la nieve dificulta el acceso, por lo que a veces, simplemente, nos sentamos dentro del coche, arranco el motor, pongo la calefacción y nos quedamos en silencio. Esos momentos son los mejores. No porque no avancemos, sino porque siento que lo hacemos en otros aspectos. El silencio solo es cómodo cuando las dos personas que lo comparten lo están.

El resto del tiempo lo paso con Annie.

Aún patinamos, aunque mis enseñanzas han pasado a un segundo plano. Nos deslizamos por el lago, abrazados, buscándonos inevitablemente las manos, practicamos saltos y piruetas que siempre acaban con uno de los dos en el suelo y su risa sobre mis labios. Nos reímos mucho, esa es una de las cosas que más me gustan cuando estoy con ella. Es divertido. También es fácil. Con Annie todo fluye como mis pasos lo hacían por la pista. Un día incluso llevo dos palos de hockey que guardaban polvo en el garaje de mi padre y le enseño algunas nociones básicas que después ponemos en práctica. Marcamos las porterías con unas ramas y jugamos. Dos niños que solo quieren disfrutar del momento. No hay consecuencias, no hay añadidos, no hay culpa.

—¿Has estado entrenando? —me pregunta papá estupefacto cuando regreso a casa con los *sticks* bajo el brazo.

Y yo sonrío. Porque eso me hace Annie. No hay dolor. Solo instantes perfectos, solo evasión, solo una realidad alternativa en la que creo que la felicidad podría ser mía.

Con Annie todo es distinto.

Podría dibujar el perímetro exacto de sus hoyuelos con los ojos cerrados.

Cuando el frío es excesivo o el calor de nuestros cuerpos demasiado intenso, corremos, atravesamos el bosque y nos encerramos en su casa.

No encendemos la luz. Nos desnudamos rápido para después acariciarnos lento. Follamos como si se acabara el mundo. Como si el mundo entero se condensara en esa casa destartalada. Si cierro los ojos, la veo. La forma en la que entreabre la boca cuando la toco. Su pelo desparramado sobre la alfombra. La peca que esconde bajo el pecho izquierdo y que lamo como si fuera un caramelo.

Gina me da una bofetada suave y vuelvo a poner los pies en el suelo.

—¿Quieres dejar de soñar despierto y contarnos de una vez por qué ya apenas te vemos?

Ella finge irritación, pero, en realidad, le encanta la historia sobre Annie y yo que se ha montado en la cabeza. Me pregunto cuánto se acercará a la verdad. Cuántas coincidencias habrá, del mismo modo que cuántas diferencias que solo queden para nosotros.

—¿Para qué quieres que te lo diga, si ya lo sabes?

Chasquea la lengua con desaprobación y me da un cachete en el brazo.

—¡No seas aburrido! Lo divertido son los detalles, Drake.

Sonreímos y le doy lo que me pide. Aunque solo un poco. Solo lo justo para que tanto Doug como ella se sientan satisfechos sin traicionar nuestra intimidad. Me sigue gustando que lo que tenemos Annie y yo sea nuestro, un secreto que patina en el lago entre ambos. Como los peces que vemos bailar de vez en cuando bajo la superficie.

—Podría decirse que estamos juntos. Bueno, siempre que nos vemos estamos juntos, pero juntos..., ya me entiendes. No como Doug y tú, pero sí juntos.

Su expresión desencajada me haría reír, si no fuera la consecuencia de mi ineptitud para hablar de sentimientos.

—Si vas a contarlo así, prefiero seguir con mis fantasías.

Doug se ríe con ganas y me encojo de hombros.

—Es que no hemos hablado de nada. Solo nos vemos y nos lo pasamos bien.

—¿En una cama?

—Sí, Gina, también en una cama —añado para que deje de indagar—. Bueno, en un sofá. O en cualquier superficie horizontal.

—¡Lo sabía!

Bailotea con gracia y se aleja dando saltitos ridículos, su forma de expresar que está contenta, para servirnos otra ronda. Doug y yo sonreímos y chocamos las jarras casi vacías.

—¿Es lo que quieres?

Pienso en Annie, en todo lo que me he negado hasta ahora

desde hace tantos meses, en que lo que tengo con ella no se parece a nada que hubiera vivido antes, en el dolor, siempre presente, punzante, pero también en la ilusión, el deseo, el afecto tan vivo como todo lo malo que ya forma parte de mí.

—Ahora, sí.

Él asiente, como si entendiera ese matiz que cambia el significado de una simple afirmación.

—¿Y mañana?

—No lo sé —le digo sincero; porque, aunque quiera cuidar de Annie, me da miedo no ser capaz de hacerlo—. ¿Podemos acaso saberlo?

Gina vuelve y nos pone dos nuevas cervezas enfrente. Su espuma blanca brilla y gotea de una de las jarras hasta mojar la barra. Doug, a mi lado, se gira y me taladra con esa determinación con la que parece vivirlo todo.

—Sí, podemos saberlo, Drake.

Me tenso levemente. Su duda me hace preguntarme por el futuro. El suyo lo tiene claro, pero yo no he vuelto a pensar en el mañana desde que el de esa chica terminó. Me lo he negado. He conseguido que no exista, pero la aparición de Annie me obliga a volver a tenerlo presente.

Doy un trago largo y la frescura de la cerveza me eriza la piel.

—Bueno, entonces supongo que tendré que averiguarlo.

Le pido un bolígrafo a Gina y cojo una servilleta.

—¿Puedes firmar aquí, por favor? —le digo a Doug.

Él obedece sin hacer preguntas y Gina me mira boquiabierta, aunque no tienen ni idea de lo que pretendo y tampoco estoy dispuesto a explicárselo. Llevo días dándole vueltas a algo y, de pronto, me parece lo más sensato que he hecho en toda mi vida.

Escribo unas breves líneas y se la devuelvo. Gina la coge y la lee en alto.

—Permiso de dos días libres para Drake Tremblay. Firmado: Doug Brown (A usar cuando sea conveniente).

Con las carcajadas estupefactas de ambos, me levanto y me despido.

—¿Qué demonios va a hacer? —pregunta Gina.

Sonrío y me voy. Antes de que la puerta se cierre, oigo la respuesta de Doug y siento esperanza. Es una sensación templada, fluida, dulce.

—Creo que empieza a implicarse, amor.

—¿Y eso qué significa?

—Significa que está viviendo.

66

Vuelvo a casa caminando. Aunque el *pub* de Gina está un poco lejos y la nieve dificulta el trayecto, me gusta notar que el frío me despeja el efecto del alcohol y aprovecho ese tiempo para reflexionar y ordenar mi cabeza.

Las palabras de Gina y Doug se enredan con mis sentimientos, les dan forma y sentido. Me aportan una calma que no sabía que anhelaba después de la decisión que he tomado.

Llamo a mamá y lo coge enseguida. Su voz es como un abrazo.

—Drake, ¿cómo estás?

—Bien, las cosas van bien, mamá.

Suspira, aliviada, y suelto las palabras para no arrepentirme al saber que van a entristecerla.

—Te llamaba para decirte que no voy a ir por Navidad. Siento no pasar estas fechas contigo. Me han dado dos días extra de permiso en el trabajo, pero hay algo que...

Mamá me interrumpe y, pese a que sé que le da pena que pasemos estos días separados, hay una alegría inesperada en su tono.

—No te disculpes, Drake. No pasa nada, ¡lo entiendo! Disfruta, ¿quieres?

—Pareces contenta. Espero que no sea de tenerme lejos.

Se ríe y la acompaño.

—Estoy contenta porque tú lo estás.

—¿Cómo lo sabes?

—Porque una madre percibe esas cosas y sé que algo ha cambiado, Drake. Sigue por ahí, ¿vale? Lo estás haciendo muy bien.

Trago saliva. Le digo que la quiero. Cuelgo el teléfono y miro al cielo. La oscuridad es total y, pese a ello, siento la luz rodeándome.

Mamá tiene razón. Algo ha cambiado. No sé qué es, pero el mundo es otro, y yo también.

67

No me gusta la Navidad. Nunca me ha gustado. Siendo niño supongo que la disfrutaba por lo obvio, pero con los años se fue cubriendo de una pátina de desencanto. No comprendo el consumismo excesivo y sin sentido ni los compromisos que todos querríamos eludir en otras circunstancias y que solo aceptamos porque son fiestas. Me dejan indiferente el *tourtière* y otros platos típicos de estas fechas, y la música navideña me da dolor de cabeza.

Sin embargo, el espíritu de Ruby es contagioso y me veo inevitablemente arrastrado por él.

—¿Qué te parece este?

Me enseña un jersey con motivos navideños y arrugo el rostro. Es dorado y de los hombros cuelgan bolas de colores brillantes.

—Tendrías que amordazarme para ponerme eso.

—Lo haré, si no eliges algo de una maldita vez.

Pese a sus palabras, Ruby pestañea con dulzura en mi dirección; parece un elfo de Santa Claus a punto de volverse loco y asesinarme. Suspiro con cansancio y meto un jersey cualquiera en la cesta. Es rojo, con un reno bordado y pequeñas hojas de acebo en el cuello.

Ruby sonríe complacida y seguimos comprando.

Es la primera vez en Leiwe Lake que va a cocinar en Navidad para alguien y está nerviosa. Que sus invitados seamos papá y yo y que a ninguno de los dos nos agrade esta época no parece importante a la hora de despilfarrar en decoración, comida y regalos.

—Es una pena que ella no pueda venir —me dice por enésima vez refiriéndose a Annie.

Yo asiento y le repito que son fechas familiares. Nos hemos despedido hace un par de días y ya tengo ganas de verla. Se ha convertido en una droga de la que no quiero desengancharme. Aun así, pese a que Annie me dijo que debía pasar tiempo con los míos y que ella también haría lo propio, tengo el presentimiento de que no fue sincera.

—¿La habrías obligado a ponerse uno de estos horripilantes jerséis?

Me fulmina con la mirada antes de romper a reír. Después nos dirigimos al pasillo de los adornos una vez más y Ruby duda durante diez minutos sobre si comprar un centro de mesa con naranjas disecadas o con borlas de fieltro azules.

—¿Por qué te esfuerzas tanto? —le pregunto ya en la caja del supermercado—. Mi padre está colado por ti y a mí también me has ganado. No tienes que demostrarnos nada.

Su mirada, en cambio, me dice que quizá esté equivocado.

—Sí debo hacerlo. A veces, demostrar que algo te importa es lo único que puedes hacer, Drake.

Pone los ojos en blanco, como si yo tuviera tres años y ni idea de la vida, y mete unas velas rojas con forma de estrella en la cesta.

Al día siguiente, la casa resplandece bajo el embrujo de Ruby y debo admitir que es agradable. Los regalos descansan bajo el abeto decorado, los calcetines se calientan sobre la chimenea y huele a jengibre y a azúcar quemado.

Mi padre se esfuerza y se pone camisa y corbata, y yo finjo estar cómodo con el jersey que Ruby me obligó a comprar, aunque ninguno destacamos al lado de su vestido verde de lentejuelas.

—Estás impresionante —le digo. Mi padre balbucea algo ininteligible al verla que ella traduce como un halago dándole un beso lleno de promesas.

Cenamos pavo asado con verduras, un *tourtière* que me sorprende acompañado con remolachas encurtidas y, de postre, Ruby nos deleita con tarta de frutas y un *bûche de Nöel* hecho por ella misma que no tiene nada que envidiar al de cualquier pastelería. Cuando deja el plato de este último sobre la mesa, noto que le tiemblan las manos. Una pequeña cajita corona su forma cilíndrica, rodeada de arándanos rojos. Al otro lado de la mesa, mi padre suda y busca en el bolsillo de su pantalón algo con la misma inquietud. Entonces, observando la vulnerabilidad de ambos, su emoción latente, lo entiendo. Claro que importa. Claro que, de vez en cuando, hay que demostrar las cosas a los que queremos.

—Bueno, ha llegado el momento del postre. Yo... —Ruby rompe a reír con nerviosismo y se retira un mechón de la cara—. Creo que deberíamos llenar las copas. Drake, cielo, necesito más vino.

Obedezco y la animo con una mirada. Es el momento y sé que va a ser especial. Se lo digo con los ojos. «Lo vas a hacer muy bien, Ruby, es imposible que diga que no.» Ella asiente, agradecida, y se agarra con fuerza al borde de la mesa. Mi padre apura la copa en cuanto se la lleno y tartamudea en voz tan baja que apenas lo oímos.

—Yo-yo..., Ruby, gracias por esta cena. No sé si nos merecemos algo así, pero es bonito compartir hoy contigo. Cada día. No digo que otros no lo sean, solo que hoy más. Estás muy guapa. El pavo estaba riquísimo. No sé ni lo que digo.

Mi padre se seca el sudor de la frente y suelta una risita ridícula. Todo es ridículo. Él, la tensión de ambos, sus gestos y la situación al completo, de la que aún desconocen que es mucho más de lo que creen. Yo debo contenerme para no romper en carcajadas, más aún cuando él intenta sacar la caja del bolsillo y se le cae debajo de la mesa.

—Gracias, Steven —responde Ruby ante esa retahíla de palabras sin demasiado sentido—. ¿Qué ha sido eso? ¿Se te ha caído algo?

Mi padre desaparece bajo el mantel y Ruby se arrodilla para ayudarlo. Cuando la ve debajo, se incorpora con rapidez para que no descubra la sorpresa que le tiene preparada y se da contra la madera. Los platos saltan y un arándano sale rodando. Su copa de vino se vuelca.

—¡Ay!

—¡Menudo golpe, cariño! ¿Estás bien?

—Sí, sí. Déjalo, Ruby, ya puedo yo.

Sonrío y pellizco el tronco de chocolate por un extremo. Cierro los ojos y gimo de placer al probarlo.

—Steven, creo que se te está hinchando la frente. ¿Qué escondes ahí?

Mi padre se queja, pero no contesta. El grito de sorpresa de Ruby lo ocupa todo. La mesa tiembla de nuevo y los dos aparecen. Uno a cada lado. Con el rostro desencajado y el pelo revuelto. Mi padre tiene la frente enrojecida por el golpe y Ruby, los ojos cubiertos de lágrimas. Cojo otro trozo del *bûche de Nöel* y me lo meto en la boca, mientras ellos se miran como si fuera la primera vez.

—Esto no debería ser así —susurra ella conmocionada.

Entonces coge el plato con el postre y le muestra la caja que lo decora. Mi padre parpadea, aturdido, y rodea la mesa para acercarse a ella. Ahora, ambos con un anillo en las manos para el otro, sonríen tímidos y dan un paso más.

—Ruby, yo...

—No digas nada, Steven. ¡Quería hacerlo yo! Quería que fuera diferente. Quería demostrarte...

Mi padre coge las dos cajas y las deja sobre la mesa como si no importaran. Supongo que, en el fondo, no lo hacen.

—Ya lo demuestras cada día.

—Pero...

Él rodea su cintura con los brazos y la atrae hacia su cuerpo.

—Contigo siempre es diferente. Cada día es una aventura, Ruby. ¡Incluso esto lo es! ¿Es que no te das cuenta?

Ella se ríe como una niña y lo abraza. Cojo otro trozo de pastel y lo saboreo con calma. Se besan muy despacio y juntan sus frentes. La imagen es bonita.

—¿Eso es un sí? ¿Vas a casarte conmigo, Ruby Belanger?

La sonrisa de ella brilla más que el árbol de Navidad.

—¡Por supuesto que voy a casarme contigo!

Se separan lo justo para coger los anillos e intercambiarlos. De pronto, parecen salir de un encantamiento y darse cuenta de que yo también estoy aquí. Soy cómplice y testigo de su historia y me gusta serlo. Ruby me sonríe con su dulzura infinita hasta ver que me he comido la mitad del postre y me regaña con una mirada.

—¿Tú lo sabías, canalla? —me pregunta, señalando con un gesto a mi padre.

Él, de igual modo, me observa confundido.

—¿Sabías que Ruby iba a pedirme matrimonio, Drake? —continúa él. Me encojo de hombros y sonrío—. Pero yo...

Sacude la cabeza y lanza una carcajada. Ruby y yo no tardamos en acompañarlo.

—Este niño te ha salido de lo más sinvergüenza —dice ella, cuando comprende que ambos me habían hecho partícipes de sus intenciones y yo me las había callado.

Se acerca a mí y me deja un beso en el pelo. Me siento un crío de diez años cenando con sus padres y, por extraño que me resulte, me gusta.

—Gracias por dejarme ser testigo de este momento.

Mis palabras les emocionan.

—Y esperamos que lo seas de muchos otros.

Habría esperado ese comentario de Ruby, pero es mi padre quien lo hace y cojo la copa. La alzo hacia él y me imita. Brindamos y, cuando chocan, siento que hemos firmado un pacto, una promesa de que esto solo es el principio de algo que ninguno de los dos habría apostado recuperar.

Entre risas, terminamos de cenar. Después abrimos los regalos. Charlamos animadamente. Ellos bailan un villancico versionado por una estrella del pop que odio, aunque hoy podría escuchar su discografía entera y disfrutarla. Al otro lado de la ventana nieva con fuerza.

La Navidad puede tener muchas formas y yo escojo quedarme con esta.

68

La mañana del día de Navidad, voy con Ruby y mi padre a ver el concurso de lanzamiento de troncos famoso en Leiwe Lake y después comemos juntos. A media tarde, mientras ella dormita en el sofá, aprovecho para charlar con él en la cocina frente a una taza de café.

—¿Sabe tu médico las excepciones que haces? —bromeo señalando la taza.

Me mira culpable y sonríe.

—Hay ocasiones que lo merecen.

Entonces le pregunto lo que lleva días rondándome la cabeza.

—El día que llegué me hablaste de una ruta hacia la montaña, ¿recuerdas? Donde se puede acampar. —Él asiente y me pide más información con la mirada; trago saliva y me desnudo más de lo que estoy acostumbrado con apenas unas palabras—. ¿Es viable? Con este clima y dos personas solas.

Papá me observa cauto unos instantes, hasta que comprende lo que quiero.

—¿Es por ella?

Pienso en Annie. Sonrío. Por el hueco de la puerta abierta, vemos a Ruby soñando. Y me digo que sí, que esto es de lo que todos hablan. Lo que algunos buscan y de lo que otros huimos. Lo que al final, hagas lo que hagas, te acaba encontrando.

Unas horas más tarde, llamo a la puerta de Annie y ella abre enseguida. Contiene el aliento al verme y salta sobre mí. Sus piernas se enredan en mi torso y sus brazos en mi cuello. Me abraza. Me besa. Me dice sin palabras que me ha echado de menos. Yo me siento saciado solo con tenerla así, aunque quiero más. Lo quiero todo.

Cierro de una patada y camino con ella encima hasta el sofá, pero Annie niega. Me señala el pasillo y entramos en el dormitorio. Huele a cerrado y a humedad. También a una vela encendida cuya llama titila apoyada en la repisa de la ventana.

La dejo caer sobre el colchón y me quito el abrigo. La sudadera. La camiseta térmica. Annie jadea y me mira con el deseo colgando de las pestañas. Me arrodillo sobre ella y le levanto el jersey. Le beso el ombligo. Su cuerpo se arquea, buscando mi boca, pidiendo más. Le bajo los pantalones y nos reímos cuando se enredan en sus tobillos. Sus bragas son rosas. Me incorporo para encender la luz, porque me apetece verla. Me apetece apreciarla con claridad, pero ella me agarra de la mano y niega. Sus ojos ansiosos me dicen sin necesidad de hablar que no hay tiempo para eso, que me necesita ya y yo la obedezco.

Me acerco despacio y soplo entre sus piernas. Ella gime. Sus dedos se enredan en mi pelo, tiran de él y siento que estoy a punto de correrme con ese gesto tan tonto. Le quito la ropa interior y la pruebo. Lamo su sexo por primera vez y el deseo nos nubla a los dos. La acerco al orgasmo hasta que me susurra que entre en ella.

Follar siempre me ha parecido algo mecánico, un ejercicio físico a la altura de un buen entrenamiento de hockey, pero con Annie estoy descubriendo que hay mucho más. Que cuando nos besamos entre jadeos el corazón me late tan rápido que me cuesta respirar. Que cuando sonríe entre miradas veladas siento una ternura desconocida. Que cuando me abraza al terminar deseo que el mundo pare, que la vida se reduzca a esto, que lo que tenemos nunca acabe.

—¿Te vas? —me pregunta un rato más tarde.

Me observa desde la cama mientras me visto; parece decepcionada. Me encantaría quedarme con ella, dormir a su lado, besarla al despertar, pero aún debo preparar algunas cosas para mañana. Se tapa levemente con la manta y le dejo un beso en el hombro desnudo.

—Sí. Tenemos que descansar.

—¿Por qué? —añade confundida.

—Porque mañana te recojo a las ocho.

Se yergue, inquieta, y me mira con los ojos muy abiertos. En este momento tiene los ojos más grandes de Canadá.

—¿Adónde vamos, Drake?

Le dejo un beso en la nariz y sonrío.

—Tú solo abrígate bien.

El chico que lo perdió todo

Cuando aterricé en Yellowknife y lo vi esperándome, me arrepentí.

Hacía meses que no nos veíamos. La última vez había sido en uno de mis partidos. Habíamos perdido y yo no estaba de humor para compartir con él uno de esos extraños momentos que me dejaban un sabor amargo y muchos remordimientos, así que mi actitud no había sido complaciente en lo más mínimo.

Después del accidente, yo había dejado de responder sus llamadas. Por primera vez, no había sido algo personal, sino que mi padre era uno más de los que habían tenido que enfrentarse a mi mutismo.

—Drake, ¿qué tal el viaje?

Lo ignoré y metí la maleta en el maletero. No sabía qué estaba haciendo allí. No comprendía cómo la vida se había torcido tanto como para haber acabado llamándolo para pedirle auxilio. Porque mi llamada había sido eso, la última salida que encontraba a lo que me estaba sucediendo. No era un crío que necesitase cuidados, pero no me sentía capaz de vivir solo, sin alguien que estuviera ahí por si las cosas se torcían todavía más. Él había aceptado al momento, sin hacer preguntas, sin necesitar conocer los motivos, lo que me había facilitado las cosas y allanado el camino que me llevaría, finalmente, a Leiwe Lake.

Me subí al coche y nos internamos en el tráfico en un silencio que él no tardó en romper.

—Mi casa está a las afueras de Leiwe Lake. Puede parecer un fastidio depender del coche para todo, pero tiene su encanto. Hay una zona del lago que casi es como si fuera mía. Y una ruta hacia la montaña donde acampar y contemplar las auroras boreales como nunca las has visto.

Mi padre sonrió, pero yo apenas lo oía. Notaba los latidos en los oídos, fuertes e insistentes, como el ritmo marcado de una canción de fondo. Teníamos una hora de trayecto por delante y temía que quisiera llenarlo con su parloteo nervioso.

Odiaba que hiciera eso. Odiaba que pensara que hablar de nada era mejor que estar callados. Odiaba no ser capaz de decirle que se callase.

—Me alegro de que, por fin, vayas a conocer dónde vivo. Te he preparado un dormitorio, pero, si necesitas cualquier cosa, solo tienes que decírmelo.

Su generosidad, después de todas las veces que lo había rechazado en el pasado, me irritaba. Su ilusión mal disimulada. Pegué la frente a la ventanilla y observé el cielo. Estaba oscuro, cargado de nubes densas. Notaba la presión de la lluvia que no tardaría en caer en la cabeza, sobre el cuerpo, en cada terminación nerviosa. O quizá no fuera la lluvia.

—¿Tienes hambre? He encargado pizza en Luke's Food. Pasaremos a recogerla de camino. ¿Te parece bien?

Me encogí de hombros. Parecía un adolescente malhumorado, cuando hacía ya tiempo que había dejado esa etapa atrás, pero no podía evitarlo. Sentir me dolía. Cualquier muestra de amabilidad por su parte me enfurecía. Percibía la ira creciendo, susurrándome que era la única manera de sacar lo que llevaba dentro y que no me dejaba respirar.

—Me dijo Malory que no tienes carné de conducir, pero, si quisieras, podrías practicar aquí.

Al nombrar a mi madre, algo se rompió. El dique que contenía la presa cedió y todo se volvió negro.

—¿Ahora hablas con mi madre a mis espaldas? —pregunté con la voz ronca por las emociones.

—Está preocupada por ti, Drake —respondió con delicadeza—. Ambos lo estamos.

Cerré el puño con fuerza y apreté los nudillos contra la puerta hasta notar el escozor de la piel levantada.

—¿Es tu buena acción de la década? ¿Es eso? ¿Pretendes con esto poder decir que eres un buen padre?

Mi resquemor nos cubrió, sin saber que durante las siguientes semanas sería uno más entre los dos.

—Solo quiero que estés bien. Solo intento ayudarte.

Cerré los ojos y dejé que el dolor me abrazara.

Cuando llegamos a Leiwe Lake y vi lo que me esperaba, asumí que mi vida había acabado. Que el chico que lo tenía todo también lo había perdido en un abrir y cerrar de ojos. Puede que incluso a sí mismo.

69

—¿Estás seguro? Las temperaturas esta noche descenderán a menos veinte grados, Drake.

—Sé el frío que hace en diciembre, Ruby —le contesto con sarcasmo, aunque su preocupación me enternece. Me gusta sentirme parte de algo.

Estamos en mi dormitorio, son las siete y media de la mañana del Boxing Day, festivo en Canadá, y Ruby me observa terminar mi equipaje aún en pijama, aunque no tengo muy claro que a ese camisón que lleva bajo un batín de seda se le pueda llamar pijama.

—¿No vas poco abrigado? Déjame revisar. —Se acerca y mete la mano bajo mi chaqueta sin pudor alguno.

—Llevo tantas capas térmicas que podrías freír un huevo en mi abdomen.

—¿Y ella? ¿Tiene ropa suficiente?

Mi padre se asoma por la puerta con una taza que humea y el pelo revuelto.

—Somos adultos, Ruby. —Ambos se ríen, como si hubiera hecho un chiste que solo ellos entienden—. No te preocupes tanto, ¿quieres? Te dejo que me acribilles a mensajes para que te quedes tranquila.

—Si te molestaras en contestarlos... —me recrimina, porque desde que le di mi número de teléfono solo contesto con algún emoticono muy de vez en cuando—. Además, ¿acaso hay cobertura ahí arriba?

Mi padre la abraza por la espalda y Ruby suspira con pesar. Tiene esa expresión de miedo que yo solo he visto en mi madre. Sentirme el objeto de su preocupación me gusta. Es agradable que otros te cuiden.

En cuanto le pregunté a mi padre por aquella zona de acampada de la que me había hablado a mi llegada a Leiwe Lake, supe que mi plan era real. Él no me puso ningún impedimento, pese a repetirme mil veces que las noches eran duras y que debía estar preparado para afrontarlo. Me prestó un mapa con indicaciones para llegar al refugio, aunque la ruta estaba acondicionada para cualquier turista, y me prestó ropa y un equipo de acampada para climas extremos. Solo me dio un consejo que no supe descifrar del todo:

—Haz lo que tengas que hacer, pero vuelve.

Me levanto, me pongo el abrigo y los guantes y le doy un beso a Ruby en la mejilla.

—Cualquiera diría que me marcho a una misión espacial. Solo es una noche y, si te fías de la previsión meteorológica más que de mi palabra, verás que no he podido elegir una mejor. Además, fue él quien me habló del refugio el día en que llegué.

Ruby se desprende de los brazos de mi padre y lo fulmina con la mirada.

—¡Así que eres tú quien lo manda a la montaña de Canadá, en pleno invierno y con una chica que no conocemos! ¿No te preocupa que sea una psicópata, Steven? ¿Y si lo descuartiza en la tienda de campaña? ¿Y si se le congelan los dedos y los pierde? ¿Y si esa chica decide hacerse un collar con ellos?

—Annie no descuartizaría ni a un ave. Creo que es vegana —me invento sobre la marcha, porque, en realidad, no tengo ni idea.

—¿Has oído, Steven? ¡Es vegana! —repite Ruby como si acabara de decirle que se alimenta de sangre de niños.

—¿Tengo que fingir que eso es algo malo? —dice él, protegiéndose de los pellizcos de Ruby. Si no le asustara enfadarla, estaría riéndose a carcajadas.

—La invitaré a cenar a la vuelta, ¿te parece bien? Así podréis conocerla y dejar de curiosear de una vez.

La mirada de ella se ilumina y se da por satisfecha. La de mi padre, en cambio, esconde algo turbio que no sé identificar; una duda que me confunde y que decido ignorar.

Me despido de ellos y cojo el resto de las cosas.

Cuando llego a casa de Annie y me ve con la tienda de campaña a cuestas, su sonrisa me dice que he nacido para cometer esta locura.

70

—¿Vas a decirme en algún momento dónde vamos, Drake?

La voz de Annie está llena de dudas, pero también de ilusión. Hoy he descubierto que le gustan las sorpresas, aunque la ponen extremadamente nerviosa. Caminar con ella es como hacerlo con una niña hasta arriba de azúcar que está a punto de conocer a Santa Claus.

Se pellizca el labio una vez más y me interroga con los ojos muy abiertos. Apenas pestañea mientras avanzamos por el sendero que marca la ruta. Pese a que estamos a menos doce grados, hace un sol espléndido, ni pizca de viento y el paisaje es extraordinario. Hace un rato que hemos pasado el bosque y hemos tomado un camino ascendente hacia la montaña más cercana.

Noto su mano buscando la mía y la miro. Sus hoyuelos se asoman en una sonrisa contenida.

—Tachamos lo del patinaje de tu lista, Annie, pero no era lo único que habías escrito.

Abre la boca y la cierra al instante, cuando comprende lo que quiero decirle. Me la imagino repasando su lista de memoria hasta dar con lo único que podemos hacer aquí y con material de acampada.

—No, yo no... —murmura nerviosa.

Me llevo su mano a la boca y le dejo un beso sobre los guantes.

—No vuelvas a decir que es una tontería, ¿vale? Creo que lo que estamos haciendo es muy serio, Annie.

Asiente con efusividad y aprieta mis dedos entre los suyos; está emocionada. Luego sigue caminando. Me mira de reojo de vez en cuando, como si quisiera cerciorarse de que soy real, y contengo sonrisas que ella acaba dibujando y haciendo suyas.

La ruta está bien señalizada y es corta; aun así, es dura por las condiciones climatológicas. Andar sobre la nieve supone un esfuerzo considerable.

Aprovechamos para descansar a medio camino, sobre unas rocas. El cielo despejado nos acompaña y alzamos los rostros con los ojos cerrados.

—Cuando éramos pequeñas, Lizzie me hacía preguntas todo el tiempo. «¿Qué quieres ser de mayor, Annie? ¿Preferirías volar o ser invisible, Annie? Si fueras un animal, ¿cuál serías, Annie?»

Sonrío ante su modo de imitar la voz de su hermana, que Annie me muestra aguda, un tanto repelente, muy lejana a la dulzura de la suya.

—¿Y qué animal serías?

—Una lagartija. Siempre al sol. —Me río y Annie me acompaña—. ¿Y tú?

—Supongo que un oso polar.

Le sonrío y ella asiente.

—Claro. Tiene sentido.

—Para gustarte el sol, conectas muy bien con el hielo, ¿lo sabías?

Se levanta y se coloca entre mis piernas, con la espalda pegada a mi pecho.

—Quizá por eso también siento que conecto contigo. —Trago saliva y le dejo un beso cerca del oído—. ¿No es extraño, Drake? Tantas personas, tantos lugares, tantas vidas... Y, de repente, te cruzas con alguien de la forma más inesperada y lo notas.

Levanta nuestras manos entrelazadas y las pone delante del sol. Los rayos se cuelan entre los dedos enguantados y nos destellan. Siento calor en el cuerpo, una corriente que se expande y cuyo eje central late en mi pecho.

—¿Qué notas, Annie? —le susurro con miedo.

—La electricidad. Los fuegos artificiales. La vida.

Y pienso que tiene razón, que el Drake de antes murió con aquella chica y que no fue hasta que conocí a Annie que volvió a respirar.

71

Sobre la una de la tarde, por fin llegamos a un claro abierto señalizado como seguro para acampar. Es una zona amplia, resguardada por la ladera de la montaña y rodeada por otras tantas de aspecto majestuoso, que cuenta con un refugio en el centro. A unos cien metros hay restos de una fogata reciente, pero por lo demás parece que estamos solos.

Annie gira sobre sí misma, admirando la belleza del lugar, y da un brinco, asustada, cuando nota movimiento en unos árboles lejanos antes de ver unos pájaros alzando el vuelo.

—Quizá debería estar aterrorizada, pero es perfecto. Gracias, Drake.

Apoya la cabeza en mi pecho y le dejo un beso en el gorro. Está húmedo, pero huele a ella, a ese aroma a violetas que nunca había sido para mí un olor agradable y que ahora me vuelve loco. Rodeo su cintura y la sostengo. El abrazo es más corto de lo que me gustaría, pero aún debemos preparar la tienda de campaña antes de que se ponga el sol.

Montamos la tienda y acondicionamos el interior para aislarnos del frío todo lo posible. El equipo de mi padre es bueno y, aunque las temperaturas sean las típicas de un mes de diciembre en la zona, se pronostica una noche tranquila. Apenas hay viento y el cielo está perfecto para cumplir nuestro objetivo.

En el refugio encontramos un aseo, mantas, útiles de encendido para hacer una hoguera, utensilios de cocina y agua embotellada, todo por cortesía de los servicios forestales de Leiwe Lake. Le propongo a Annie dormir allí, pero ella dice que mientras sea posible prefiere usar la tienda.

Encendemos fuego fuera y asamos nubes de azúcar que Annie se come como si fueran un manjar a la altura del caviar. Cada vez que cierra los ojos y gime, me excito. Cuando se da cuenta, se ríe y me observa con un deseo que mantenemos a raya, porque hoy no se trata de eso.

Hoy se trata de tachar sueños de una hoja de papel.

—Nunca te había visto comer.

Deja de masticar y me mira muy seria.

—No creo que sea una habilidad destacable.

—Yo creo que sí.

Cuando me besa, aún tiene una nube en la boca que acaba deshaciéndose en la mía.

Vemos ocultarse el sol tras las montañas en silencio por petición de Annie.

—Va despacio, pero si te fijas bien, si te mantienes alerta, lo ves moverse —me dice señalando el horizonte.

Y eso hacemos. Mantenemos la vista clavada en la luz que desaparece y siento una tranquilidad que sé que cuando se diluya echaré de menos.

La noche llega pronto. No son las cuatro de la tarde cuando nos metemos en los sacos y nos resguardamos en el porche de la tienda. Cubro a Annie con mantas y charlamos mientras compartimos un termo de cacao templado.

Me habla de sus padres, de su primera mascota, de sus libros favoritos. También de su mejor amiga, una tal Francis, que estudia canto y siempre lleva el pelo teñido de colores. Me confiesa que sus padres la bautizaron como Marianne, aunque nadie la ha llamado nunca así y no cree que le guste que yo lo hiciera. Yo le cuento que echo de menos el equipo, pero no a los chicos, sino ese ambiente de camaradería, de complicidad, de entendimiento, que no he encontrado jamás en otro sitio. Le digo que con mi padre la relación es distinta, que ha dado un giro desde que llegué y que, pese a lo que siempre había creído, me alegro. Le pregunto por el cuaderno azul que lleva consigo y me dice que le gusta dejar constancia de lo que va viviendo, de lo que siente a cada instante, de la chica que es a cada momento porque, quizá, cuando mañana se relea a sí misma, se dé cuenta de que esa chica ya no existe, que puede que sea otra y no quiere olvidar quién fue en el pasado. Le pongo al día de la relación de mi padre con Ruby y le pregunto, entre risas, si me acompañaría a la boda en caso de seguir juntos para entonces. Ella sonríe, sueña despierta, pero no contesta. El futuro no ha llegado, aún no es de nadie, solo el presente nos pertenece.

Hablamos durante horas. Entre palabras y silencios, nos regalamos besos.

—Es para que no se te queden los labios fríos —me justifico cuando busco su lengua con la mía.

Annie se ríe. Sus hoyuelos aparecen y los acaricio con los dedos.

—¿Por qué siempre haces eso? —me pregunta coqueta.

—Para que no se me olviden.

Su expresión cambia, pero no dice nada. Yo tampoco. Obviamos que mi respuesta puede significar que algún día esto acabará y apoyamos las frentes. Respiro su aliento a cacao y pellizco su labio inferior con los dientes. Annie gime.

—Quiero grabar ese sonido —le confieso.

Se ríe y todo sigue. El planeta gira. Las horas avanzan.

A medianoche, los colores del cielo comienzan a cambiar. Azules, rojos, verdes, amarillos, naranjas. Las estrellas brillan con intensidad y el frío polar nos envuelve. Paso el brazo por encima de su hombro y la atraigo hacia mí. Parece adormilada, pero está muy despierta.

—Dormir bajo una aurora boreal —me susurra con la voz tomada.

Asiento y la miro. Ella mira al cielo.

Hay algo mágico en ver la forma en la que un rostro se contrae cuando se emociona. Los cambios, algunos evidentes y otros más sutiles. Los sonidos, casi insignificantes, pero que existen y se escapan de entre los labios como si no pudieran evitarlo. Los ojos, tan brillantes que podrían competir con el puto color de un fenómeno atmosférico fascinante.

Y, entonces, lo sé. La quiero. De un modo inesperado. Como si algo hubiera hecho clic en mi interior. Un interruptor. Un golpe de gracia hacia un camino más bonito. Debería haberme dado cuenta antes, es imposible que no lo haya visto, pero la quiero. Y nunca he querido a nadie. No así.

—¿Annie?

—¿Sí, Drake?

—Estoy enamorado de ti.

Parpadea y baja la vista. Su mirada cálida se pierde en la mía. Se acerca muy despacio y me besa. Un beso casto. Un beso dulce y sentido.

—Yo también estoy enamorada de ti.

—¿Y qué hacemos ahora? —le pregunto.

Annie se encoge de hombros. Tiene la mirada humedecida, aunque sonríe. Sonríe sin parar y yo también.

72

Cuando abro los ojos, ella no está a mi lado. Estoy dentro del refugio, enredado en lo que me parecen mil mantas, y aún percibo el calor que ha dejado el cuerpo de Annie antes de levantarse.

Después de confesar que nos queríamos, no hubo más palabras. Al menos, ninguna que no expresara deseo. Decidimos dormir dentro, ya que el frío era demasiado intenso y la soledad nos acompañaba, y el sexo fue tan bueno como siempre, aunque flotaba entre nosotros una complicidad distinta, una vulnerabilidad al haber compartido nuestros sentimientos que se mecía junto al resto de las sensaciones.

Me incorporo y la busco. Está sentada a la mesa y el sol de la mañana le ilumina el rostro. Escribe en su cuaderno de tapas azules y, cuando se da cuenta de que la miro, cierra la libreta y se levanta. Lleva los calcetines de lana subidos hasta las rodillas y mi camiseta térmica le cubre los muslos. Sus pantalones siguen en el suelo junto a todo lo demás que nos arrancamos en la madrugada. Pelo revuelto. Labios hinchados. Mirada serena.

Está preciosa. Más aún cuando distingo la punta de una hoja escondida en su puño y el bolígrafo en la otra mano.

—Drake.

—Annie.

Le pido que vuelva a la cama y ella sonríe. Atraviesa la estancia de puntillas y salta sobre mí. Se coloca a horcajadas y me besa con profundidad. Asumo que las películas románticas estaban en lo cierto: cuando estás enamorado, no importa que no te hayas lavado los dientes al despertar, el beso sigue siendo perfecto.

Annie se separa y su sonrisa lo llena todo. Está contenta. Estira la hoja sobre mi pecho y, con mucho cuidado, tacha la primera línea.

—Objetivo cumplido —susurra.

—Aún nos quedan unos cuantos, pero creo que pueden esperar un rato, ¿no te parece?

Se ríe como una niña y le quito la parte de arriba. No lleva sujetador. Es la primera vez que la veo desnuda así, con tanta luz, y la imagen me deslumbra como si la rodease un aura distinta.

—Para no ser lo tuyo, esto se te da bastante bien —me dice con un mohín adorable que acaba en gemido.

Trago con fuerza y la miro. Me recuerdo diciéndole que no servía para el amor. Me llamo «idiota» tres veces, una por cada beso que le doy. Me prometo no renegar nunca más de esto.

—Espera —me pide; recupera la lista y el bolígrafo—. Creo que hoy puedo tachar otro.

Señala con los ojos una de las líneas.

Enamorarme.

Siento que podría deshacerme aquí mismo. Una puta pastilla efervescente entre sus brazos, en eso me he convertido. Annie tacha la palabra despacio, como si el ritmo fuera importante, una especie de ritual necesario que culmina en una de sus sonrisas de hoyuelos imposibles.

Le beso el cuello, los pechos, el costado entre suspiros. Annie se balancea sobre mí y no tardo en desnudarme y entrar en ella.

—Quiero hacer esto hasta que me muera —le digo en un arrebato.

Pestañea, aturdida, y rompe a reír. Lo hace tan fuerte que se le saltan las lágrimas. La abrazo mientras tiembla sobre mi torso.

—¿Qué pasa? —le pregunto sin evitar acompañarla, pese a que no entiendo el chiste—. ¿Qué te hace tanta gracia?

Me sujeta por las mejillas y me mira. Estamos tan cerca que puedo distinguir cada peca, cada marca, cada pequeña imperfección en su piel. Aún dentro de ella, dejamos de movernos y hablamos. Y me parece tan sexi charlar así con Annie, con los cuerpos siendo uno, que debo esforzarme por no correrme. Nunca he deseado tanto a alguien. Nunca el sexo había sido más.

—Deberías hacer tu propia lista, Drake —me susurra contra los labios.

—¿A qué viene eso?

Ella se encoge de hombros, pero está repentinamente seria.

—Mi padre tenía razón. Es importante recordar lo que nos puede hacer felices. Por muy insignificante que parezca.

—Tú me haces feliz, Annie. Esto —le digo, moviendo las caderas y provocándole un jadeo— me hace muy feliz. Y esto —añado, lamiéndole los labios, besándola con gusto— también me hace feliz. No necesito más.

Annie me responde con un beso ansioso. Sus caderas recuperan el ritmo. Nos precipitamos hacia ese vacío que siempre termina en grito.

Cuando conseguimos recuperar la normalidad, se incorpora, aún sobre mi cuerpo, para mirarme de nuevo.

—A mí esto también me hace feliz.

Me deja un beso en la base del cuello y se levanta. Comienza a vestirse bajo mi atenta mirada. Bailotea por la sala, por primera vez desnuda a la luz del día. Se ríe muy alto. Gira sobre sí misma. Me dice que le gusta mi boca, la suavidad de mi abdomen, la forma en la que susurro su nombre cuando me excito. Coge el jersey y se le queda el cuello enredado en la cabeza. Le da un ataque de risa y me levanto para ayudarla. Retiro su mano para vestirla yo, con mimo, una novedad más que me resulta fascinante solo porque se trata de ella. Sin embargo, con sus dedos entre los míos, algo cambia. Giro su muñeca. Y lo veo. En la cara interna. Una silueta. Un tatuaje. Un diminuto copo de nieve.

La chica que lo tenía todo

Las cosas no iban bien. Sus padres fingían que el ambiente familiar era agradable y tendían puentes entre las chicas, pero era obvio para todos que algo gris las sobrevolaba. Cuando las dos hermanas se cruzaban, la electricidad subía en intensidad. Un cable de alta tensión que las unía y que un día provocaría una catástrofe.

Annie tenía miedo. Se sentía triste todo el tiempo y era consciente de que, quizá, no se había comportado como una buena hermana, pero el temor a que Lizzie cometiera un error era mayor que el de que su relación se rompiera del todo.

Sabía que el aprendizaje por equivocación era parte de la vida y que su hermana pequeña debía pasar por el trance, pero, al mismo tiempo, sentía una responsabilidad sobre sus hombros desde que había nacido Lizzie que la empujaba a protegerla.

Aquella mañana que cambiaría sus vidas para siempre, Lizzie se sentó a la mesa a desayunar, pese a que los sábados se levantaba tarde y era raro que desayunara en familia. Su padre estudiaba la sección de economía del periódico y su madre ojeaba una revista científica; aunque pudiera parecer desde fuera una imagen pretenciosa, para ellas no era nada fuera de lo habitual. Annie comía tortitas. Le gustaba cubrirlas de canela y colocar los arándanos de un modo muy particular antes de comérselas. Un pequeño laberinto dibujado que después partía poco a poco y se llevaba a la boca.

—¿Me pasas el sirope de arce, por favor, Annie?

Todos levantaron el rostro hacia aquella voz dulce de Lizzie que, salvo en ocasiones excepcionales, no conocían.

—Cla... Claro —titubeó, y le pasó el bote a su hermana.

Se limpió los dedos enseguida, ocultando el asco que le daba el frasco pringoso, y continuó desayunando. Que su hermana le dirigiera de nuevo la palabra después de días de silencio no sabía qué podía significar.

—¿Qué planes tenéis para hoy?

Su padre dobló el periódico y observó a sus hijas. Annie se encogió de hombros. Debía estudiar y preparar las maletas. Las vacaciones terminaban y en dos días regresaría a Edmonton. Aun así, lo dijera como lo dijera, a todos les parecería decepcionante su plan de sábado. Sin embargo, Lizzie se adelantó.

—Aún tengo que acabar el trabajo de literatura. Iré a la biblioteca y después podríamos ver una película en familia o algo.

Su madre sonrió y añadió que haría palomitas de caramelo, sus favoritas cuando eran niñas. El padre asintió complacido por el cambio de actitud. Annie pestañeó, abrumada por la sospecha. Aquello parecía una tregua, pero Lizzie nunca le tendía ninguna si no esperaba obtener algo a cambio. Se sentía mal por pensar así de su hermana, pero la experiencia es un grado, y la suya le había enseñado que aquella demostración de amabilidad familiar no podía ser del todo sincera.

Un rato después, mientras intentaba leer en el salón sin

ser capaz de avanzar de página, su padre le lanzó una pregunta.

—¿Qué te pasa, Annie? Antes, en el desayuno, parecías decepcionada. ¿No te apetece compartir la tarde con nosotros?

—No es eso, papá. Es que...

Suspiró y se tragó las palabras, porque ¿cómo explicarle a su padre que no se fiaba de su hermana? ¿Cómo confesarle, sin parecer una mala hija y hermana, que Lizzie no era como ellos pensaban, sino que jugaba con mil versiones que mostraba según sus intereses?

—Solo estoy preocupada por el examen del martes —mintió.

Le dio un beso a su padre y se encerró en su dormitorio.

Cuando entraba la tarde y su hermana regresó supuestamente de la biblioteca con el rostro pálido y ojeroso, Annie sintió un presentimiento.

—Me duele horrores la cabeza. Lo siento, pero no estoy para películas. Me voy a dormir, mamá —dijo Lizzie con expresión cansada.

—No te preocupes, cariño.

Annie la vio subir a su habitación y cerrar la puerta sin hacer ruido. El aroma de las palomitas llenaba cada rincón de la casa. Su madre escogió un clásico y su padre no se quejó, rara vez lo hacía, así que se sentaron los tres en un silencio de lo más cómodo.

Pero Annie estaba inquieta. Se removía en el sofá sin parar, como una princesa molestada por un mísero guisante, hasta que su padre paró la película y le preguntó qué le pasaba.

—Lo siento, papá. Es que ya la he visto y yo... yo debería estudiar. ¿Os importa si...?

Ambos sonrieron y negaron. Al fin y al cabo, Annie les

acababa de ofrecer una oportunidad de disfrutar de una noche de intimidad, algo que, cuando eres padre, es más complicado que un billete premiado de lotería.

Annie se quitó las zapatillas en las escaleras para no hacer ruido y se acercó a la puerta del dormitorio de Lizzie. El silencio era absoluto. Llamó suavemente, pero, como no contestó, abrió con suavidad y entró. La habitación estaba a oscuras y olía a perfume de moras. Annie encendió la lamparita de la mesilla y tiró de las sábanas. Bajo ellas, solo cojines. No había rastro de su hermana.

73

Cuando era niño me encantaban las salas de espejos. Esos laberintos de los que intentar salir, llenos de obstáculos que engañan a la percepción y que te enseñan que nada es lo que parece. En los que, si te equivocas de camino, puedes darte de frente con tu reflejo. En los que, por mucho que huyas hacia el otro lado, este vuelve a aparecerse, hasta ver veinte, treinta Drakes iguales que te recuerdan que hay cosas de las que no se puede escapar. Menos aún de ti mismo.

—¿Estás bien, Drake?

Me encuentro paralizado. Doy un paso atrás y dejo a Annie ahí en medio, con el jersey aún mal puesto y el rostro oculto bajo la lana gruesa. No le contesto. No puedo. Soy incapaz de comprender por qué ella me ha devuelto sin saberlo a aquel día, dentro de ese coche, a la chica tendida en el asfalto.

Me paso las manos por el pelo, desubicado, aturdido, y ella se acerca extrañada por mi reacción.

—¿Ha sucedido algo? Háblame.

Trago saliva y la veo. Veo a la chica muerta. También a Annie patinando, siempre esperándome. ¿Y si de verdad lo hacía? ¿Y si hemos estado conectados desde el principio?

¿Y si la realidad es que vino a Leiwe Lake a buscarme para hallar un culpable por la pérdida de su hermana? Es de locos. Me estoy volviendo loco.

Noto su caricia en el brazo y me tenso. También siento calor, dulzura y afecto.

—Creo que deberíamos irnos ya. No podemos arriesgarnos a que anochezca antes de llegar a casa.

Annie asiente y sigue vistiéndose, aunque intuye que algo ha cambiado. Su expresión dolida me quema como un golpe en la espinilla con el *stick*. Me esfuerzo por relajarme, por razonar como una persona adulta, por valorar las posibilidades.

¿Y si solo es una casualidad? Tiene que haber decenas, centenares, miles de chicas en Canadá con un puto copo de nieve tatuado en la muñeca y ni siquiera sé si ella lo compartía con su hermana; tampoco cómo murió Lizzie. Necesito pensar. Necesito recuperar el equilibrio que siento que acaban de arrebatarme en un segundo.

Le sonrío con cierta frialdad según me abrocho los pantalones y ella transmite alivio.

—He dormido una mierda —le explico para justificar mi actitud.

Annie se ríe. El sonido me recuerda que no todo tiene por qué ser de color gris. Que estamos rodeados de blanco y, quizá, esa imagen solo haya sido una broma del destino. Una forma de castigarme, de recordarme los motivos por los que yo lo hacía hasta que me dejé llevar por la felicidad en Leiwe Lake.

¿Cómo podría olvidarlo? ¿Cómo podría borrar lo que hice?

—Pues debo decirte que roncas como un oso. —Le sonrío, algo más calmado, y ella da un paso hacia mí—. Así que no sé si eso será verdad.

La dejo acercarse hasta que mi aliento y el suyo se mezclan. Roza su nariz con la mía y cierro los ojos. No retiro mis palabras. No admito que estoy mintiendo. Necesito tiempo. Necesito volver a casa y comprender lo que está sucediendo, porque, de repente, tengo una sensación que me oprime el pecho. Hay algo que antes no estaba. Un presentimiento. Una señal que no veo, como si tuviera una venda sobre los ojos que no supiera cómo arrancar. Algo que no tiene sentido y que parece oculto bajo la nieve.

Siento sus labios sobre mi mejilla y me estremezco.

—Gracias por este regalo, Drake.

La abrazo y regresamos a casa. Lo hacemos entre silencios cómodos y otros que pesan. Entre conversaciones vacías y otras más trascendentes con las que escarbo lo que puedo y Annie finge que no guardan otra intención más que la de conocerla.

Ya en la entrada de la suya, me atrevo a poner palabras a eso que me persigue desde que descubrí el tatuaje en su muñeca.

—Annie, ¿puedo hacerte una pregunta?

Su mirada se enreda con la mía. La duda nos acecha, el miedo a que lo que responda abra una grieta. Asiente y le cojo la mano. Le retiro el guante con delicadeza y le acaricio la tinta impregnada para siempre en su piel. Ella tiembla cuando recorro el contorno del dibujo con el dedo.

—¿Qué significa?

Se lame los labios y no aparta los ojos de los míos. Hay humedad en ellos. Por el frío, los recuerdos, el temor a lo que nos aguarda o, tal vez, por lo tristes que son siempre las despedidas.

—Me lo hice con mi hermana. A los quince años se obsesionó con hacerse un tatuaje. Yo no quería, nunca me han gustado, pero entonces entramos en el estudio y... no sé, supe que tenía que hacerlo. Por Lizzie. Y por mí. Por las dos. Como un modo de acercarme a ella, ya que todo lo demás no funcionaba. Supuse que, aunque solo fuera un dibujo, también podía convertirse en algo que nos uniera para siempre.

Duele. Es punzante. Corta como el papel en la yema de los dedos. Escuece. Es sal en una herida abierta. Supura como lo que nunca curó.

Le dejo un beso en el tatuaje y me despido de ella con una sonrisa.

Cuando abro la puerta de casa, estoy llorando. Lágrimas silenciosas que saludan a Ruby y a mi padre y que los asustan.

—Dios mío, Drake, ¿qué ha ocurrido?

Levanto una mano para indicarles que lo dejen estar y me encierro en mi cuarto.

Me quito la ropa.

Me meto en la cama.

Y pienso en ellas.

Pienso en Lizzie y en Annie, y les pido perdón.

74

En algún momento, me quedo dormido.

La pesadilla es más nítida que nunca.

El dolor no me deja respirar.

Vuelvo al coche, a aquella madrugada, a su mano sobre el asfalto.

Deseo cogérsela, tumbarme a su lado y no despertar.

75

Hay dos maneras de afrontar la vida. Puedes ignorar la verdad, seguir hacia delante y agarrarte a lo que te haga feliz, aunque sepas que es una farsa. O puedes hacer lo contrario. Puedes mirar a la verdad a la cara, permitir que te degüelle vivo, dejar de esconder la herida.

76

Cuando abro los ojos, sigo encerrado en mi habitación y es noche cerrada.

Aunque no son horas, cojo el teléfono y marco su número. Sé que estará despierto. Sé que desde el accidente tampoco puede dormir. Es imposible que volvamos a hacerlo con normalidad. Pese a la cantidad de veces que lo llamé en el pasado, se me hace raro. Me siento otro. Otro Drake. Y, al mismo tiempo, hoy he descubierto que también sigo siendo el de entonces, porque lo que haces, lo que sientes, lo que dejas de ti por el camino también se viene contigo.

—¿Drake?

Tucker contesta al segundo tono. Su voz denota consternación y miedo, ya que ambos sabemos que lo único que nos une hoy es lo que ocurrió aquella noche.

—Hola, Tucker.

—Qué sorpresa, tío. ¿Cómo estás?

Soy incapaz de responderle. También de preguntarle cómo está él. ¿Importan acaso los formalismos cuando sabes que es impensable que para alguno de los cuatro la vida continúe como la conocíamos?

Pienso en Annie. En la marca de su muñeca. En la imagen del accidente que me persigue en forma de pesadillas. En el dolor punzante y angustioso que había conseguido dominar las últimas semanas y que, después de ver el tatuaje de Annie, ha vuelto para recordarme que está más vivo que nunca.

Recuerdo a Tucker y cómo se obsesionó con la chica. Nosotros no lo escuchábamos. Le prohibimos darnos información sobre ella, porque saber su nombre y datos personales solo hacía que la culpa creciera hasta resultar insoportable. Pero él no. Él parecía necesitar saber más, darle forma, convertirla en una persona real.

Yo hoy lo que necesito es que las piezas encajen del todo. Yo hoy necesito saber que la aparición de Annie es casualidad y no causalidad, porque lo segundo siento que me mataría.

—¿Cómo se llamaba? Necesito saber su nombre. Solo su nombre —le suplico con la voz cada vez más rota.

—Drake... ¿Por qué...? ¿Por qué ahora? —pregunta con desconcierto—. ¿Va todo bien?

Ahogo un sollozo y noto su tensión al otro lado del teléfono; su preocupación sincera, como la que sentiría un amigo por otro que sufre. Cierro los ojos y la veo. Sobre el hielo, abrazada a mí, riéndose con sus dos hoyuelos imposibles y hablándome de su hermana. Sintiendo su dolor por la pérdida como si fuera mío. Queriéndola más aún por lo que me despertaba transmitiéndome su pena.

—Tú solo dime su nombre. Era Lizzie, ¿verdad? Elizabeth, supongo. Y tenía una hermana, ¿me equivoco? Se llamaba Lizzie y tenía una hermana mayor.

Según las palabras salen de mi boca, la risa también se me escapa. Una risa un tanto siniestra que necesito soltar para no ahogarme. Porque no es posible. No es posible. No puedo ser el causante del dolor de Annie. No puedo.

—¿Lizzie? —pregunta, confuso—. No, Drake. No se llamaba Lizzie.

Por un instante, el alivio me embarga. Cálido y dulce, un torrente de esperanza que lo inunda todo. ¿Y si solo ha sido una casualidad macabra? ¿Y si la memoria me ha jugado una mala pasada y la mano que vi sobre la calzada no tenía ese dibujo, sino otro? ¿Y si esta sensación extraña que me dice que hay algo más que no he sabido ver solo es una invención mía?

Suspiro con profundidad y siento la duda de Tucker a través del aparato. Antes de que hable, lo entiendo. Es un latido fuerte que me tapona los oídos. Una pulsación que me paraliza. Un golpe que destruye lo poco que quedaba de mí en pie.

—Marianne. Marianne Hughes. Así se llamaba.

El corazón se me detiene.

Marianne.

Annie.

La chica del asfalto.

La chica del copo de nieve.

El chico que lo perdió todo

Dicen que cuando lo pierdes todo, nada te importa, porque ya no tienes nada que perder, pero eso no es cierto.

Siempre queda algo.

Siempre hay una parte de ti que lucha por sobrevivir.

Algo que puede agarrarse a lo que sea para no caer del todo.

Yo me agarré a aquella chica sin nombre.

Yo me agarré a Annie.

77

Es complicado comprender los mecanismos del dolor. Pienso en él como en una planta: puedes cortarlo las veces que quieras que, si no eliminas la raíz, aquello que lo provocó, seguirá creciendo siempre.

Ahora veo mi corazón cubierto por una enredadera salvaje que no deja sitio para nada más.

Ni siquiera me despido de Tucker. Cuelgo y dejo caer el teléfono al suelo.

Me tiemblan las manos, el sudor me empapa la espalda y tengo ganas de vomitar.

No me conozco.

No sé dónde estoy.

El pánico lo inunda todo, el miedo a haber perdido la cabeza, el control y la capacidad de percibir lo que es o no verdad.

Me meto de nuevo en la cama, aún vestido con las prendas térmicas que llevaba debajo para protegerme del frío en la montaña. Me abrazo y me doy cuenta de que estoy tiritando. Imágenes de Annie me persiguen con los ojos abiertos y cerrados.

Recuerdo cada momento. Desde el primer instante en el

que la vi. En el lago. Sola. Siempre sola. Siempre allí, daba igual la temperatura. Siempre esperándome, como si el único objetivo de sus días en Leiwe Lake fuera encontrarse conmigo. Pienso en su casa, una casa abandonada que nadie ha ocupado en años. Recuerdo el polvo que lo cubría todo, la sensación de dejadez, de olvido, como si nos hubiéramos colado en un hogar deshabitado. La falta de luz, quizá porque ni siquiera tenía electricidad. No había querido verlo, pero siempre he sabido que había algo extraño en todo lo que rodea a Annie. La falta de información, los vacíos, que no me hablara de nadie del pueblo, que nadie pareciera conocerla. Solo estaba ahí, para mí. Ni siquiera parecía tener vida más allá de las horas que pasábamos juntos.

Sin embargo, también recuerdo lo demás. Los momentos compartidos. Las conversaciones, tan reales como el miedo que siento ahora mismo, porque, si no lo fueran, yo nunca habría podido saber que Annie se llama Marianne y otros datos de su vida que apuesto que son verdad. Los besos, los abrazos, su aliento vivo en mi boca y el latido de su corazón golpeando contra mi pecho, acompasándose con el mío.

Me levanto y abro la ventana. Fuera nieva con fuerza y el frío se cuela con rapidez en la habitación, pero siento que no puedo respirar. Me llevo las manos a la boca y grito en silencio. Un grito ahogado entre mis dedos.

¿Es posible que la locura sea esto? ¿Me he roto en tantos pedazos que he acabado enamorándome de una chica que no existe? Peor aún, ¿es esto un castigo de alguna divinidad por haber sido culpable de su muerte?

Me seco el rostro, cubierto de lágrimas que no sé cuándo he empezado a derramar, y me dejo caer sobre la alfombra. Me hago un ovillo y lloro. Tiemblo. Algunos copos de nieve se cuelan por el viento y mojan el suelo, el escritorio, la cama. Deseo que lo llenen todo. Que me cubran a mí hasta congelarme. Hasta convertirme en un trozo de hielo incapaz de sentir, muerto, de corazón parado.

Al amanecer, Ruby abre la puerta después de llamar con insistencia y grita cuando me ve.

—¡Steven!

Me levantan entre los dos. Me llevan al sofá. Me cambian la ropa helada, me obligan a beber leche caliente, me agarran de las mejillas, desesperados, me hacen abrir los ojos adormilados y me preguntan: «¿Por qué?».

Me tapan con mantas, encienden la chimenea, me meten una pastilla en la boca y trago por inercia. Ruby me mece como a un niño pequeño. Mi padre llama a Doug y le dice que ninguno de los dos iremos a trabajar hasta nuevo aviso. Se colocan uno a cada lado y me sostienen. Cuando mi padre pasa el hombro por encima de mí y me tumba sobre él, rompo a llorar con desconsuelo.

Me siento un recién nacido que acaba de llegar al mundo y le horroriza lo que ve.

78

No sé el tiempo que pasa hasta que soy capaz de levantarme. Durante horas me siento dormido, anestesiado, paralizado. No hablo, no aparto la vista del fuego, no me muevo. Si me dan agua, abro la boca y la bebo. Si me piden que coma, dejo que Ruby se encargue como si fuera un niño y trago en un impulso reflejo.

Es nuevamente de noche cuando algunas piezas encajan y reacciono. No estoy loco. No sé por qué pasa lo que pasa, pero yo veo a Annie. Ella habla conmigo y me cuenta que se llama Marianne, que tiene una hermana pequeña y que estudiaba Odontología. Cosas que puedo comprobar si son ciertas. Cosas que demostrarían que, por algún motivo, ella y yo nos hemos encontrado y somos capaces de comunicarnos.

Me levanto y mi padre alza el rostro adormilado al otro lado del sofá. No se ha separado de mí desde que me han encontrado en el suelo del dormitorio.

—Drake, ¿qué sucede? ¿Adónde vas?

Lo tranquilizo con una sonrisa cansada y le señalo mi cuarto. Antes de encerrarme, me acuerdo de otra de esas señales que pasé por alto.

—¿Puedo preguntarte algo?

—Claro.

—¿Qué te pareció Annie?

—¿Annie?

Su expresión de desconcierto es una respuesta en sí misma. El corazón me retumba bajo las costillas como una bomba a punto de explotar.

—En el bosque. El primer día que cogimos el coche para practicar. Ya sabes.

La duda que siempre parece sobrevolarle cuando le hablo de Annie y que tanto me confundía hace acto de presencia y lo envuelve todo. No sé qué piensa, pero es obvio que cree que no estoy bien y que lo que sea que comparta con esa chica no es lo que en estos momentos necesito. Me doy cuenta de que los padres tienen un sexto sentido que sirve para proteger a sus crías, incluso de sí mismos.

—Yo no llegué a ver a Annie, Drake.

Sonrío.

—Es cierto. Perdona.

—Sabes que puedes contarme lo que sea, ¿verdad?

Asiento. Ahora sí lo sé. Ahora sé que no estoy solo.

—Gracias, papá. Gracias por estar.

Cierro la puerta y recupero mi teléfono móvil.

Y, entonces, busco su nombre.

No hay muchas entradas y ninguna es sobre el accidente. La familia había pedido absoluta discreción y Tucker nos dijo en su día que solo se habían filtrado sus iniciales en los medios de comunicación: M. H., nacida en Calgary y fallecida a los veintiún años víctima de un atropello cuyo conductor del coche se había dado a la fuga; el resto de la información Tucker la encontró por su cuenta, supongo que como estoy a punto de hacer yo. Pero sí hay fotos. Cuando entro en su perfil abierto de Instagram, me tiemblan las manos. Ahí está. Tan guapa como siempre. Con un peto vaquero y el pelo suelto, revuelto sobre la mitad de su rostro. Estudiando en la biblioteca con una chica de pelo rosa. Junto a un río, con un bañador amarillo con limones bordados y una diadema naranja. Abrazada a un chico que la mira con deseo. En la universidad, con una bata blanca y sujetando una dentadura falsa haciendo prácticas. Con un perro marrón que le lame la cara. En lo que parece un retrato familiar, con sus padres y su hermana. «El cumpleaños de Lizzie», leo en la descripción.

El nudo de mi garganta me aprieta hasta hacerme daño.

Me fijo en Lizzie. De entrada, no se parece en nada a Annie, pero, si las analizas al detalle, ves que hay algo que las une, una forma de mirar similar, un brillo común en los ojos.

Recuerdo a Annie hablándome de su hermana y su engaño al hacerme creer que fue ella quien falleció. Pero no. Annie solo estaba jugando con la verdad, moldeándola para que yo pensase que era ella la que estaba superando un duelo y no al contrario. Al fin y al cabo, supongo que ambas se han perdido de igual modo.

Me paso toda la noche buscándola. Memorizando sus fotografías. Asociando lo que sé de Annie con lo que exponía en las redes sociales. Asimilando que todo es real, que Francis es la chica de pelo rosa de la que ya me había hablado, que Annie estaba estudiando Odontología, que su último novio la quería mientras ella anhelaba algo más, que tenía una hermana pequeña. Reviso los perfiles de sus seres queridos y llego a nuevas imágenes, como una de Lizzie mostrando a la cámara el tatuaje de su muñeca, nueva información que me ayuda a conocerla; me empapo de sus ojos verdes, de su sonrisa perenne, de esa vitalidad que desbordaba para todo aquel que quisiera mirarla, de su encanto único.

Una chica normal.

Una chica especial.

Mi Annie.

79

Cuando salgo del dormitorio, los rostros de Ruby y mi padre se levantan al mismo tiempo. Están pálidos, ojerosos, muertos de preocupación. Me acerco muy despacio y sonrío a medias. Es una sonrisa tan triste que los ojos de Ruby se cubren de lágrimas que no esconde.

—¿Cómo estás?

Trago saliva.

—Mal.

Ellos asienten. No dicen más. Me hacen un hueco en el sofá y me envuelven con su calor.

80

Poco a poco, retomo la rutina. No veo a Annie en unos días ni ella tampoco hace por verme. Señales. Más indicios de que lo que sea que tengamos no sigue las reglas de lo que conozco. No tengo su teléfono porque no existe un teléfono. No hay un acercamiento por su parte porque Annie nunca se acerca, solo espera a que yo aparezca, como una polilla buscando la única luz que ve. O que la ve. Los límites vuelven a estar difusos.

Una tarde, ya más tranquilo, me acerco al lago y la encuentro patinando. No me mira, pero sé que me presiente, que ella sabe que he llegado. Es como si me hubiera quitado unas gafas que me impedían atisbar lo que no estaba preparado para creer.

Annie patina con gracia. Me gustaría grabarla y mandarle el vídeo a su hermana, pero dudo mucho que alguien más que yo pudiera ver algo en la pantalla. Se mueve con suavidad, da giros precisos, salta levemente y cae con una elegancia que ninguno de los dos habría creído posible cuando nos conocimos.

Lleva el gorro que le regalé.

Cuando nuestros ojos se cruzan, percibo que algo ha cambiado no solo en mí.

Me dirijo a la casa del guarda y ella me sigue. Espero al comienzo del sendero a que se quite los patines y caminamos en silencio. Me gustaría saber qué ven los demás en nosotros; tal vez a un chico solo, hablando al vacío, durmiendo bajo una aurora boreal como un ermitaño que rumia por lo bajo. Sacudo la cabeza y la miro. Es de locos. Pero es real. La he tocado. La he sentido. Está a mi lado y soy un privilegiado por poder disfrutar de ella antes de que esto acabe.

Entramos en la casa y pulso el interruptor de la luz para comprobar que, como ya intuía, no hay electricidad. Nos quitamos los abrigos y enciendo el fuego. Nos sentamos en el sofá, roído, viejo, tan abandonado como todo lo demás que nos rodea, y me sorprende haber sido capaz de ver vida aquí, cuando es obvio que todo está muerto.

Annie se humedece los labios y espera. Le agradezco que me deje medir los tiempos, que respete mis silencios.

—¿Cómo...? ¿Cómo es posible? —le expongo finalmente.

Ella sonríe con tristeza. Tiene la mirada empañada. Hay una nostalgia en sus ojos que no comprendo; quizá la antesala de lo que cree que es una despedida.

—No lo sé.

Se le rompe la voz y me contengo para no cogerle la mano. Me da miedo lo que pueda sentir ahora que sé lo que somos. Me da miedo entrelazar sus dedos y que desaparezcan, como volutas de humo que terminan por difuminarse. Me da miedo que todo esto no sea más que una consecuencia psíquica del suceso traumático que me trajo hasta aquí.

Respiro profundamente y me centro en ella. En ella respirando, sollozando en silencio, mirándome con tanta verdad que es imposible que sea un producto de mi mente enferma.

—¿Tú lo sabías? ¿Sabías que se trataba de mí, Annie?

Aparta la vista y lo siento. Siento el dolor ante la posibilidad de que esto haya sido una emboscada y no la historia de amor que yo creía estar viviendo. Noto la decepción despertando, por una vez, mía hacia otra persona y no hacia mí mismo.

Annie suspira y se atreve a mirarme, aunque su expresión culpable me asusta. Supongo que no soy el único que guardaba secretos.

—Te busqué, Drake. No sabía que eras tú ni que habías tenido algo que ver con el accidente. No, al principio. Solo que había algo, alguien, que no me dejaba marchar. Mis padres y mi hermana sí lo hicieron. Me echan de menos cada día, pero continúan viviendo. Y, sin embargo, yo seguía aquí anclada, en un vacío en el que nadie me veía porque otra persona, en algún lugar, me ataba al lado de los vivos.

Suelto el aire contenido y miro al frente, al suelo, a la nieve fina que choca contra la ventana. A cualquier sitio menos a ella.

—Eso es bueno, ¿no? Que tu familia haya sabido gestionarlo —le digo, porque no sé qué otra cosa puedo decir.

Asiente y sonríe con ternura. Ahora que pongo cara a los suyos esto es condenadamente más difícil de lo que pensaba. Imagino su duelo. Su dolor. Su supervivencia, para siempre asociada a la muerte de Annie.

—Pero seguía habiendo una atadura que no me dejaba avanzar —prosigue con la emoción moldeando cada una de sus palabras—. Estaba en tierra de nadie. Cuando alguien muere, necesita soltar los nudos que lo atan a la vida. Aunque no siempre sucede. A veces, los vivos los aprietan tanto que nos mantienen aquí, en un limbo en el que estamos solos. El proceso se queda a medias. Y, entonces, comencé a sentir una fuerza cada vez más intensa que me trajo hasta Leiwe Lake.

—Yo soy tu nudo.

Annie sonríe sin mover los labios, solo con los ojos, solo con una mirada que se posa en mí y me recuerda todos los nudos que hemos ido formando el uno con el otro más allá de ese primero.

—No sabía por qué, Drake. No te conocía. La primera vez que te vi, pensaba que debía de haber algún error, pero la muerte nunca se equivoca.

Entonces soy consciente, de un modo repentino y doloroso, de la posición de Annie. He estado incluso juzgándola por haberme escondido lo que sabía mientras ella se enamoraba de mí sin conocer que fui uno de los que provocaron su muerte. Es cruel. Es injusto. Es desolador.

—Annie, yo... Lo siento tanto...

Se me escapa un sollozo y ella se acerca a mí. Rompe la distancia que nos separa y me cubre los labios con los dedos. Su calidez me sorprende. ¿Cómo una persona puede irradiar tanta vida habiéndosela arrebatado?

—Sssh. No hables. No digas nada, Drake. No...

Intento abrazarla, pero no me deja. Algo se ha roto. Algo que no debería haber nacido jamás.

—¿Y ahora qué? —le pregunto; me siento totalmente desamparado.

—No lo sé.

—¿Hay algo que pueda hacer para que...?

«Para que te vayas. Para que dejes de sufrir. Para que descanses de una vez. Para que te alejes de mí.»

Annie traga saliva y su nerviosismo es evidente.

—No. Sí. Es que...

Esconde el rostro en sus rodillas y tiembla. Se está desmoronando. Parecía mucho más entera que yo y, de pronto, se ha hecho añicos delante de mí.

—Deseaba marcharme. Deseaba que todo acabara. Pero, entonces, te conocí, Drake.

Estiro el brazo y rozo su pelo. Ella se estremece. Sus pestañas aletean. Sus labios tiemblan.

—Pero ahora ya sabes quién soy. Ahora ya no puedes quererme, Annie.

Ella sacude la cabeza. Se seca el rostro húmedo por las primeras lágrimas y se desnuda del todo.

—Ojalá fuera tan fácil. Ojalá esto pudiera controlarse o medirse de un modo que permitiera tomar decisiones sensatas. Ojalá pudiera odiarte, Drake.

—Supongo que ya lo hago yo por los dos.

Su carcajada desentona con lo que sentimos. Ambos lloramos. El hielo sigue imperturbable al otro lado de la ventana.

—Vine buscándote y te encontré —susurra con una mano sobre el sofá que no dudo en atrapar bajo la mía—. Pero no solo lo malo, también lo bueno. Supongo que me lo merezco.

—Tú solo mereces cosas buenas, Annie. Te mereces aprender a patinar, dormir bajo una aurora boreal y publicar un relato. Que todo el mundo vea lo increíble que eres. Mereces ser feliz, y disfrutar, y enfrentarte a lo que te da miedo como tú lo haces, como el que se enfrenta a un examen y no saca menos de un ocho. Mereces que te quieran y que te cuiden.

Annie llora, pero también sonríe. Me llevo su muñeca a los labios y le dejo un beso dulce encima del copo de nieve.

—¿No es curioso?

—¿El qué?

—Que hayas sido tú el que me haya dado todo eso.

Cierro los ojos.

El dolor es insoportable.

El amor que siento por ella también.

La chica que lo tenía todo

La buscó en las redes sociales. Para bien o para mal, los jóvenes de hoy en día lo cuentan todo en ellas, dejan información poco a poco hasta resultar fácil localizarlos. No tardó en encontrar un vídeo en el perfil de una de sus amigas. Lo habían subido hacía apenas cinco minutos. En él tres chicas salían bailando de forma provocativa. La del medio era Lizzie. Su vestido se le subía demasiado, dejando sus muslos a la vista, y tenía la mirada ida. Cuando se tropezó, provocando las carcajadas de las demás, Annie supo que estaba tan borracha como para tener que sacarla de allí, aunque le dejase de hablar para siempre.

Recordó el mensaje en el que había visto información sobre la fiesta y, cuando localizó la dirección, no dudó.

Pese a que no tenía necesidad de mentir a sus padres, decidió marcharse sin avisar para no preocuparlos. Que Annie saliera de noche teniendo que estudiar sí suponía una novedad y no quería que sospecharan que Lizzie pudiera estar en problemas. Por mucho que su hermana no lo creyese, Annie sí que conocía ese sentimiento de fidelidad que existe siempre entre los hermanos. Así que para Annie sí era la primera vez. Colocó las almohadas bajo las sábanas de tal modo que pareciera su cuerpo y salió de puntillas. Bajó las escaleras y se coló en la cocina. Se puso las botas en la puerta y se escapó por la trasera.

Fue tan fácil que no lo comprendía.

Sus padres, en el salón, seguían inmersos en la magia del cine, ajenos a la ausencia de sus dos hijas.

Caminó deprisa por las calles y se subió al último autobús que llevaba al otro lado de la ciudad; coger prestado el coche familiar no era una opción. Tendrían que pedir un taxi para regresar, pero a Annie no le importaba gastarse ese dinero de sus ahorros si con eso podía llevar a su hermana a casa.

Aquellas fiestas estaban en boca de todos. Sin restricciones de edad ni de consumo de drogas, habitualmente acababan con la llegada de la policía, con detenciones y algunas sanciones por diversos delitos.

Le gustara o no a Lizzie, ese no era sitio para ella. Quizá no lo comprendería al momento, pero Annie confiaba en que, con los años, su hermana maduraría y se lo agradecería.

El autobús la dejó en una carretera desierta. A lo lejos veía las naves inmensas y oscuras, y podía distinguir el barullo de la gente que se había desplazado hasta aquel lugar medio abandonado buscando diversión. Caminó con premura, siguiendo el ruido, hasta que llegó a las primeras calles del polígono. Comenzó a ver gente, pequeños grupos de jóvenes que bebían, fumaban o charlaban en cada rincón. Chicas haciendo sus necesidades entre coches. Otras bailando descalzas bajo la mirada excitada de chicos borrachos. Si a Annie nunca le había gustado el ambiente de la noche, con aquellas imágenes se reafirmó. Apretó el paso cuando un joven le gritó una obscenidad y decidió atajar por una calleja más estrecha y sin iluminación, pero que parecía llevarla al mismo sitio según las indicaciones de su teléfono sin tener que enfrentarse a idiotas alcoholizados. Giró una esquina y, entonces, unos faros la cegaron. No pudo reaccionar. Ni siquiera fue consciente de lo que sucedía hasta que no sintió el crujido de su cráneo contra la dureza del asfalto. Hasta que no notó el sabor de la sangre inundando su boca. Hasta que no percibió que su cuerpo se ralentizaba, como un mecanismo que deja de funcionar.

Y, en su cabeza, solo una palabra.

Lizzie.

Lizzie.

Lizzie.

81

De algún modo, lo sabemos. Sabemos que estamos llegando al final. Que esta será nuestra última noche. Annie no lo dice y yo tampoco, pero no hace falta verbalizar lo que es obvio.

Hemos recorrido un camino y hemos llegado a un punto muerto. Muerto. Me río. Las palabras encierran un gran peligro.

—A veces me preguntaba qué dirían de ti —me dice con la pena en su mirada—. Si, por ejemplo, alguien se acercase al lago y te viera solo, poniendo obstáculos para enseñarme a patinar o encerrándote en la casa del guarda, ¿qué pensaría? Me daba miedo que te metieras en problemas.

—No me importa lo que piensen de mí, Annie. Nadie puede entenderlo. Nadie me creería si lo contara, pero es real. Tú eres real. Esto es real.

Nos señalo y ella se estremece. Empiezo a comprender por qué Annie me esperaba con tanto anhelo. No era una cuestión de entender el motivo de que yo no la dejara marchar, sino la satisfacción de sentirse aún viva para alguien.

Yo la hago sentir viva y ella también se agarra a eso con la fuerza de quien no quiere despedirse.

En un momento dado, Annie deja de fingir rechazo y se sienta sobre mis piernas. Me respira contra la garganta y cierro los ojos para memorizar esa sensación. Ese calor que me humedece la piel y que me recuerda que en mis brazos su corazón aún late. Solo por eso, le encuentro sentido a lo que estamos compartiendo.

—Cuéntamelo, Drake —murmura contra mi pecho—. Cuéntame lo que pasó. Necesito saber cómo fue. Necesito saber cómo llegamos a esto.

Trago saliva y esconde el rostro en mi cuello. Tiene miedo y yo también. Aunque, al mismo tiempo, sé que es lo correcto; que ella merece saberlo y que yo se lo debo.

—Era una noche cualquiera. Una más. Supongo que nadie se levanta con el presentimiento de que va a joderle la vida a alguien.

Me tenso y me cuesta seguir; las palabras, acostumbradas a nunca ser pronunciadas, se me atascan. Entonces noto los dedos de Annie haciéndome cosquillas muy suaves sobre el jersey y sé que no estoy solo. Que estoy con ella. Con la última persona que habría esperado compartir algo así, pero las cosas más especiales de la vida no siempre tienen una explicación sensata.

—Volvíamos de una fiesta que había organizado Kayla, la novia de Tucker. Compartía casa con unas amigas en un barrio residencial a las afueras. Logan conducía. Lo único bueno que puedo decir de su padre es que siempre le dejaba el Chevrolet, aunque solo fuera para que se ocupara de llevar y traer a sus hermanos pequeños. Los demás nos aprovechábamos de él, aunque nunca lo admitíamos, porque no le importaba conducir aun a riesgo de que lo multaran por hacerlo ebrio.

—Chicos malos —dice Annie con una sonrisa que podría pasar por dulce, pero que está envenenada.

—Supongo que sí. Ya te dije que no estaba orgulloso de muchas cosas, Annie. —Ella suspira y me apremia con una mirada para que continúe—. Aquella noche, en el trayecto de vuelta, vimos que el polígono estaba lleno de gente. Una fiesta ilegal, nos dijo Tucker, en un almacén de papel abandonado. Organizaban fiestas clandestinas allí habitualmente. Ya sabes, menores que entran sin documentación, alcohol y drogas por doquier... Nosotros no íbamos, preferíamos otros ambientes, pero aquella noche nos desviamos.

Los dedos de Annie ya no acarician, sino que arañan. Incluso con la lana de por medio, siento la presión de sus uñas, el roce cada vez más firme, el escozor de la primera piel levantada.

—Jugábamos con fuego. Nos sentíamos especiales, Annie. De otra pasta. Intocables. El hockey nos había colocado en un pedestal y desde allí desafiábamos límites, creyendo que nunca nos quemaríamos.

—Pero lo hicisteis.

Asiento y me duele. Me duele no solo todo lo cuestionable que hice, aunque pareciera tenue y sin importancia, sino que me duele el chico que fui. Los chicos malos no deberían protagonizar películas.

Vuelvo al relato y me tenso. Porque, de repente, soy consciente de que estoy hablando de ella. De Annie. De un *nosotros* que se había cruzado antes de tiempo sin saberlo y que no debería existir. Rememoro cada segundo, cada estímulo que me azotó con la fuerza de un tifón. Los sonidos. Los olores. Las imágenes que he repetido una y otra vez en mi cabeza y que ahora debo compartir con la persona que las protagonizó.

—Es curioso —prosigo con la voz rota—, porque en mis recuerdos noté primero el golpe y segundos más tarde el sonido del impacto en el coche. Como el rayo que precede al trueno. Fue un instante fugaz. Un segundo antes nuestra vida era perfecta y uno después había una chica tirada en el asfalto que no se movía. Una chica con un copo de nieve tatuado.

Annie alza el rostro y se encuentra con el mío. No quiero mirarla, ahora no, pero sé que lo necesita, que necesita escuchar la verdad de mis labios mirándola a los ojos.

—Todo se desmoronó. Me cuesta discernir los detalles, las palabras que dijimos, lo que hicimos, al mismo tiempo que lo revivo una y otra vez como si aún estuviera dentro del puto coche. Dudamos. Yo dudé, Annie, pero Logan...

Recuerdo su mirada en el retrovisor. Su miedo, tan vivo, tan feroz, tan instintivo como el animal que huye de su cazador dejando atrás a sus iguales. Y entonces dejo de esconderme. Dejo de buscar excusas, de justificarme, de callarme. Salgo del mutismo que mantengo desde aquella noche y digo la verdad.

—No lo frené. Pude haberlo hecho, pero no lo hice. Y él pisó el acelerador.

Annie aparta la vista. Sin embargo, aún me toca. No quita su mano de mi regazo. No se aleja dolida, ni decepcionada, ni horrorizada por la persona que soy.

—Quiero que lo entiendas bien, Annie —añado, más seguro que nunca—. Él tomó la primera decisión, pero todas las demás las tomamos cada uno de nosotros. Podríamos haber dado marcha atrás en cualquier momento, pero no lo hicimos. Nos dejamos llevar. Asumimos que no podíamos enmendar el error y decidimos vivir con lo que quedó sin romper en nuestro interior. En mi caso, quiero que sepas que no había nada.

Sus dedos suben hasta posarse en mi corazón. Los latidos son suaves, como si no se viera afectado por esto, como si aún estuviera cubierto de hielo, pero sé que no.

El deshielo ha comenzado.

—Eso no es verdad. —Annie se humedece los labios y

me mira; sus lágrimas empiezan a secarse en sus mejillas—. Sí que quedaba algo, Drake. Y lo guardaste para mí.

Apoya la frente en la mía y suspiro profundamente aliviado. Sigo llorando, lo hago como un niño que no sabe cómo parar, pero no me importa. Me siento desnudo, más vulnerable que nunca, por primera vez el Drake de verdad, el auténtico, y me alegro de que ella haya llegado a verlo.

—Lo siento, Annie.

Se estremece y la abrazo.

—¿Matarme?

Inesperadamente, me río. Ella me acompaña. El dolor se aligera por un instante.

—No ser quien creías que era. No ser la persona de la que mereces enamorarte. Haberme cruzado en tu camino.

Sus manos se cuelan por mi espalda y me agarra con fuerza. El abrazo es intenso, reconfortante, de los que sostienen lo que de forma natural caería al suelo. Le beso el pelo y aspiro su olor. Tengo el presentimiento de que, después de todas esas primeras veces que hemos compartido, ahora estamos viviendo las últimas de una historia cuyo final se acerca.

Porque esto no puede acabar bien. Tampoco podría soportarlo sabiendo lo que sé. El mundo no está preparado para esto.

—¿Quieres saber cómo es? —me pregunta con timidez.

—¿El qué?

Alza el rostro y nos miramos muy cerca. Su aliento es mío. Me pierdo en la grandeza de sus ojos. Y veo una chispa, un destello de todo eso que Annie esconde. De su valentía, su forma de enfrentarse a las cosas, su energía desbordante que nunca se apaga.

—Morirse.

La miro y asiento, efusivo, perdidamente enamorado de ella, de su coraje y su autenticidad.

—Por favor.

82

Annie me relata sus últimos días. Las últimas sensaciones que recuerda, tumbada en una cama de hospital. También me confiesa que está comenzando a olvidar, como si todo lo que sucedió lejos del lago se hubiera ido difuminando hasta hacer desaparecer algunos detalles. Dice que tiene miedo de olvidar lo importante, que incluso ha hecho una lista en su cuaderno para releerla y agarrarse a esos recuerdos.

Según habla, con voz suave y calmada, me parece más fuerte que nunca.

Es curioso, ahora es cuando pienso que más debería llorar y, en cambio, su expresión es tranquila, llena de una esperanza que no guarda lógica alguna. Como si morirse fuera solo el principio. Como si supiera que hay mucho más.

—Morirse es lo contrario al dolor, Drake —me explica—. Cuando sucedió, yo ya no sentía nada. Estaba tan medicada que el dolor había desaparecido, pero, aun así, cuando me solté del todo, cuando me dejé llevar, experimenté algo totalmente opuesto. Un vacío dulce. Una sensación tan reconfortante como no recuerdo otra.

No sé por qué, pero me viene a la mente la imagen de unas sábanas blancas colgadas al sol, mecidas por la brisa, y una de ellas desprendiéndose del agarre, dejándose llevar por el aire cálido, desapareciendo en el cielo infinito.

—No te imaginas lo que me consuela eso —le digo con el corazón en la mano.

—No significa que siempre sea así, pero en mi caso lo fue. Fue incluso bonito.

—¿Te reconciliaste con ella?

Al pensar en Lizzie, su mirada se ilumina.

—Sí, ella vino a despedirse. Lo he pensado mucho y creo que durante todos esos días que estuve en coma solo esperaba a Lizzie. Estaba esperando a que mi hermana diera un paso para poder marcharme.

—Tu asunto pendiente.

Annie me sonríe y me doy cuenta de que su expresión cada vez es más serena. También de que hemos llegado a un lugar en el que el futuro está en mis manos. El mío. El suyo.

—Ahora debo hacerme cargo del mío —murmuro. La certeza de lo que debo hacer me embarga.

Ella me mira extrañada, pero yo nunca he estado más seguro de nada.

—Drake, no...

—No me arrepiento de nada de lo que hemos compartido, Annie, pero ahora sé que no ha sido más que el camino para alcanzar un fin. Me encantaría pasar cada día de mi vida contigo, patinando, hablando, logrando objetivos absurdos, pero debo... Debo dejarte marchar, Annie. Este no es tu sitio.

Traga saliva y cierra los ojos, intentando contener lo que le duele decirme adiós.

—¿Y si no quiero que lo hagas?

Sonrío y le acaricio el mentón. Dos nuevas lágrimas me mojan los dedos.

—¿No te das cuenta de que ambos estamos estancados?

Estamos atrapados aquí, sobre el lago. Bajo el hielo, como tus peces. No voy a permitir que te ahogues conmigo, Annie. ¿No es eso el amor?

Ella busca mis labios y los aprieta contra los suyos. Hay cierta desesperación en el gesto. Un anhelo que los dos compartimos. Es jodidamente difícil renunciar a lo que sentimos. Y, a pesar de todo, lo entiende. Annie lo entiende. Porque estamos juntos en esto. Porque somos las dos partes de algo inexplicable que no puede ser eterno.

Saca la lista del bolsillo y la estira frente a mí. La nostalgia nos envuelve; voy a echar de menos incluso esta hoja de papel. Veo el bolígrafo sobre la mesa y me levanto a por él. Ella me mira sin comprender mis intenciones, pero asiente, dándome permiso para lo que sea que pretendo hacer. Le quito la lista y me siento de nuevo a su lado. Muy despacio, tacho unas palabras.

Cosas que hacer ~~antes de morir.~~

Y escribo. Mi letra no es tan bonita como la suya, aunque me gusta verla allí, en algo tan íntimo de Annie, y sé, por la sonrisa preciosa que me regala, que a ella también.

Cosas que hacer ~~antes de morir~~ *después de morir.*

Annie se ríe y me abraza. Aprieta mi mano entre la suya y la hoja se arruga. Desaparece bajo nuestros dedos y me imagino que pasa a formar parte de nosotros. Partículas que se pegan a la piel y que ambos nos llevaremos cuando salgamos de aquí.

—Gracias por devolverme a la vida, Drake —me susurra.

La beso de nuevo y sé que será la última vez. Que he llegado a un callejón en el que debo dar marcha atrás y buscar nuevas salidas. Que esto solo era un paréntesis antes de reencontrarme conmigo mismo y conseguir un perdón.

Cuando separamos los labios, sonreímos. Es una sonrisa triste. También bonita. Igual que nuestra historia.

—Adiós, Annie.

—Adiós, Drake.

83

—¿Estás seguro?

Ruby se asoma por la puerta entreabierta con cara de cachorrillo abandonado. Sujeta un pañuelo entre las manos y pienso que, si la veo llorar, podría salir corriendo. No sé si puedo gestionar más emociones. No sé si podría sobrevivir a decepcionar a Ruby.

—¿Es por nosotros? ¿Te vas porque me he inmiscuido demasiado en tu vida? ¡Oh, Drake! Es que ya te quiero. Soy así. Soy de las que se encuentran una mariquita por la calle, le ponen nombre y le construyen una casita en las plantas del salón.

Mi padre y yo le sonreímos. Ya no solo hay un tonto enamorado de Ruby en esta casa, sino dos, porque esta mujer de corazón inmenso y andares felinos se ha ganado el mío.

Termino de cerrar la maleta y observo el dormitorio vacío. Siento una punzada de nostalgia anticipada, porque voy a echar de menos este sitio. No es que tuviera muchas pertenencias, pero, de algún modo, ya lo sentía mío.

—No es por vosotros, Ruby. Es por mí. Hay algo que debo hacer. Si quiero empezar de nuevo, debo enmendar algunos errores. Debo volver atrás para poder seguir hacia delante. ¿Lo entiendes?

—¿Regresarás? —me pregunta con el rostro compungido.

—Sí. Tengo una habitación aquí. ¿Acaso esperabas montar un vestidor en cuanto me fuera?

Alzo las cejas con picardía y ella me corresponde con una de sus sonrisas.

—Tenemos planes en cuanto salgas por esa puerta, pero, tranquilo, que tu espacio es sagrado.

Suelto una carcajada y mi padre la observa atónito, aún sorprendido por los encantos de su prometida.

—Además, hay una boda pendiente, ¿no?

Se miran con adoración y asienten. Ninguno obviamos que acabo de sellar una promesa. Que, pase lo que pase en Calgary, siempre tendré un lugar al que volver no solo cuando las cosas vayan mal, sino cada vez que quiera.

Meto el equipaje en el coche y me despido de Ruby. Me abraza como si le costara soltarme y yo también me agarro a ella, porque, sin pretenderlo, he encontrado aquí a una amiga, una aliada, incluso una segunda madre.

Me sujeta por las mejillas con fuerza y me clava la mirada con una determinación imposible de ignorar.

—Vuelve. Arregla lo que tengas que arreglar, encuentra los pedazos que dejaste allí y vuelve.

Asiento y me monto en el coche. Papá arranca el motor y la música rompe el silencio. Él tararea y marca el ritmo dando golpes en el volante. Por la ventanilla, veo el lago por última vez. Dibujo un copo de nieve en el vaho del cristal antes de borrarlo.

84

Volver a pisar las calles de mi ciudad no es fácil. Calgary siempre había sido para mí un entorno seguro, pero ahora lo siento extraño, como si estuviera atravesando un terreno hostil.

Tal vez solo eche de menos Leiwe Lake.

Mamá se alegra profundamente de mi vuelta. En cuanto la veo aparecer en el aeropuerto para recogerme, su imagen me impresiona. Han pasado apenas unos meses, pero la veo mayor. Supongo que sucede lo mismo que con los niños, que crecen en cuanto cerramos los ojos, aunque la mayoría de las veces con los adultos estamos más centrados en nosotros y lo pasamos por alto. Me abraza y llora bajito, disimulando para no incomodarme; yo me agarro a ella como si tuviera miedo de naufragar en un mar desconocido. Me pregunta por papá, por Ruby, por Annie. Le digo que lo nuestro no pudo ser y se muestra decepcionada, pero no me molesta; yo también estaría decepcionado si ella perdiera a alguien como Annie.

Comemos en nuestra hamburguesería favorita y, entre comentarios triviales, sonrisas cómplices y patatas fritas, la pregunta no tarda en llegar.

—¿Cómo estás?

Mastico con calma y trago bajo su atenta mirada. No es una pregunta difícil y, aun así, cuesta; cuesta confesarle que sigo en el mismo punto en el que me fui. Cansado. Jodido. Pero, si reflexiono sobre ello, eso no es cierto. Hay mucho más. Y, lo más importante, hoy hay esperanza. Una dirigida a Annie, a poder ayudarla, aunque sea lo único desinteresado que vaya a hacer en toda mi vida.

—Mal. Me fui porque hice algo horrible, mamá. Algo que merecerías saber, pero que no te cuento porque soy lo suficientemente egoísta para no querer perderte. Por eso me marché a Leiwe Lake. Por eso hui de mi vida, porque no la merecía. Pero ahora sé lo que tengo que hacer. No puedo viajar al pasado y cambiarlo, aunque aún hay una cosa que me abriría las puertas al hombre al que aspiro ser.

Mamá me observa con una expresión cauta que nunca me había dirigido. Creo que, por primera vez, ve ante ella a un adulto, a un ser independiente que ya no la necesita y que es capaz de tomar sus propias decisiones, pese a que no le gusten.

—Pues hazlo, Drake. Hazlo y sé la persona en la que siempre confié.

Volvemos a casa y mamá se marcha a tomar café con unas amigas, una excusa como cualquier otra para dejarme espacio y retomar mis rutinas. Me doy una ducha y decido deshacer el equipaje. Cuando abro la maleta, encuentro un trozo de lana familiar entre mis prendas. Es el gorro que le regalé a Annie y no tengo ni idea de cómo ha llegado hasta aquí, pero tampoco importa. He aprendido que no todo debe tener una explicación lógica, que las cosas, a veces, simplemente son. Como Annie y yo.

Al día siguiente, cojo los patines y voy a una pista al otro lado de la ciudad donde sé que es poco probable que alguien me conozca. Patino hasta estar exhausto y, cuando me avisan de que quedan diez minutos para el cierre, freno y me despido por segunda vez del hielo. Aunque espero que esto no sea un «adiós», sino un «hasta pronto».

Salgo de la pista y tomo un autobús que me lleva a una dirección. No ha sido difícil encontrarla. Camino hasta la puerta y observo la casa. Es bonita, una edificación familiar dentro de una manzana de casas idénticas. Se ve luz a través de los ventanales del salón. Distingo dos siluetas frente al televisor. Una tercera está sentada en la ventana de la cocina y mira al cielo. Enseguida la reconozco de las fotografías. Es guapa, no tanto como Annie, pero tiene ese halo encantador que comparte con su hermana. Pelo oscuro recogido en un moño, ojos marrones y expresión de desafío. Parece perdida. Me gustaría decirle que no sufra, que Annie está bien, que la echa de menos y que piensa en ella todo el tiempo, pero solo dejo el gorro en la puerta trasera, llamo con los nudillos y me escondo en el jardín de al lado. Cuando Lizzie sale, mira a su alrededor con desconfianza, hasta que ve el gorro en el suelo y lo coge, extrañada. No tarda en distinguir el nombre de su hermana bordado y sus manos tiemblan. Se le llenan los ojos de lágrimas y se lleva la prenda a la nariz. Aspira su olor y yo también siento que todo huele a violetas.

A la mañana siguiente, me levanto pronto, desayuno con mamá y hablamos de la tía Maeve, cuya reforma parece que llega a su fin. Recojo la mesa, me aseo, recupero algo de ropa de mi armario y mando emoticonos graciosos a Ruby para que sepa que estoy bien. Todo parece normal y, sin embargo, sé que hay algo distinto en el ambiente. Hoy es un día distinto.

Me planteo cómo hacerlo. Qué pasos dar. Si ser sincero del todo o solo contar mi verdad, que no tiene por qué coincidir con la de Tucker, Caleb y Logan. Finalmente, reparo en que la decisión es solo mía. Que esta es mi vida y la suya es suya. No voy a repetir errores. No somos un equipo. Quizá nunca lo fuimos. No somos nada.

Grabo una nota de voz y la guardo en el teléfono. Salgo de casa y camino. Es un día frío, de viento intenso y cielo cubierto. Calgary parece somnoliento, pero solo sobrevive bajo la fuerza del hielo. Únicamente cuando llego a la puerta de la comisaría de policía, saco el móvil del bolsillo y envío la grabación a las tres partes de un puzle que hoy yo dejo incompleto.

—Voy a confesar. Voy a contarlo todo. No comprendo cómo no lo hemos hecho antes, por qué ninguno ha dado el paso en meses, pero... voy a confesar. Estoy en mi derecho. Esta también es mi historia y no quiero que acabe así. Ella no lo merece. Os deseo una vida a la altura de quienes lleguéis a ser.

Me meto el teléfono en el bolsillo, cojo aire y abro la puerta. Antes de entrar, pienso en Annie una última vez y miro al cielo. La nieve cae en copos bien formados que lo cubren todo. Estiro la mano y uno se posa sobre el guante. En algún lugar, siento la sonrisa de Annie y sus labios dibujan un «gracias».

Tercera parte

Nunca se deberían desaprovechar las segundas oportunidades.

Extraído del cuaderno de Annie

La chica que lo ~~tenía~~ perdió todo

No veía. Sabía que no estaba sola, nunca lo estaba, pero, por mucho que se esforzaba por abrir los ojos, no podía. Sí escuchaba. Constantemente le hablaban, tanto voces conocidas como otras que no lo eran y que se convirtieron en familiares con el paso de los días. No dolía. Sabía que lo había hecho antes, que el dolor lo había inundado todo, un veneno rápido que había llegado a cada rincón de su cuerpo para hacerlo suyo, pero enseguida había sido adormilado por los sedantes. Sí sentía. Sentía la cabeza de su madre sobre su regazo, el calor de sus lágrimas traspasando las sábanas, los susurros desconsolados de su padre pidiendo que hicieran algo, la respiración de su hermana, siempre callada, siempre esperando.

De vez en cuando, todo se volvía negro y creía que era el final, aunque luego encontraba el camino de vuelta. Iba y venía. Se agarraba a la vida, pese a que no tuviera fuerzas para hacerlo. Luchaba como podía, respirando, recordando, imaginándose a sí misma abriendo los ojos, moviendo las manos, despertando.

Pero nunca sucedía.

Y comenzaba a pesarle la vida.

¿Acaso eso podía considerarse vida?

Hasta que llegó el día. Uno más. Uno que empezó igual que los anteriores, con las enfermeras limpiando su cuerpo inerte, con su padre entrando en la habitación con una energía fingida que hacía que la tristeza del ambiente pasase desapercibida.

—¡Buenos días, pequeña filósofa! Hace una mañana espléndida. Si pudieras salir, perderías el tiempo con la mirada vuelta al sol.

Su madre no tardó en llegar, aunque con ella la luz del día primaveral se apagó un poco.

—¿Qué tal la noche? ¿Alguna novedad? —Annie notó el peso y el calor de su mano en la frente, retirándole el pelo con esa delicadeza que solo tienen las madres; se sentía una muñeca de porcelana—. Está más delgada. ¿Ha pasado ya el doctor? Me gustaría hablar con él sobre la última exploración neurológica.

Si Annie hubiera estado consciente, habría puesto los ojos en blanco. Desde que había llegado al hospital, su madre parecía estar siempre a la defensiva, siempre peleando con el equipo médico, siempre esforzándose en una lucha en la que poco podía hacer salvo rezar por que se produjera un milagro. Annie creía que era pura supervivencia; esperar para su madre tenía que ser algo parecido a rendirse a lo inevitable.

Su padre se mostraba empático, colaborador y risueño; su madre, práctica y resolutiva. Y luego estaba Lizzie.

Aquella tarde, la sintió entrar. Aunque apenas hacía ruido, el sonido de sus pasos le resultaba inconfundible. La silla crujió cuando se sentó al lado de su cama. Su respiración lenta le llegaba a Annie como un silbido.

Aún no había oído su voz. Desde que la ambulancia la trasladó con la vida pendiendo de un hilo, Annie no había oído hablar a su hermana. Sabía que estaba, que acompañaba a sus padres cada día y pasaba algún rato a solas con ella en la habitación, pero su silencio era una constante, lo único que Lizzie parecía ser capaz de compartir con ella.

Annie se preguntaba si su enfado habría acabado con lo que las unía.

Si nunca más volvería a dirigirle la palabra.

Se odiaba por no poder pedirle perdón, por haber sido tan insistente, tan protectora, y no haber confiado en sus decisiones. Al fin y al cabo, eso era lo que había acabado con ella en una cama de hospital.

Annie se dio cuenta de que nunca se perdonaría si moría sin que Lizzie se despidiera de ella.

Entonces, percibió que algo cambiaba en la respiración de su hermana. Una agitación llenó la habitación, pequeños hipidos que rompían la quietud que siempre rodea a un enfermo en coma.

Lizzie estaba llorando.

—Annie, yo...

Se esforzó por mover los dedos, por alzar la mano y coger la suya, por consolarla. No recordaba a Lizzie llorando por nada que no fuera no poder ir a un concierto, perder su sortija favorita o por el despecho de un amor no correspondido. Pero allí, aquella tarde, estaba llorando por ella. Su emoción desbordada llegaba a Annie y le decía que estaba formada de culpa, amor, perdón y dolor.

—Lo siento mucho. No debí haberme escapado. No tenía que haber ido a esa maldita fiesta, pero yo... ¡Oh, Annie!

Lizzie se rompió y se apoyó sobre su hermana. Las lágrimas mojaron su mano inerte y Annie sintió que algo en su interior se desplegaba, igual que una mariposa batiendo por primera vez las alas.

—No sé cómo hacerlo. No sé cómo vivir sin ti. No sé

cómo voy a poder seguir sin que sepas que nunca te he odiado, aunque a veces te lo demostrara.

Annie sonrió, pese a que nadie podía saberlo. Sus labios no se movieron, la expresión de su rostro no cambió ni un ápice, pero Annie estaba sonriendo ampliamente, aliviada, feliz de saber que lo que había hecho por su hermana tenía sentido; que lo volvería a hacer mil veces si sobrevivía a aquello.

—Te echo de menos, Annie. Echo de menos tus malditos consejos, tus miradas condescendientes y tu actitud insoportablemente responsable.

La carcajada resonó en la cabeza de Annie. Así era Lizzie. Era única y perfectamente imperfecta. Era su hermana pequeña.

—Solo espero que estés bien, donde quiera que estés ahora mismo, pero que estés bien, Annie.

Le cogió la mano y le dejó un beso. Annie se recreó en la bonita sensación, una nueva, porque ellas nunca se besaban. El afecto parecía estar prohibido y no entendía por qué ni en qué momento se había convertido en un muro insalvable entre ambas.

Y Annie se sintió bien. Estaba bien. De hecho, con los dedos de Lizzie aún agarrando los suyos y su mejilla sobre su brazo, se sentía mejor que nunca. Una calma desconocida la embargó. Una certeza que hasta entonces no había creído posible que sintiera. Y lo supo. Comprendió que, en ocasiones, puedes seguir intentándolo, a sabiendas de que cada fracaso será más duro que el anterior, o puedes resignarte. Y Annie ya había aprendido que renunciar no siempre era algo malo. También te permite buscar otras opciones y nunca sabes qué puedes encontrarte.

Si el cerebro de Annie aún hubiera podido mandar órdenes a su cuerpo, sus labios se habrían curvado, habría acariciado a su hermana y le habría dicho que la perdonaba. También que la quería. Pero, como no podía, solo disfrutó de la sensación de tenerla cerca, de sentirla a su lado, de que la acompañase en su despedida. No se podía haber imaginado una más dulce.

Annie suspiró una última vez y se dejó ir.

La chica que lo tenía todo, finalmente, lo perdió.

O eso creía.

El cuaderno de Annie

Yo no debería estar aquí. El hielo me da miedo. Y hace frío. Y no conozco Leiwe Lake. Pero lo estoy. Por algún motivo lo estoy. Ahora solo debo descubrir por qué.

He encontrado esta casa en el bosque y la he hecho mía. Ella también parece muerta. Cubierta de polvo y olvidada. Tiene vajilla, sábanas, libros. ¿Quién puede abandonar libros? Es una locura.

Paso aquí la mayor parte del tiempo —leyendo, pensando, preguntándome por qué sigo anclada en un limbo sin explicación y, ahora, además, escribiendo en este cuaderno que dormía al fondo de un cajón—, mientras espero una señal.

¿Quién me ha traído hasta aquí? ¿Quizá sea el motivo por el que aún no me puedo marchar?

Esperar se me da bien. Puedo hacerlo. Aunque me da miedo lo que me pueda encontrar.

Quien se marchó sin mirar atrás también dejó unos patines. Son bonitos y parecen de buena calidad, aunque están tan sucios por estar a la intemperie que nadie habría apostado por que aún puedan servir.

Los miro durante horas. Me recuerdan todo lo que no conseguí. Lo que ya no podré lograr. ¿O quizá sí? Tal vez esta sea una nueva oportunidad para alcanzar algunos objetivos. ¿Y si es por eso por lo que estoy en un lago? ¿Y si lo que me ata a este mundo es la estúpida lista de papá?

Por las noches, leo la lista. Siempre ha estado en mi bolsillo, antes y ahora, acompañándome como un asunto pendiente, aguardando a que yo actúe. No parece gran cosa y nunca confié en que tacharía sus líneas. Algunos objetivos los logré sin gran esfuerzo, pero me arrepiento de ni siquiera haber intentado otros.

¿Por qué damos objetivos por perdidos antes de tiempo?

¿Por qué no abordamos con más ahínco los sueños?

Releo aquellos retos y recuerdo a mamá, a papá y a Lizzie. Sobre todo, me acuerdo de Lizzie. Su obsesión por completar la lista, como si papá le hubiera lanzado un desafío personal. Una prueba de fuego. También recuerdo mi tendencia a infravalorar sus logros, por muy estúpidos que me parecieran.

«Déjate de tonterías y estudia, Lizzie. Eso sí que te garantizará un futuro», le decía.

Futuro que yo ahora no tengo.

Me pregunto si pensará en mí tanto como lo hago yo en ella.

Siento que esa lista se ha convertido en un amuleto. La toco cuando tengo miedo. Cuando me siento sola. Cuando las emociones me desbordan. Cuando me odio por no haberme esforzado más. Al final, ¿vivir no consiste en eso? Si es así, ¿qué fue lo que hice yo antes de acabar aquí?

Es imposible que esté atrapada por la lista de papá. Tiene que haber algo más. Aun así, he decidido darle —darme— una oportunidad. Nunca habría creído que tendría una después de que todo acabara, pero aquí estoy, en un pequeño pueblo de Yellowknife, junto a un lago helado, en una casa en cuya trasera había unos patines que parecían estar esperándome.

Los he limpiado. Su color blanco ahora tiene un tono envejecido que les da un aire retro. Imagino que en una tienda *vintage* valdrían una pequeña fortuna y, solo por eso, me los he probado. Siempre he sentido fascinación por las joyas que pasan desapercibidas, esas cosas que muchos dejan atrás y que poseen un valor incalculable.

Cuando me los he puesto, he sentido algo inesperado. Me he sentido fuerte. Me he sentido capaz. Me vienen un poco grandes, pero puedo usarlos.

Solo tengo que atreverme.

La primera vez que he pisado el hielo he sentido pánico. Me he echado a temblar ante su dureza y sus colores únicos.

Nunca aprendí a patinar. De pequeña, mamá nos llevaba a menudo a las pistas acondicionadas, pero yo prefería esperarla en la cafetería con una taza de chocolate caliente mientras ella enseñaba a Lizzie. Porque, aunque allí el hielo no podía abrirse en dos, yo lo sentía vivo. Vigilante. Un ente del que desconfiar.

Por eso, cuando hoy me he puesto los patines y he dado

dos pasos sobre la superficie helada, he sentido que me ahogaba.

Pero, por primera vez, no por esa intensidad ni esa fuerza que siempre me transmite, sino por ser consciente de que el hielo está vivo y yo no.

Yo ya no.

Morirse no duele. Duele que te apuñalen, que una enfermedad te coma por dentro, que te atropelle un coche. Pero morir, que el corazón deje de latir, no duele. Solo sucede.

Hoy he vuelto al lago. Hay algo que me lleva allí. Aún no sé qué o quién es, pero cada vez estoy más segura de que, si he llegado a este lugar, es porque alguien más me busca.

Papá, mamá y Lizzie sobreviven, pese a que el hueco que he dejado persiste latente. Es duro. Los primeros días los observaba desde los ventanales del jardín delantero. Ellos no me veían. Nadie lo hace. Lloraban, se enfadaban, sufrían, pero la vida seguía y los arrastraba.

Cuando un ser querido muere, los demás continúan teniendo que abrir los ojos cada mañana, levantarse, alimentar su cuerpo, llenar la nevera, pagar las facturas, cuidar a los que aún siguen respirando, celebrar cumpleaños y Navidades.

Así que los míos también lo hicieron. Empiezo a pensar que quizá todas esas cosas, en realidad, no sean tan necesarias, solo un modo de que la pérdida pese menos entre la inercia diaria. Una especie de mecanismo adaptativo para no morirte también, aunque sea en vida.

Un día, sin embargo, dejé de verlos. Poco a poco se difuminaron, los envolvió una niebla cálida y todo terminó. Entonces comprendí que, por fin, me dejaban marchar.

Pese a ello, yo continúo aquí.

¿Cuántos hilos nos unen a cuántas personas?

¿Cómo influimos en la vida de los demás sin saberlo?

¿Por qué mi muerte ha podido importarle a alguien que vive a mil ochocientos kilómetros de mi hogar?

En cuanto lo he visto, he sabido que era él. Hay algo en su expresión que me resulta vagamente familiar, aunque eso no sea posible. No lo conozco. No lo he visto en mi vida y, por extraño que pueda parecer, sé que estoy aquí por el chico que dice no patinar muy bien.

Noto un hilo apretándome fuerte, enredándose en mí y tirando para acercarme a él.

No sé quién es. No sé por qué me ata a este mundo, pero, cuando me ha mirado por primera vez, he sentido que no estoy sola, que estamos juntos en esto.

Además, desde que mi corazón se paró, él es el único que ha podido verme.

Lo espero cada día. Estoy nerviosa. Cuando se aproxima al bosque, lo percibo, como si hubiera desarrollado la capacidad de sentirlo. Sin embargo, no siempre se acerca. La mayoría de los días desaparece. Y me quedo sola en el lago, inquieta y vulnerable. Expectante a que algo cambie.

Aprovecho que el chico no está para intentar patinar. Aún me da miedo, aunque no tenga sentido. Si el hielo se abriera y me tragase, no pasaría nada, porque ya estoy muerta. Incluso así, las emociones siguen vivas. Lo compruebo una y otra vez, cuando me deslizo sobre las cuchillas y contengo el aliento. Cuando se me sube el corazón a la garganta y el estómago se me pone del revés. Siento el frío, el calor, el dolor si pierdo el equilibrio y las cosquillas de los mechones que se escapan bajo el gorro en las mejillas. Lo siento todo. Del mismo modo que sentí que algo dentro de mí aleteaba de forma salvaje cuando el chico triste me miró por primera vez.

Ha vuelto. Él ha regresado y he sentido alivio. Se ha sentado a mi lado y me ha regalado un consejo. No creo haber llegado hasta aquí para que un desconocido me enseñe a patinar, pero me dejo llevar por esta situación inexplicable y me esfuerzo.

He descubierto que hay algo mágico en deslizarse por el lago. Siento que floto, que soy más ligera, y la satisfacción de creer que podría lograrlo me empuja a intentarlo.

Por otra parte, él también tiene una relación particular con el hielo. Es tóxica. Le hace daño. Aunque no me lo cuenta. Tampoco hace falta para saberlo.

No obstante, las preguntas se me amontonan, porque presiento que aquí hay mucho más que unos patines y una lista pendiente de cosas por realizar. También hay un chico de ojos almendrados y mirada triste. Un chico que me provoca desconfianza a la vez que una curiosidad insana. Un chico al que deseo preguntarle millones de cosas y al que, al mismo tiempo, intuyo que sería mejor tener lejos, porque es posible que también tenga respuestas que no me gusten.

¿Por qué él puede verme? ¿Por qué me siento tan inquieta? ¿Por qué me cuesta tanto apartarme del lago? ¿Por qué no dejo de pensar en él? ¿Por qué hay algo que me empuja a encontrarnos de nuevo y a mirarnos a los ojos una y otra vez, una y otra vez, una y otra vez?

Drake. Se llama Drake.

Hoy Drake me ha preguntado qué talentos tengo. Puede parecer una pregunta sencilla, pero me he dado cuenta de que no lo es.

Me he acordado de la Annie que se apuntó a clases de canto a los doce años, la misma que tuvo que asumir que no tenía buena voz. Y de la Annie que se empeñó en tejer una manta para mamá por su cumpleaños y que acabó regalándole un perfume. La Annie que no ganó el único concurso de relatos al que se presentó en la escuela.

Pero, por primera vez, Drake me ha hecho reflexionar sobre lo que también soy. Era. Soy. Me resulta confuso. La Annie a la que los compañeros siempre elegían para escribir los discursos de fin de curso, igual que hacían papá y mamá con las tarjetas de felicitaciones o las de condolencias. La Annie capaz de imaginarse historias con las que hacer reír a carcajadas a los niños de los vecinos cuando los cuidaba. La Annie que hacía pastel de calabaza en otoño para todos y convertía las hojas secas en cuadros que enmarcar.

La Annie que no puede dejar de pensar en que aún tiene tiempo de tachar algo más de la lista.

Nunca se deberían desaprovechar las segundas oportunidades.

Drake tiene un incisivo lateral superior un poco montado sobre el central. Sus dientes son uniformes, de un blanco limpio. Los labios son gruesos, el inferior levemente más grande que el superior.

He intentado fijarme en él de un modo profesional, como si estuviera ante un examen y tuviera que comprender los detalles que lo conforman. He mirado su pelo, sus ojos, su nariz, su boca. Sus gestos, su forma de caminar. He escuchado su voz.

Lo he analizado todo, buscando señales, respuestas a esa pregunta que me acecha y que sigue siendo una incógnita.

Sin embargo, solo puedo pensar en que Drake tiene una sonrisa bonita.

Tiene una sonrisa muy bonita.

Continúo sin saber por qué Drake me ha traído aquí.

Sé que hay algo que le reconcome, que le duele, pero también que es bueno. Es atento y amable, aunque se exprese de una forma un tanto hosca y punzante. Me trata con una suavidad encubierta que no entiendo y de la que él no parece consciente, pero que ahí está. Admira mi voluntad y la respeta. También respeta mis tiempos, mis silencios, mi dolor cuando, de forma inevitable, lo que sucedió vuelve a mí y humedece mis ojos.

Me gustaría contarle que es el único que me ve. Que estoy muerta. Que esto no tiene sentido. Pero me da miedo estropearlo. Quizá porque hacía demasiado tiempo que no me sentía tan viva. Porque, cuando estoy con él, es como si nada hubiera sucedido. Solo somos un chico y una chica pasando el rato.

A veces, incluso noto que flirtea conmigo, por muy peligroso que eso sea.

Soy demasiado joven como para no disfrutarlo.

Hoy le he hablado de Lizzie. Sé que ha creído que es ella la que murió y no le he sacado de su error, pero ¿acaso eso importa? Hubiera muerto una o la otra, en ambos casos nos habríamos perdido.

Me pregunto a menudo qué opinaría ella de Drake si llegara a conocerlo. Seguramente, su atractivo la llevaría a ser impulsiva y a olvidarlo después con la misma rapidez. No obstante, no vería nada más. No vería las heridas. No vería lo que le hace ser quien es. No vería al chico que ama y teme el hielo con la misma intensidad.

¿Quizá porque es una metáfora de sí mismo?

La capacidad de los animales para aferrarse a la vida es extraordinaria.

Hoy Drake me ha enseñado que los peces del lago pueden vivir bajo el hielo. Ajenos al frío. Ajenos a lo que fuera puede suponer la muerte para otros.

Por un instante, nos he visto a ambos del mismo modo. Dos peces encerrados en el hielo. Ajenos a todo. En una realidad paralela en la que yo todavía estoy viva y él no sufre cada vez que respira.

Aún puedo sentir su mano cogiendo la mía.

¡Lo he conseguido! He patinado y no me da miedo. Me he deslizado por el hielo y he sentido algo nuevo, algo reconfortante y tan vivo que me aferro a esa sensación en cuanto puedo.

Ver orgullo en los ojos de Drake me ha emocionado.

Compartir esto con él lo hace aún más bonito.

Después me he tumbado en el hielo. Es algo que siempre había querido hacer y no había podido. He sentido su frío, su dureza, su olor a invierno. He mirado el cielo y he sonreído.

Durante unos segundos, el dolor ha desaparecido y ha sido casi perfecto.

Ojalá Drake hubiese aceptado mi invitación y se hubiera tumbado a mi lado.

Entonces lo habría sido. Habría sido un instante perfecto.

En cuanto vi a Drake, lo supe. Supe que no estaba bien. Que había algo dentro de él retorciéndose y haciéndole daño.

Hoy me ha confesado que está enfadado, que se siente culpable, que se odia.

Yo me he equivocado muchas veces y me he arrepentido de cosas, pero nunca he llegado a odiarme. Debe de ser horrible vivir con ese sentimiento. Su expresión, la neblina de sus ojos, sus sonrisas a medias, todo eso ha cobrado un sentido nuevo.

Lo que me lleva a preguntarme: ¿qué puede hacer una persona para odiarse tanto? ¿Qué error puede cometer alguien como para castigarse prohibiéndose lo que más feliz le hace? ¿Y si el motivo de que yo esté aquí tiene que ver con eso?

¿Y si son los demonios de Drake los que nos atan a ambos al hielo?

Drake vivía en Calgary.

Drake cometió un error.

Drake se castiga por las consecuencias.

Tengo miedo.

Miedo de saber la verdad.

Miedo de lo que siento.

Tengo miedo.

Hay un momento en la vida en el que debes decidir si seguir hacia delante o frenar, dar la vuelta y regresar al punto de origen.

Me he pasado toda la noche preguntándome por qué tengo la certeza de que Drake tuvo algo que ver con lo que sucedió.

Recuerdo el momento. El golpe. El dolor.

Los ojos entreabiertos sobre el asfalto. El sabor de la sangre en la boca. El pánico cuando fui consciente de que era incapaz de moverme.

Me imaginaba mi cuerpo como una figura de cristal rota en mil pedazos. Por mucho que barras buscándolos todos, siempre quedará alguno perdido, debajo del sofá, en algún rincón del salón. Supe al instante que sería imposible recomponerme, salvarme.

Y cerré los ojos, rindiéndome a lo inevitable.

Los siguientes días fueron una sucesión de sueños extraños. Oía voces. Médicos, enfermeras. Mamá lloraba sin cesar, papá apenas hablaba. Lizzie no hacía ruido, pero sabía que también estaba en aquella habitación; podía sentir su rabia. Una rabia contenida que acabaría convirtiéndose en herida. Ella también sentía culpa. Se sentía responsable de lo sucedido porque yo había ido a buscarla. Pero la culpa no era suya. Era de quien había huido después de atropellarme.

De Drake.

Del mismo chico que busco cada día, quizá ya no por las razones que debería.

He decidido seguir. He decidido conocer a Drake. He decidido que, si estoy aquí, tiene que ser porque hay un motivo que nos acerca. He decidido dejarme llevar, porque, quizá, esta sea la última oportunidad que tenga de sentirme viva.

La primera vez que un chico me tocó, sentí un escalofrío. Estábamos en un baile escolar y me agarró con torpeza por la cintura.

La primera vez que un chico me acarició bajo la camisa, sentí deseo, un ardor desconocido que supe que podría llegar a ser adictivo.

Drake ya me había tocado antes. Me había cogido la mano, su brazo había chocado con el mío, pero hoy, cuando me ha acariciado la cara con el dedo, he experimentado algo muy distinto.

Existen algunas flores que solo se abren una vez en la vida.

Hoy, cuando Drake me ha relajado el ceño fruncido, he sentido que salía el sol.

También me he preguntado cómo sería tocarlo a él, dibujar su sonrisa con las yemas, recorrer las arrugas que sus emociones van pincelando sobre su piel.

Las piezas van encajando en mi cabeza. Me gustaría que no fuera así, que la verdad fuese otra, pero hay algo invisible que me apunta a esa realidad.

Drake podría ser un chico que me vio morir. No vislumbró mi rostro, pero sí mi cuerpo herido, la sangre en el asfalto, la muerte como algo tangible y cercano por primera vez. Un chico incapaz de olvidar lo que presenció, obsesionado con esa imagen y la razón de no poder marcharme. También podría tener un don y desconocerlo, una de esas capacidades de ver a los que ya no están.

Sin embargo, lo sé, ahora lo sé, lo que nos une a Drake y a mí es algo más oscuro y complejo.

Lo que me pregunto es: ¿puede haber belleza en el dolor? ¿Podemos encontrar algo que merezca la pena, si lo que nos une es lo que nos destrozó?

Hoy Drake me ha hecho preguntas. No directamente, solo las ha lanzado como el que lanza piedras al mar para ver lo lejos que puede llegar. Les ha hablado de mí a sus conocidos y he sentido miedo. Miedo a que descubra la verdad y huya. Miedo a que sepa quién soy y todo acabe. Miedo a que lo que sea que compartimos conforme la antesala de un final que, aunque antes buscaba, ahora ya no tengo claro que anhele.

He vivido veintiún años y nunca me había sentido tan viva como aquí, en este lago y junto al chico que me dejó morir.

Pienso en Drake más de lo que debería.

Si me toca, me hormiguea la piel.

Si me mira con demasiada fijeza, el frío desaparece.

Si no llega, lo espero con impaciencia, sintiéndome una tonta.

Debería odiarlo. Debería preguntarle qué fue lo que pasó. Qué fue lo que hizo. Estoy atada a él de un modo que no me permite avanzar. Pero, en el fondo, quiero creer que hay una explicación posible para eso y que algún día la compartirá conmigo. Quiero creer en él. Necesito creer en la persona que es cuando está conmigo.

Además, últimamente me asola la sensación de no querer marcharme.

Existen situaciones solo válidas en ese limbo en el que nada es real.

Fantasear con Drake es una cosa, pero que entre nosotros nazca algo es otra muy diferente.

Debo recordarme a menudo que Drake no es quien parece. Que hizo algo malo, algo que me ata a él de un modo que no comprendo, algo que lo mantiene en ese estado triste, apático, en el que se autocastiga y vivir parece un pecado.

Pero me gusta. Drake me gusta y yo le gusto a él. Me hace sentir viva; me recuerda quién soy, cuando comienzo a olvidarlo; me ve, cuando nadie más puede hacerlo. A su lado, aún existo, y es imposible mantenerme lejos de eso.

Pese a ello, que hoy me haya besado lo cambia todo.

Todavía siento sus labios en la mejilla, muy cerca de la boca. Su aliento cálido sobre la piel. Se me eriza el cuerpo al recordarlo. Un estremecimiento me recorre, una corriente eléctrica que me sacude de la cabeza a los pies. Y el corazón late. Late, sí, aunque esté muerta.

¿Cómo voy a negarme esa sensación?

Sin embargo, también siento ira. Amarga e intensa. Me enfada pensar que pueda tener la culpa de que yo esté aquí, atrapada en esta casa abandonada, abandonada yo a mi suerte en un punto medio en el que mi vida ya no existe pero tampoco alcanzo la luz.

Aun así, sentirlo ha sido algo único. Algo que, más allá de que me recuerde lo que es estar viva, no había compartido nunca con nadie.

¿Acaso es posible amar a quien te lo arrebató todo?

¿Puede el amor ser la salvación de dos almas a la deriva?

Llevo días sin verlo. Lo echo de menos, pero tengo miedo. Miedo de mis sentimientos, miedo de no ser capaz de contenerme y besarlo yo, miedo de estar traicionándome a mí misma. Tengo miedo.

Drake ha venido a buscarme. Lo he sentido acercarse, pasar de largo delante del lago, atravesar el bosque e internarse en el sendero que lleva a la casa del guarda. Cuando lo he notado al otro lado de los muros, me ha invadido el pánico, el temor a que lo descubriera todo, a que supiera quién soy o, lo que es peor, se diera cuenta de que ni siquiera existo.

Pero para él sigo siendo real y eso duele y me reconforta con la misma intensidad.

No lo he invitado a entrar. Estaba demasiado enfadada, demasiado asustada.

Cuando se ha marchado, he salido y he encontrado algo inesperado.

Colgado de los patines había un gorro. Un precioso gorro para mí con mi nombre bordado. Un regalo.

Con los ojos cubiertos de lágrimas, me lo he puesto y he corrido al lago. Hace tiempo descubrí que no veo mi reflejo en los espejos, pero en el hielo sí. En el hielo aún soy. En el hielo todo parece posible.

Besé a diecisiete chicos antes de morir.

No llevaba la cuenta por nada en particular, solo que era incapaz de olvidarme de ninguno, pese a que muchos no fueran memorables. En mi cruzada personal, anhelaba encontrar en alguno eso a lo que mi madre se había referido al hablarme del amor.

Me había acostado con tres. Había sentido deseo, había tenido orgasmos, había ansiado más, repetir, hacerlo cada día de mi vida y guardar esos instantes para siempre, pero, si analizaba a conciencia esos momentos, a todos les faltaba algo.

Algo que no era físico, ni concreto, ni visible, ni siquiera tenía sentido. Algo que solo puede entender quien lo encuentra.

Hoy Drake ha patinado para llegar a mí.

Hoy Drake me ha besado y he comprendido que vivir es mucho más que un corazón que late.

Drake no sabe que cuando lo miro el hielo desaparece. Siento que floto, que levito sobre cualquier superficie, que el mundo deja de existir al mismo tiempo que me siento más viva que nunca.

Cuando me abraza, el dolor se atenúa, se evapora como el vaho que se escapa de entre los labios.

Cuando me besa, el deshielo llega, el frío no existe y las flores despiertan.

Me esfuerzo por olvidar, pero hay noches en las que la verdad se cuela entre las grietas de la madera podrida de esta casa y me recuerda por qué estoy aquí. Por qué Drake me ha traído a este lugar.

Aún no sé qué ocurrió exactamente, qué implicación tuvo ni los motivos por los que me ata a la vida, aunque sea solo por un hilo fino, pero la certeza de que debería temerlo me asola a ratos.

Sin embargo, también pienso: ¿por qué el dolor puede vencer frente a la ilusión? ¿Por qué no permitirme disfrutar una última vez de estas sensaciones antes de que todo acabe? ¿No es esta una nueva oportunidad de enfrentarme a los asuntos pendientes? Sería una desagradecida si no lo hiciera. ¿Y si... y si se trata de amor?

«Todo. Lo cambiaría todo, Annie. Sería otro Drake. No me montaría en ese coche. No saldría de casa aquella noche.»

Cierro los ojos y vuelvo a oír su voz. Las mismas palabras

una y otra vez. La cruda verdad expuesta de un modo dulce, entre besos y caricias que no quería que terminaran.

Debería haberme separado de él, haberle pedido que se marchara y, en cambio, he sentido alivio y me he agarrado a Drake con más firmeza. Le he pedido que siguiera. Le he suplicado más.

Me he acostado con él y he sentido la primavera entre los dedos.

Quizá yo sea su castigo por lo que hizo y él sea mi última complacencia.

Estaba pensando en Lizzie y me he dado cuenta de que no recuerdo el color exacto de sus ojos. La veo, su imagen viene a mí continuamente, pero no sé discernir si sus ojos son azules, verdes o marrones. Tampoco, por más que me esfuerce, soy capaz de recordarlo como uno de esos datos que memorizas para siempre.

Entonces, he pensado en papá, en mamá, en mi amiga Francis y en todas las personas cercanas a las que he querido. De cada uno de ellos he olvidado algo, se difuminan como imágenes bajo la lluvia, comienzan a estar cubiertos por una niebla espesa que soy incapaz de retirar.

He sentido pánico. Me he preguntado qué pasará cuando no quede nada y me he sentado a escribir. He creado una nueva lista. Las listas siempre me han parecido útiles para controlar la vida; quizá también sirvan para agarrarme a ella un poquito más.

Cosas que nunca debería olvidar:

La risa de mamá, tan estruendosa que todo el que la escucha acaba riendo. La suavidad de sus manos. Sus abrazos eternos.

Que Lizzie es capaz de tomar sus propias decisiones, por

mucho que me horroricen. Su voz cantando en la ducha. El rastro de su perfume de moras.

Los consejos de papá. Su forma de llamarme «pequeña filósofa». Su silueta recortada bajo la luz de la lámpara de lectura.

El sonido de la lluvia contra el cristal.

Las tardes de tortitas cuando éramos pequeñas. Las favoritas de cada uno de nosotros: Lizzie, sirope de arce; mamá, mermelada de melocotón; papá, azúcar y café en polvo; yo, arándanos y canela.

La sensación de flotar sobre el hielo.

La mirada de Drake. Las sonrisas de Drake. Los besos de Drake. A Drake. No quiero olvidar a Drake.

El amor me recuerda a cerrar los ojos y dejarte acariciar por el sol.

Me he despedido de Drake y ya lo echo de menos. Se acerca la Navidad y no he encontrado motivos que justifiquen mi negativa a pasarla con él, así que he tenido que inventármelos. Ojalá pudiera decirle que no tengo adónde ir, pero no lo entendería. Ojalá pudiese llamar a su puerta y sentarme a la mesa con su padre y su novia, pero ninguno podría verme. Ojalá todo fuera distinto, pero lo que tenemos es esto y él necesita vivir momentos con los suyos para no arrepentirse con los años de haberlos perdido.

Así que estoy sola. Sola como antes de que Drake me encontrara. Sola y esperándolo con insistencia.

Veo el lago a lo lejos y me pregunto cómo estarán los peces, si también anhelarán su mirada a través del hielo, su calor derritiendo todo lo que parece intacto.

En cuanto vi a Drake, antes incluso de conocerlo, ya sentía que algo nos unía. Una fuerza que, con el tiempo, se ha convertido en otra cosa. Un vínculo que, mientras no se rompa, seguirá atándome al lado de los vivos.

Si buscas «nudo» en el diccionario, aparecen diecinueve acepciones.

Ninguna se asemeja a lo que somos nosotros.

Nunca me han gustado las nubes de azúcar. Hoy me he comido una docena. Templadas, dulces, perfectas. Hacía meses que no me llevaba nada a la boca y ni siquiera me había dado cuenta. No lo necesito. Mi cuerpo ya no se alimenta del mismo modo que tampoco necesita dormir. Pero aquí, en las montañas con Drake, he redescubierto el sabor de las cosas.

El cacao en sus labios se ha convertido en mi postre favorito.

Desde que me desperté sin despertar en una cama de hospital, he echado la vista atrás en muchas ocasiones. Me he preguntado cuáles han sido los mejores momentos que he experimentado, he recapitulado con la necesidad de saber que mereció la pena, que aproveché el regalo que es la vida y que me fui dejando algo de mí.

No obstante, ahora que Drake duerme, en este refugio perdido entre montañas nevadas, pienso en esta noche, con la aurora boreal llenando el cielo de colores y su cuerpo abrigando el mío, y lo demás me parece insignificante, nimio al lado de lo que él me ha regalado sin saberlo.

Lo miro y el amor se me escurre entre los dedos, se desliza y se convierte en la tinta que dibuja estas palabras que nunca alcanzarán lo que siento.

Lo sabe. Drake lo sabe. No sé cómo ni cuándo ha sucedido, pero Drake lo sabe.

Acabamos de despedirnos y la congoja atorada en mi garganta se intensifica por momentos.

Lo sabe.

La posibilidad de que todo acabe me alivia y me aterroriza al mismo tiempo.

Ojalá sea capaz de comprender que esto, sea lo que sea, es real y es nuestro.

Nada más debería importarle.

Es complicado enfrentarte a algo cuando sabes que será la última vez. Deseas que sea único, especial, memorable, lo menos doloroso posible, esperanzador. Y, después, solo sucede. Y todo acaba.

Escribo mientras espero a Drake, sin saber cuándo vendrá y sintiendo el nudo que me ata a él cada vez más tenue, menos luminoso, más lejano.

Drake y yo nos hemos dicho adiós. Sé que es muy probable que no volvamos a vernos y, aun así, no estoy triste. Es otra cosa. Siento esperanza, aunque no tenga sentido. Pero debo agarrarme a algo. Lo hago a ese hilo de luz que me recuerda donde un día estuvimos unidos.

«No voy a permitir que te ahogues conmigo, Annie. ¿No es eso el amor?»

Lo es, ahora lo entiendo. Por eso sonrío. Por eso la pena no tiene cabida más allá de echarle de menos.

Voy al lago por última vez. Patino y me despido también del hielo. Allí me siento viva, capaz de todo. Bajo mis pies, los peces han aleteado con rapidez. Me consuela que ellos sigan siendo dos.

Me he tumbado y he mirado al cielo. Y, entonces, lo he sabido. Es el final. No sé cuándo llegará, pero está cerca. La luz ha empezado a inundarlo todo. Percibirlo a mi alcance me hace comprender la verdad con una nitidez desconocida hasta el momento.

La vida es un círculo: un comienzo puede ser un final y un final, en ocasiones, es solo el principio. Eso es lo que nosotros vivimos y creerlo hace que el miedo desaparezca.

Escribo estas últimas palabras para ti, Drake, aunque nunca vayas a leerlas.

No concibo una forma mejor de despedirme de la vida que habiendo pasado mis últimos días contigo.

A tu lado, el invierno ha terminado. Ya han despertado las flores.

Con amor, Annie

El chico que lo ~~perdió~~ tenía todo

Salgo de la comisaría caminando hacia atrás, un copo de nieve sube de mi mano al cielo, saco el teléfono del bolsillo, pienso en Annie, Annie, Annie, grabo un mensaje de voz, vuelvo a casa, mamá come tortitas con sirope de arce marca Red Apple, duermo en la cama de mi infancia, le dejo a Lizzie un regalo de parte de su hermana, patino hasta desfallecer, un avión va de Calgary a Yellowknife en sentido inverso, me despido de papá en el aeropuerto, abrazo a Ruby y le prometo volver, hago la maleta, beso a Annie por última vez, la beso, la beso, la beso, me dice que morir no duele, hablamos de quiénes seremos, de quiénes somos, de quiénes fuimos, me abraza, le huelo el pelo, le confieso lo que hice, nos miramos a los ojos y nos preguntamos: «¿Cómo es posible?», busco información sobre ella, tengo un ataque de pánico, llamo a Tucker y me explica que la chica muerta se llama Marianne, como mi Annie, no Lizzie, sino Annie, Annie, Annie, ella me cuenta que se tatuó un copo de nieve con su hermana, la vida me golpea con una verdad que no quiero ver, descubro que su tatuaje es igual al que vi sobre el asfalto en una muñeca muerta, follamos, tachamos líneas de su lista, hablamos de amor, la aurora boreal nos encuentra entre suspiros y besos, sorprendo a Annie con una excursión improvisada, Annie y yo saliendo a ojos de los demás, Annie y yo sobre el hielo, Annie y yo riéndonos, Annie y yo y el mejor sexo que recuerdo, Annie tachando el patinaje de su lista, yo conduciendo con mi padre y mi padre no viendo a Annie en el bosque cuando sería imposible no verla si fuera real, Annie y yo patinando juntos por primera vez, Annie enseñándome su amuleto siempre escondido en el bolsillo de su abrigo y explicándome por qué es tan importante, dos peces bajo el hielo descubren que la primavera ha llegado antes de tiempo o Annie y yo dándonos nuestro primer beso, el amor está en todas partes, Ruby y mi padre, Doug y Gina, todos se preocupan por mí, todos me preguntan por Annie, Annie se pone el gorro de pompón lila, curioseo el exterior de la casa de Annie y las señales están por todas partes pero yo estoy ciego, me pongo enfermo por esperarla durante días en el lago, Annie desaparece porque le beso un hoyuelo, le compro un regalo con su nombre bordado a Annie, el muro entre mi padre y yo se resquebraja cada día un poco más, Ruby me regala unos patines, Ruby me invita a su casa para enseñarme su propia concepción del amor, ¡joder, Annie me gusta!, Annie y yo intercambiamos consejos sobre patinaje y vida, le regalo a Gina la bufanda más bonita del mundo, salgo con Ruby de compras, Annie y yo puntuamos la intensidad del deseo y pienso que ella no puede ser menos de un siete o un ocho, Annie se convierte en un ángel sobre el hielo mientras yo me muero de miedo, pienso «qué bonita es», Annie y yo hablamos de peces, Annie me habla de su hermana, Annie me dice que tengo una dentadura bonita, la chica del lago me cuenta que se llama Annie, la chica que quiere aprender a patinar y yo nos encontramos al caer la tarde, la chica que quiere patinar y yo hablamos por primera vez, hay una chica en el hielo, comienzo a trabajar en la fábrica Red Maple, papá y yo nos evitamos, a veces paseo por el bosque que bordea el lago, Leiwe Lake me parece un agujero, bajo del avión y me arrepiento de haber venido, un avión vuela de Yellowknife a Calgary en sentido inverso, estoy en casa y mamá sufre, me encuentra tirado en la calle, bebo cada día, me meto en peleas, mamá sufre, me autodestruyo, me odio, quiero desaparecer, mamá sufre, por qué, por qué, por qué, Tucker nos dice que la chica ha muerto, mi vida es un infierno, dejo de patinar, la chica está en coma, por qué, por qué, por qué, he cometido un error, no puedo respirar, todo ha cambiado, siento sangre en las manos pese a que las tengo limpias, por qué, por qué, por qué, subo al coche de Logan aparcado en mi casa, Caleb llora, Tucker tiene una brecha en la frente, yo no soy, yo creo que he desaparecido, viajamos marcha atrás hacia las afueras de Calgary, Logan pisa el acelerador, el coche frena, miro por la ventanilla trasera y veo a una chica sobre el asfalto y un copo de nieve brillando en su muñeca, el pánico lo inunda todo, hemos atropellado a una chica, hemos atropellado a una chica, hemos atropellado a una chica, ¡pum!, giramos la esquina, una luz me ciega.

Tac.

El final (o el principio)

Calgary (Alberta, Canadá)
Una noche cualquiera, 0.15 a. m.

—Eh, tíos, ¿habéis visto eso?

La voz de Tucker me devuelve a la realidad. Estoy en un coche. Miro a mi alrededor y veo a mis amigos. Logan conduce. Tiene una botella de Jim Beam entre las piernas y suelta el volante de vez en cuando para dar un trago.

Pestañeo, aturdido, y me paso las manos por el rostro. Debo de estar soñando. Esto solo puede ser una puta pesadilla. Miro por la ventanilla y distingo a las tres chicas que me señala Tucker. Rubias. De piernas interminables y andares insinuantes. Una combinación perfecta. En un acto reflejo, hago el amago de bajar la ventanilla para silbarlas, pero mis dedos se paralizan sobre el botón.

—¿Dónde creéis que van? —pregunta Logan con los ojos vidriosos por todo lo que hemos bebido—. Aquí solo hay naves abandonadas.

Esto no puede ser real. Esto ya lo he vivido.

Noto el sabor agrio del whisky en la boca, el olor a ambientador del Chevrolet mezclado con el odioso perfume de Caleb, la presencia de mis amigos, tres cuerpos que respiran, hablan, se ríen, que existen. Yo también lo hago. Extiendo las manos y las observo, me palpo la cara, me froto los ojos.

Esto no puede estar pasando. No es posible que vuelva a estar aquí.

Logan suelta el volante para dar un trago largo a la botella de Jim Beam y el coche se desvía. La rueda delantera choca con la acera y Tucker se golpea con mi hombro; rara vez se pone el cinturón de seguridad.

—¡Cuidado, tío! —grita Caleb desde el asiento del copiloto—. Vas a matarnos.

La botella llega de nuevo a mis manos. El líquido ambarino brilla, turbio y espeso. Me lo llevo a los labios y recuerdo esa sensación única que hace que se apague cualquier incendio interno, pero no quiero. Ya no.

La dejo caer entre mis piernas y rueda bajo los asientos. Tiemblo. No sé qué es esto. ¿Una pesadilla? ¿Una nueva oportunidad? ¿Un comienzo? ¿Y si todo ha sido un sueño? Me mareo. Se me nubla la vista y el pánico me aturde por un instante. Siento que me pierdo, que me evado hasta el punto de que olvido dónde estoy. Apoyo la frente en la ventanilla y cierro los ojos; huyo de la única forma que se me ocurre.

Caleb señala a otro grupo de jóvenes.

—Alguna fiesta ilegal —dice Tucker—. El hermano de Kayla me comentó algo de un almacén de papel abandonado.

Sin esperar respuesta por nuestra parte, Logan gira por la primera calle, se desvía de nuestro destino y sigue la estela de los adolescentes que se dirigen hacia aquel secreto a voces. Frena de sopetón y me encuentro a la altura de una morena de vestido corto y tacones rojos. Siento la energía de mis amigos alentándome a comportarme como esperan de mí, pero yo ya no soy ese Drake. Yo ya no sé quién soy.

—¿No le dices nada, Drake? Estás muy callado. ¡Si vas a vomitar, avisa! —grita Logan desde el asiento del conductor.

Sonrío por inercia y me doy cuenta de que esto es nuevo. De que así no fue como ocurrió. Hay algo desconocido. Una energía distinta.

Yo soy distinto.

Continuamos callejeando y se divierten a costa de los demás. La vida les parece fácil. El alcohol les aporta un aura de inmortalidad que hace que cada vez arriesguen más con el coche. Se sienten reyes. Yo no, solo ellos. Yo ya soy otro. Uno que sabe que no somos inmortales, que nadie lo es, que no somos dueños del mañana, mucho menos del de otros. Que aún hay una posibilidad de que el futuro sea uno lleno de luz.

Un futuro para Annie.

Una chica cruza delante de nosotros. Sus aros dorados brillan como dos soles. Tiene el pelo corto y unos vaqueros ceñidos que le hacen un culo increíble. La vemos perderse entre la gente que se arremolina al final de la calle.

La recuerdo. Recuerdo sus pendientes, su encanto y su sensualidad.

La recuerdo como la señal que anticipaba el final del juego.

Tucker alaba sus curvas.

Caleb silba con admiración.

Yo pienso que no se merece la atención de unos cretinos como nosotros.

Logan pone el pie en el acelerador, con los ojos aún fijos en esa musa desconocida.

—Baja del coche —le pido.

Mi voz rota es apenas un susurro.

—¿Qué?

—Que bajes del puto coche, Logan.

Noto el sudor en la espalda, la presión de su pie sobre el pedal, el corazón subiéndome por el pecho que me grita que solo tengo una oportunidad. *Annie, Annie, Annie.* Su nombre es una espiral que me recuerda que he gastado todas las vidas y que lo que haga en este momento será determinante.

—¡Baja del puto coche!

Me desabrocho el cinturón, me lanzo sobre él entre los asientos y arranco la llave. Mis amigos gritan. Abro la puerta y la tiro por una alcantarilla. Logan me insulta, Caleb me mira desconcertado y Tucker se ríe, nervioso por una reacción que no entiende. Ninguno lo hace y puede que no la entiendan nunca. Pero ya no importa. Solo sé que, quizá, por primera vez, no llego tarde.

Corro con todas mis fuerzas. Atravieso la calle, me queman las piernas y la respiración se me acelera. Giro en la esquina y reconozco el lugar. Es una calleja vacía y mal iluminada.

Freno y me quedo parado en mitad de la calzada.

La espero, con el corazón desbocado y con la esperanza escapando por cada poro de mi piel.

Entonces, la veo. Camina deprisa. Tiene el teléfono en la mano, el pelo revuelto sobre los hombros y las mejillas coloradas.

El alivio lo llena todo.

Me convierto en agua.

Ella cruza la calle, ajena al chico para el que el mundo acaba de despertar, y desaparece en la oscuridad de la noche.

Cierro los ojos.

Ya no hay hielo.

Ya no hay dolor.

Sonrío y siento que, por fin, estoy vivo.

CUARTA PARTE

A tu lado, el invierno ha terminado. Ya han despertado las flores.

EXTRAÍDO DEL CUADERNO DE ANNIE

Epílogo

Calgary (Alberta, Canadá)
Cinco años más tarde

Un chico abre los ojos al amanecer en un apartamento al oeste de la ciudad. Se llama Drake y, para él, es un día normal. Un día más. O eso es lo que cree, pese a conocer por propia experiencia la imprevisibilidad de la vida. Desayuna café y tostadas mientras trastea con el teléfono móvil, hasta que mira el reloj y se levanta; nunca ha soportado llegar tarde.

Responde algunos mensajes en el ascensor. Sus amigos, Doug y Gina. Su madre. Emoticonos graciosos para Ruby, la mujer de su padre. Cuando arranca el coche y se interna en el tráfico de la ciudad, sonríe; no es un Camaro Z28 del 68 de color rojo, pero no está nada mal.

Entra en el estadio y se dirige a la pista. Las gradas están vacías, aunque ya puede oír la algarabía que proviene de los vestuarios.

«¡Vamos, chicos! ¡Quiero más velocidad!», gritará a los jóvenes jugadores de hockey en un rato.

Pero ahora está solo y este sigue siendo su momento favorito. Saca los patines de la mochila, se los pone y se desliza sobre el hielo. El sonido de las cuchillas, la sensación de flotar, los recuerdos adormecidos que despiertan.

Piensa en ella. Es inevitable. Le sucede siempre que patina. Se pregunta dónde estará, si será feliz. Cruza los dedos para que así sea.

Una chica se levanta temprano en casa de sus padres al este de la ciudad. Desayuna tortitas y té con Lizzie, su hermana pequeña, comparten comentarios burlones y algún que otro reproche de esos que solo se aceptan entre hermanos, y se prepara para ir al trabajo.

Ha conseguido un puesto fijo en una clínica dental en la ciudad donde creció. El sueldo es bueno y ha entablado amistad con sus compañeros, aunque, de vez en cuando, echa de menos la libertad de vivir en Edmonton. Si todavía no se ha independizado del hogar familiar solo es porque su hermana la necesita cerca.

Siempre que piensa en Lizzie algo se le contrae por dentro. Siente su corazón bajo presión, arrugado como una pasa, pero hace tiempo que ya asumió que el amor entre ellas funciona así. Ácido. Visceral. Insoportablemente real.

Entra en la clínica y se quita el abrigo. El calor de la calefacción le enciende las mejillas. Huele a ambientador floral y a desinfectante.

—Buenos días, Annie —la saluda el recepcionista.

Ella sonríe. Se llama Josh. Es agradable y guapo de un modo clásico que le resulta aburrido. Sabe que a él le gusta y que no tardará en pedirle una cita. Aún no está segura de querer que lo haga.

«Acabo de salir de una relación —se imagina mintiendo frente a Josh cuando llegue el momento—, no sé si estoy preparada para algo nuevo.»

Suspira y entra en su consulta. Mira por la ventana y estudia la ciudad. Cada mañana, cuando lo hace, se ve a sí misma buscando algo. No sabe el qué. Pero examina el mundo de ahí fuera como si estuviera frente a una página de uno de esos libros de buscar objetos en un dibujo.

Siempre ha tenido la sensación de que algo, quizá alguien, está esperándola en algún lugar.

Cuando el entrenamiento termina, sale con los chicos y se dirige a casa de su madre. Le ha prometido ayudarla con la limpieza del trastero. Aunque se mudó de allí hace cuatro años, aún hay cajas suyas cuyo interior desconoce.

—Ya era hora, Drake. Pensé que te habías arrepentido de tu ofrecimiento.

Él se ríe y le quita un baúl de madera de las manos. Vacían las estanterías para limpiarlas y recolocar solo lo imprescindible, y revisan todo lo demás. Hay juguetes suyos de cuando era pequeño, una tabla de surf, millones de utensilios que no han usado en la última década y hasta unos palos de golf.

—¿Alguna vez has jugado al golf, mamá?

Ella se encoge de hombros.

—Ni siquiera sabía que teníamos unos. Serán de tu padre. ¿Quieres preguntarle si los guardamos?

Drake asiente y la mira con un afecto desmedido. Si su emoción estuviera hecha de agua, brillaría a su alrededor como un río.

Las cosas han cambiado mucho desde que recuperó la relación con su padre. Se parecen a lo que vivieron la primera vez que fue a Leiwe Lake, pero, al mismo tiempo, son totalmente diferentes. Que la vida te dé una segunda oportunidad de empezar es increíble, aunque igual que son inevitables las consecuencias de borrar una parte de lo ya vivido. Y, si algo lamenta Drake, es haber perdido todo lo compartido con Ruby y su padre cuando salvó a Annie. Los recuerdos son solo suyos, para ellos no existen, pero se agarra a la posibilidad de crear otros nuevos y se esfuerza cada día por que estos sean mejores.

Por ese mismo motivo, un día cogió el teléfono y, para desconcierto de su padre, acostumbrado al rechazo constante, Drake rompió el muro que los separaba desde hacía tantos años. Poco después, hizo una maleta, fingió no conocer a Ruby y se comportó como si Leiwe Lake fuera un lugar desconocido en vez de un hogar que había echado de menos.

La primera vez que se acercó al lago lloró como un niño. El hielo había desaparecido y el agua brillaba bajo el sol. Pese a ello, no se sentía triste. Saber que ella estaba viva en algún lugar lo compensaba todo. Aun así, no era fácil. Cada rincón del bosque, cada anochecer, cada silencio, le recordaban a Annie.

Coge el teléfono y escribe un mensaje a su padre. Al leer la respuesta, sonríe.

—Dice que los vendas y que, con lo que saques, te compres algo bonito.

Su madre rompe a reír y él la acompaña.

—Steven siempre ha sido gracioso a su manera, ¿no te parece?

Drake asiente y la observa con cautela. Está seguro de que lo quiso con locura y que le costó aceptar la separación. También de que la boda entre él y Ruby fue un golpe, aunque ya lo hubiera superado. Donde hubo fuego siempre quedarán cenizas, él también lo sabe.

—La invitación para ir a Leiwe Lake conmigo algún día sigue en pie —le dice. Ella niega y continúa rebuscando entre las cajas.

—Diles que me lo pensaré.

Drake sabe que no debería insistir, pero una parte de él anhela que su madre lo acompañe. Enseñarle los sitios en los que tanto disfrutó con Annie, aunque la chica no exista para ninguno de ellos; mostrarle cómo es ese pueblo que se ha convertido para él en un segundo hogar; presentarle a sus amigos; pasear por el bosque y curiosear en la vieja casa del guarda.

Piensa en la última vez que estuvo allí, en el caserón abandonado, y nota la presión de los recuerdos en el corazón.

Entró una tarde, cuando el sol ya estaba a punto de desaparecer y sus rayos anaranjados iluminaban la estancia. Todo seguía igual a cuando había estado allí con Annie, los mismos muebles, el mismo abandono, pero a la vez todo era distinto. Faltaba la mano de Annie tocándolo todo, haciéndolo único. No había flores, ni hojas garabateadas, ni olía a violetas. No había rastro de ella ni de lo que habían vivido, porque, en realidad, ya no había existido.

Sintió una pena inmensa. Despedirse de alguien es duro, pero ¿qué palabra puede expresar lo que supone aceptar que lo que has vivido ni siquiera ha sucedido? ¿Que solo lo ha hecho para ti? ¿Que para la persona con la que lo compartiste nunca ocurrió?

Se sentía desolado. Se paseó por cada rincón. Tocó cada superficie en la que ella se había apoyado o sentado. Se llenó las yemas de polvo. Entró en el dormitorio y observó la cama. Si cerraba los ojos, la veía allí tumbada, desnuda, sonriendo y pidiéndole más.

Se sentó en el borde y hundió el rostro entre sus rodillas.

Solo entonces lo vio.

Se agachó y lo encontró bajo una vieja cómoda. Era un cuaderno azul.

El cuaderno de Annie.

No tenía sentido, pero ahí estaba. Se arrodilló y lo cogió con manos temblorosas. No podía ser, aunque ¿acaso alguna parte de su historia guardaba lógica? Limpió el polvo que lo cubría y lo abrió. Y allí, en la primera página, su letra. Bonita. Redondeada. Muy marcada.

Yo no debería estar aquí.

Tragó saliva ante aquellas primeras palabras.

Se preguntó qué hacer, pero sabía que aquello era un regalo de quien fuera que manejara los hilos. Igual que el gorro que había acabado en su maleta y que él había decidido regalarle a Lizzie. Pequeñas excepciones llenas de magia que le daban aliento y le recordaban que no estaba loco, que todo había sido real, tan real como lo que aún sentía en su pecho al pensar en ella.

Así que lo leyó. Lo volvió a leer. Lo hizo cinco veces antes de volver a casa. Y cada noche, antes de dormir, y una vez más al despertar. Lo memorizó. Cada frase, cada detalle, cada emoción impregnada. Y, después, cuando fue consciente de lo que tenía entre las manos y lo que podía suceder si alguien lo encontraba, lo leyó una última vez y lo tiró al lago.

Durante toda la mañana, Annie apenas tiene un respiro. Solapa una cita con otra y, cuando se quiere dar cuenta, es la hora de comer y se siente exhausta. Se quita la bata y se dirige a la salida. Normalmente, come en la sala de personal, menos los viernes, que se da un capricho y escoge algún restaurante de la zona para comer sola.

No obstante, hoy hay alguien esperándola a la salida.

—¿Lizzie?

—¿Qué pasa? ¿Tanto te sorprende? ¿No puedo venir a invitarte a comer?

Annie pestañea, aturdida, y la sigue al exterior del edificio. Es un día agradable, la primavera se acerca y no puede evitar alzar el rostro hacia el sol.

—¿Qué haces ahí parada? Vamos, he reservado mesa en la esquina —la apremia su hermana.

Piden ensalada, pollo con patatas y limonada. Annie se quita las zapatillas por debajo de la mesa y mueve los deditos, cansados de tantas horas de pie. «Hay placeres que cuestan muy poco», se dice. Luego mira a Lizzie y se fija en los detalles. La forma de morderse el labio. La mirada perdida. Se inquieta al momento y habla sin pensar.

—Vale. ¿Qué has hecho? ¿Qué es lo que pasa?

Lizzie suspira y mordisquea el borde de su pajita. La desconfianza de la mayor de las dos la tensa. Su relación siempre ha sido una especie de combate en el que ninguna sale nunca vencedora. Solo luchan hasta acabar agotadas y vuelta a empezar.

Finalmente, Lizzie confiesa:

—He dejado la universidad. Hace cuatro meses que no voy a clases. Me levanto, cojo el bus y paseo por la ciudad. Antes iba a casa de Adam, aunque, como bien sabes, me ha dejado por otra. Falsifiqué las notas del anterior semestre para que papá y mamá no se enteraran, pero sé que no colará con los finales.

Lizzie suelta el aire contenido y se termina su limonada. Al otro lado de la mesa, Annie la mira boquiabierta.

—Guau.

—Ya. La hija imperfecta arrasa de nuevo.

Annie suspira. Su cabeza es un hervidero. Arruga su pantalón dentro del puño por debajo del mantel. Cualquier cosa que la ayude a contenerse, porque lo único en lo que puede pensar es en regañar a su hermana. Decirle que es una irresponsable, una inmadura y una egoísta. Echarle en cara que solo piense en sí misma, que se comporte como una niña caprichosa y que cometa un error tras otro sin reflexionar antes sobre las consecuencias. Ya va con un año de retraso en sus estudios y ahora esto. Ahora, que el final estaba cerca, lo deja todo. Annie no soporta las ganas de zarandearla y pedirle que pare, que cambie, que se fije un poco más en ella y aprenda. Pero sabe que no servirá de nada. Que, si elige ese camino, Lizzie se arrepentirá de habérselo contado y se alejarán de nuevo. Ha sucedido antes cientos de veces. El simple hecho de que estén allí, comiendo juntas, ya significa mucho y Annie no puede estropearlo.

Sin poder evitarlo, recuerda la lista de objetivos que su padre le mandó escribir a los dieciséis años. Había tachado algunos de ellos; sabía que otros nunca los conseguiría —como aprender a patinar—, pero le gustaba verlos allí escritos, un recordatorio de que, aunque es bueno soñar, también lo es mantener los pies en el suelo; es imprescindible lograr un equilibrio sano.

Sin embargo, hay uno que aún le escuece.

~~*No odiar a mi hermana.*~~ *Comprender a mi hermana.*

Aquello lo había escrito en un arrebato, aunque con el tiempo había llegado a obsesionarla. Porque le importa. Siente que es una espinita clavada que le molesta y que desea quitarse.

Por eso, Annie coge aire y se esfuerza por ser comprensiva. Por darle a Lizzie lo que necesita. Por responder como su hermana espera.

—¿Y qué quieres hacer, Lizzie? Cuéntamelo.

La pequeña pestañea y Annie se fija en que está apartando las lágrimas. La mira esperanzada y niega. De repente, la ve más niña, totalmente perdida, y sabe que, por mucho que nunca llegue a entenderla, siempre le tenderá la mano.

En eso consiste. Así funciona el amor.

Drake se despide de su madre y coge el teléfono. Ruby contesta enseguida.

—Hola, cielo. ¿Cómo va todo?

—Bien.

Solo con oír su voz, él sonríe.

—¿Por qué demonios tenía tu padre unos palos de golf? ¿Acaso te lo imaginas jugando?

—Ni en mil vidas.

Se ríe y Ruby lo acompaña. De fondo, oye la voz de su padre quejándose por la imagen que tienen de él, aunque intuye que lo hace con una sonrisa.

—Cuéntame, ¿tienes planes para esta noche?

Drake le explica que ha quedado con unos amigos a tomar algo. Es el cumpleaños de uno de ellos y, aunque salir de fiesta ya no es lo suyo, en las ocasiones importantes siempre hace una excepción. Ruby, a su vez, parlotea y le pone al día de las últimas novedades, que se resumen en que se ha comprado una panificadora y que a su padre le duele la garganta. Cosas en apariencia triviales, pero que a Drake le gusta saber. Hace tiempo que aprendió que las pequeñas cosas conforman las grandes.

Antes de colgar, Ruby le pasa el teléfono y su padre lo saluda.

—Drake, ¿cómo estás?

Él sonríe. Siempre le pregunta lo mismo. Hablan poco, Ruby es especialista en llenarlo todo —el espacio, las conversaciones—, pero su padre nunca se despide de él sin demostrarle su preocupación sincera.

—Bien. Estoy muy bien.

Llaman a la puerta de la consulta y Annie se gira. Ve a Chloe, una de sus compañeras, asomándose con una sonrisa animada.

—¿Has terminado? —Ella asiente—. Charlie nos ha convencido para ir a tomar algo. ¡Vente!

—No sé... Estoy cansada.

Annie gira el cuello y nota las articulaciones agarrotadas.

—Josh también viene.

Chloe alza las cejas con picardía y Annie se ríe. Sigue pensando que entre Josh y ella nunca habrá nada, pero después de un largo día de trabajo y la tensión que la preocupación por Lizzie le ha provocado, piensa que no le vendría mal despejarse un poco.

—De acuerdo.

Cuando Drake llega al *pub*, ellos ya están allí. Los saluda uno por uno y se sienta a la mesa. Garrett ha pedido alitas de pollo crujientes y cerveza para todos, menos para él. Para él hay un refresco de naranja esperando; su relación con el alcohol se acabó hace mucho tiempo.

Se lo agradece con la mirada y le desea feliz cumpleaños.

Conoció a Garrett cuando empezó a entrenar al equipo. Él se encargaba de los chicos de una categoría inferior y adoraba el hockey casi más que Drake. Había jugado en serio hasta la universidad, pero lo había dejado al comprender que no era tan bueno para llegar donde quería. A partir de ahí siguió jugando como aficionado mientras enseñaba a otros. Decía que no necesitaba más y Drake, el mismo que en el pasado jamás lo habría entendido, ahora lo hacía. Garrett no se había rendido, sino que, al igual que él, había encontrado el modo de que lo que más feliz le hacía no lo destrozara.

Sentía que con Garrett formaba un equipo propio y, pese a que no había perdido el contacto con Logan, Tucker y Caleb, la amistad con ellos se había diluido hasta casi desaparecer. Drake sabía que jamás podría mirarlos a la cara sin recordar lo que sucedió porque, aunque para ellos no hubiera llegado a ocurrir, para él sí. Él conocía la versión más oscura de sí mismos y eso lo cambiaba todo.

Charlan amigablemente. Bromean sobre el corte de pelo de Emily, escuchan los lloriqueos de Finn sobre su ex y brindan por el nuevo empleo de Will. Son buena gente. Drake no habla mucho, pero le gusta observarlos, analizar su lenguaje no verbal para conocerlos —la forma en la que Emily enreda un mechón de su pelo en los dedos cuando está nerviosa o la risa ruidosa de Will, la única que es sincera—. Agradece cada día que Garrett se los haya presentado y que lo hayan incluido en esa pequeña familia.

Se siente afortunado. Tiene la suerte de contar con buenos amigos, tanto en Calgary como en Leiwe Lake, amigos que lo aprecian por el Drake que siempre quiso ser. Un Drake que dio un giro a su vida cuando esta le dio otra oportunidad; un Drake que no bebe, que se reconcilió con el hockey, que mantiene relaciones sanas con aquellos que quiere. Un Drake del que ella se sentiría orgullosa.

Lástima que sus caminos nunca se crucen.

Annie se siente en desventaja. Observa a Charlie, que siempre lleva camisa a la clínica, y a Chloe, que es tan guapa que da igual lo que se ponga, y frunce el ceño. No tenía planeado salir después del trabajo, así que cuando entra en el *pub*, con sus vaqueros, su sencillo jersey de rayas y sin maquillar, se siente pequeña.

—Me alegro de que hayas venido —le dice Josh.

Ella le sonríe y la sensación desaparece. Al fin y al cabo, ¿qué más da? No pretende impresionar a nadie, solo quiere divertirse.

Piden cócteles de nombres extraños y los comparten. Annie solo da sorbitos, nunca le ha gustado que el alcohol se le suba a la cabeza, pero se deja llevar y acaba bailando en el centro del local con los demás.

Cierra los ojos y siente que flota. La música la abraza. Acepta la mano de Chloe y giran. Se ríen a carcajadas cuando se tropiezan y entonces lo nota. Es algo extraño. Un cosquilleo. Parpadea y contiene el aliento.

Al otro lado del *pub*, apoyado en la barra, hay un chico. Moreno. Alto. Atractivo. Pero no es eso lo que capta su atención, sino que hay algo distinto en él. En su mirada. En la intensidad con la que barre la pista, como si él también buscara algo sin cesar.

Cuando sus ojos se cruzan con los suyos, Annie siente que, por primera vez, alguien la ve de verdad.

—Una botella de agua, por favor.

El camarero asiente y Drake espera. Hace calor y nota la espalda sudada. La música está alta y muchos jóvenes bailan en el centro del local. Se apoya en la barra y espera. Mira a su alrededor. Observa a las chicas y estudia a las de pelo castaño. Es inevitable. Le sucede siempre. Se fija en los cuerpos no guiado por el deseo, sino por la esperanza de encontrarla.

Podría hacerlo, si quisiera. Podría buscarla en las redes sociales o pasear por la calle en la que viven sus padres, como ya hizo una vez; es fácil localizar a una persona en la era tecnológica, pero no lo hace. No va a provocar nada que no esté destinado a ser. No se atreve a jugar con lo que sabe que puede moverse a su antojo. Se prometió hace años que dejaría que la vida continuase su curso, una promesa a cambio de que todo siguiera para siempre hacia delante, de mantenerla a salvo.

Aun así, se ha preguntado muchas veces qué sucedería si un día el destino cruzara de nuevo sus caminos. Si entrara en una cafetería y ella estuviese sirviendo café al otro lado; si un amigo los presentara; si chocaran en mitad de la calle bajo la lluvia por ir mirando donde no deben.

Suposiciones. Fantasías. Hipótesis.

Da un trago a la botella y escanea lo que le rodea.

Chica castaña, pelo liso. Chica castaña, ojos negros. Chica castaña, demasiado bajita. Chica castaña, ojos verdes, cuerpo de curvas marcadas, hoyuelos imposibles.

El corazón le da un vuelco.

Pestañea, aturdido, y siente la sangre despertando bajo la piel.

Ahí está. Ahí la tiene.

Tiene el pelo algo más corto y las facciones más afiladas. Pero es ella. Es su Annie.

Cuando sus ojos se encuentran de nuevo, siente que la vida ha vuelto a dar un giro que los sitúa en la casilla de salida.

—¿Lo conoces? —le susurra Chloe.

Annie niega. Una parte de ella ha estado a punto de responder que sí, aunque no tenga sentido. Se nota acalorada y se disculpa para ir al baño.

Cuando entra, se lava la cara para refrescarse. Se observa

en el espejo y hace una mueca. Se la ve cansada. Se peina con los dedos y se pellizca las mejillas, un truco que ha aprendido de su madre para darles color.

Sale y busca a sus amigos. Siguen bailando, riéndose y disfrutando de la noche como si ella no se hubiera marchado. No le parece mal, pero sí le da una excusa para mirar al otro lado.

El chico sigue en la barra. Es guapo. Annie piensa que es muy guapo. Tiene el pelo oscuro, los ojos almendrados y los labios gruesos. También la postura del que sabe lo que quiere. Siempre le han llamado la atención esos chicos que emanan seguridad, aunque nunca se ha atrevido a acercarse a ninguno.

No obstante, esta noche se siente distinta.

Camina hacia él y se coloca a su lado. No lo mira. Solo respira profundamente y busca al camarero con actitud inquieta. Cuando se acerca, le pide una botella de agua y espera. Hay mucha gente y aún está sirviendo copas a un grupo. Así que espera. Pese a sentir los ojos del chico sobre ella. Se le eriza la piel y se abraza a sí misma.

Lo mira. Mira al frente. Lo mira. Mira al camarero. Lo mira. Se mira las manos. Lo mira.

Se miran.

Annie se ríe. Se lame los labios. Nota el rubor en su piel. Los ojos del chico sobre sus rasgos. Si no le pareciera imposible, juraría que él ha distinguido la diminuta peca que tiene al lado del ojo derecho. Se la toca en un impulso tonto y el chico sonríe.

—Hola.

—Hola.

El chico no se mueve y ella tampoco. Los separa apenas un palmo. El ambiente huele a ginebra y a limón, pero Annie también distingue otra cosa. Un aroma que emana de él y que le gusta. Le gusta mucho. Suspira y aparta la vista. Se siente tonta.

Se imagina a Josh a su espalda buscándola. Con él sería fácil. No tendría que hacer nada más que dejarse llevar. Darle la mano y permitir que Josh la guiara.

Sin embargo..., por primera vez se pregunta qué pasaría si se arriesgara. Piensa en Lizzie; haber comido con ella le ha dejado una sensación extraña. No está de acuerdo en cómo gestiona su vida, pero debe reconocer que, en cierta manera, la admira. Aunque solo sea a base de cometer errores, su hermana sabe lo que quiere y lo que no. Prueba algo y después decide que no debería haberlo hecho. Se lanza a por las cosas y la mitad de las veces le salen mal. Pero ¿qué pasa con la otra mitad?

Annie pestañea y alza el rostro de nuevo. El chico continúa mirándola. Ella se pierde en su sonrisa. Es bonita. Tiene una dentadura de anuncio que no puede evitar analizar de forma profesional.

—Tienes una dentadura bonita —se escucha diciendo.

Su risa también lo es. Vibrante. De las que dejan poso.

En este instante, aturdida por la vergüenza ante su descaro, Annie desearía que un agujero se abriera bajo sus pies y desaparecer.

Drake no puede creérselo. Si alargara la mano, podría tocarla. Sentirla de nuevo.

Está ahí. A su lado. Preciosa. Cohibida. Coqueta, pese a que lo sea con una torpeza que le resulta adorable.

—No es la primera vez que me lo dicen —le responde. Ella pone los ojos en blanco.

—¿También te han dicho que pareces un poquito arrogante?

—También.

Annie se muerde una sonrisa y él se contiene para no contárselo todo, para no confesarle que fue ella quien le dijo esas cosas en otra vida, aunque parezca un loco, aunque se marche y no quiera volver a verlo, aunque se enfade al pensar que se está burlando. Pero no lo hace. Sabe que ese es el precio que debe pagar por lo que hizo, vivir siempre con el secreto de que las cosas fueron distintas y ahora ellos son otros. Otros que, quizá, nunca conecten. Otros para los que el amor no tiene por qué virar en la misma dirección.

—¿Estás solo? —pregunta Annie.

Drake desvía la mirada por encima del gentío y se encoge de hombros.

—Mis amigos están por ahí. Eso, si no me han abandonado.

—¿Y si lo han hecho?

—¿Me estás proponiendo un plan si se da esa posibilidad?

Ella sacude la cabeza y aparta la mirada, tímida, incómoda en un rol al que no está acostumbrada.

—Los míos son esos.

Señala a un grupo, ignorando su pregunta con segundas intenciones, pero tampoco hace amago de volver con ellos. Drake piensa que está muy guapa. Que ya lo era, pero que ha cambiado. No dejan de ser cinco años en los que se pregunta qué habrá vivido, si se habrá enamorado o si habrá sufrido. Si será la misma Annie que conoció entonces, aunque lo duda, porque él, de igual modo, es otro.

No le importa. Solo con mirarla sabe que hoy también le gusta. Le gusta mucho. Y se lo hace saber.

—Quédate.

Annie traga saliva y duda, pero no dice que no.

No sabe lo que está haciendo. Ella no sabe ligar. Nunca se le ha dado bien conocer a nadie. Sus relaciones siempre han empezado por una aceptación. Solo si estaba segura de que gustaba a la otra parte, se acercaba, como un gato asustado, y se dejaba acariciar.

Recuerda que, durante los primeros años en Edmonton, Francis y ella jugaban a guardar en los bolsillos de los chicos sus números de teléfono. Algunos llamaban. Otros no. Cuando se prestaban al juego, ella apenas era capaz de hablar y acababa colgando entre tartamudeos. Solo con uno funcionó. Se llamaba Nathan, estudiaba Ciencias Ambientales y tocaba el piano. Salieron durante tres meses, antes de que Annie decidiera seguir buscando eso que no tenía nombre en otros.

Por ese motivo, ahí plantada al lado de un desconocido, se pregunta por qué siente ganas de acercarse un poco más, de seguir hablando, de decirle que sí. Que se queda. Que no tiene intención de ir a ninguna parte.

—¿Quieres tomar algo? —le pregunta Drake.

Se arrepiente al momento. Los dos tienen las botellas de agua a medias y le parece una pregunta estúpida, propia de los que no saben qué decir.

Es el «Hace buen tiempo» de los vecinos en el ascensor, el «¿A qué te dedicas?» de las citas a ciegas.

La recuerda diciéndole que esas cosas no importan, que no dicen mucho de lo esencial de la persona a quien van dirigidas, y se llama «estúpido» ante la posibilidad de estropearlo.

Ella suspira y Drake se inquieta.

«¿Y si se marcha? ¿Y si aquí, en esta otra vida, no le resulto interesante? ¿Y si he perdido toda oportunidad de conocerla?»

Carraspea, cambia el peso del cuerpo de un pie a otro y le sonríe. Tiene una dentadura bonita, se lo acaba de decir, y se aprovecha de ello para impresionarla.

Levanta la botella y el líquido se balancea en su interior.

—No bebo alcohol. Me convertía en quien no era, así que lo dejé hace tiempo.

Annie frunce el ceño y señala su agua.

—Yo solo tenía sed —se justifica y se encoge de hombros—. No es que beba a menudo, pero, de vez en cuando, es divertido.

Drake asiente. Está metiendo la pata. Algo en su expresión le dice que ha intuido cierta superioridad moral en sus palabras. No era su intención, lo único que pretendía era crear cierta conexión entre ambos con la información que guarda del pasado, pero ya es tarde.

Se da cuenta de que debe olvidarse de la Annie que conoció hace cinco años, porque esta ya es otra. Cualquier decisión, por ínfima que sea, cambia el transcurso de las cosas. Y algunas siguen intactas en ella, pero otras no.

—¿Te apetece bailar?

Annie ladea el rostro y entonces sonríe. Sus ojos brillan. Drake debe contenerse para no acercarse y abrazarla. Así, sin más. La ha echado tanto de menos que le queman las manos de las ganas de sentirla, de tocarla.

—¿Los chicos aún sacan a bailar a las chicas? —pregunta burlona.

—No tengo ni idea, solo sé que a mí me apetece.

Sus labios se entreabren y Drake lo siente. Siente la energía fluyendo entre ellos, el hilo que un día los unió buscando otro extremo al que anudarse.

Annie da un paso hacia él, apoya las manos en sus hombros y todo desaparece.

—No se me da muy bien —susurra avergonzada la segunda vez que lo pisa.

De fondo, suena *Beautiful Things*, de Benson Boone. A Annie le gusta esta canción. Es emotiva, tiene fuerza, transmite una intensidad que le eriza la piel. Le hace recordar que debe estar agradecida por lo que tiene. En los brazos del chico desconocido, sin duda, lo está.

Nota el calor de sus manos en las caderas. La humedad de su aliento en el pelo. Sus latidos constantes, fuertes, en la vena que le sale del cuello y que desconoce cómo ha llegado a tocar.

—No lo haces mal. Todo es practicar.

Annie se ríe.

—¿Eres profesor de baile?

—Entrenador de hockey.

Ella traga saliva y lo mira. Sus pies se balancean. Están tan cerca que Annie distingue una pequeña cicatriz en su labio superior.

—Tampoco sé patinar.

—Podría enseñarte.

La carcajada de Annie le roza la mejilla y él la agarra con más fuerza. Ambos han dejado de sentir lo que les rodea. Están solos. Las ciento veinticinco personas que hay en el local han desaparecido.

—¿Y si te digo que me da miedo?

—Es normal, todos tenemos miedos. Yo, por ejemplo, tenía pánico a conducir.

—¿Y ya no? —le pregunta curiosa.

—No es que sea la mejor de mis habilidades, pero me saqué el permiso hace unos años. —Ella asiente, orgullosa pese a no conocerlo, y él continúa con una sonrisa traviesa—. Pareces una chica valiente.

Ella sacude la cabeza y esconde el rostro en su cuello.

Para no creerse valiente está traspasando algunos límites sin esforzarse.

—Una vez vi a un chico morir —le cuenta bajito; a Drake su aliento le hace cosquillas en el oído—. El hielo se abrió y no pudieron salvarlo.

—Tuvo que ser duro para ti.

Annie asiente. Sus manos acarician la parte baja de sus cabellos en la zona de la nuca. Las de él la sujetan como si hubieran encontrado su molde.

—¿No te aterra la posibilidad de que el hielo te atrape? Yo... No sé, debo de parecerte una tonta.

Drake le acaricia el mentón con dos dedos para que lo mire a los ojos. Ella se estremece ante el contacto. Cuando sus ojos se cruzan, le embarga una sensación de familiaridad que no comprende, pero que es tan agradable que desea quedarse a vivir en ella para siempre.

—Sabes que existen las pistas artificiales, ¿verdad?

Se miran con complicidad, hasta que ambos se ríen. Ella podría sentirse aún peor por esa apreciación, pero que él haya escogido el humor en aquel momento le gusta. La burla se convierte en otra cosa distinta, en algo compartido. Cuando Annie se da cuenta de que su sonrisa ha desaparecido, lo mira con precaución y él se lame los labios.

El movimiento le provoca un burbujeo en el estómago y se ve agarrándose al cuello de su jersey con firmeza.

—Aun así, no hay nada como patinar en un lago helado. La naturaleza no tiene rival. La sensación de libertad es...

Deja las palabras en el aire y ella lo admira por la forma en la que habla de algo que ama.

«Ojalá yo pudiera sentirlo alguna vez en la vida», piensa.

—Si te caes bajo el hielo, tienes diez minutos para salir. Más allá de eso, ya estás muerto. —Annie suelta el aire contenido y baja la vista al suelo—. Me lo dijo mi abuelo.

—Es cierto, pero no todo muere. —Ella alza el rostro con interés y él prosigue—. Algunos peces pueden vivir todo el invierno. Se les puede ver bajo la superficie, vivos, felices, ajenos a todo.

De repente, Annie siente algo extraño. Es la primera vez que escucha esa información, pero, aun así, una parte de ella la conocía. Se imagina dos peces con total nitidez bajo una capa de agua helada. Giran a su alrededor y sus escamas plateadas lanzan destellos bajo el sol.

Annie se estremece y él lo nota. Sus pies dejan de moverse. Los dos cuerpos quietos, muy juntos, las respiraciones mezclándose, las ganas de más flotando. La música no existe, ni la gente, ni el *pub*, ni la ciudad, ni nada que no sean la chica y el chico desconocido mirándose.

—Ojalá fuéramos peces —susurra ella.

—Ojalá —repite él.

A su alrededor, el deshielo llega y todo vuelve. Las canciones de amor. Las personas que charlan y bailan a su alrededor. El mundo entero. Pero, entre ellos, hay algo nuevo. Un nudo que antes no existía. Y esperanza. Hay esperanza.

—Debería irme a casa.

Vuelven a estar en la barra. Sus botellas, que habían dejado allí para bailar, han desaparecido. Drake pide otras dos y le tiende una. Annie juega a arrancarle la etiqueta que la rodea con dedos nerviosos.

—Yo también me voy. ¿Me esperas y salimos juntos? —pregunta Drake con un puchero.

Annie pone los ojos en blanco, pero asiente, y agradece no haber tenido que buscar ella una excusa para no despedirse tan pronto. Se separan, con una promesa en la mirada, y buscan a sus amigos. Les dicen adiós. Recuperan sus abrigos. Se persiguen con los ojos. Se encuentran a medio camino. Annie se disculpa para ir al lavabo y se encierra en uno de los cubículos. En una mano, la etiqueta de la botella. En su bolso, un bolígrafo.

La ciudad aún está despierta, agitada y ruidosa, pese a que sea noche cerrada. El abrigo de Annie, blanco, con grandes botones de colores, y la cazadora de Drake, de piel negra, los hacen destacar como piezas de ajedrez contrarias.

Ella sonríe, con timidez, y lo mira de arriba abajo. Tiene mil preguntas en la punta de la lengua, pero no se atreve a verbalizarlas.

Él también sonríe, lo hace con seguridad, y estudia las diferencias de esta Annie con el recuerdo que guarda de ella. Tiene todas las respuestas, pero sabe que nunca las pronunciará.

—¿No vas a decirme tu nombre? —se lanza finalmente Annie.

Drake se gira y camina de lado. Las manos en los bolsillos. Los pies de puntillas. La sonrisa de suficiencia propia de los chicos malos que ya no lo son.

—Conocí a una chica que solo respondía preguntas si le daba algo a cambio.

Los ojos verdes de Annie se abren, sorprendidos, y el rubor le tiñe las mejillas.

—Demasiado atrevido para mí.

Drake se ríe.

—¡No! No se trataba de nada de eso. Solo... Olvídalo.

—¿Fue importante para ti? —pregunta Annie. Y Drake piensa en Annie mientras mira a Annie.

Se dice que sí, que más que nadie, pero recuerda que esa Annie ya no existe y que, pese a que nunca la olvidará, debe seguir, debe continuar, debe vivir otra vida. Así que se deja de juegos y vive.

—Drake. Me llamo Drake.

Ella sonríe. Sus hoyuelos aparecen. Su emoción lo cubre todo y la ciudad, bajo ese brillo, parece repentinamente dormida, anestesiada por el influjo de lo que no se ve.

—Annie.

Él lo repite en su cabeza y su cadencia se le queda pegada a la lengua. Un sabor dulce. Una sensación tranquila, calmada.

«Annie.»

Llegan a la parada de taxis y suspiran, decepcionados, cuando ven que hay uno disponible esperando.

Es ahora o nunca. Ambos lo saben. Las posibilidades están ahí, pero dan miedo.

Annie se siente tan inestable como si estuviera sobre el hielo, deslizándose en un cuerpo desconocido, hacia un destino desconocido, de la mano de un chico desconocido.

Drake se siente en tierra firme, más sereno que nunca, totalmente seguro de que quiere más.

Sin embargo, los dos creen en la magia de aquello que no se puede explicar.

Drake, por lo obvio.

Annie, porque siempre ha pensado que, si es la persona que hará que todo estalle, él volverá a buscarla.

Así que se despiden.

Se observan sin prisas, recreándose en los detalles, memorizando todo aquello del otro que brilla de un modo especial.

Sonríen, sus labios se curvan, húmedos, sintiendo el hormigueo anticipado que los que tienen enfrente podrían provocar.

Dan un paso. Dos. Tres.

Juntan las mejillas. Cierran los ojos. Se dejan un beso suave.

Annie sube al taxi y se dicen adiós.

Un chico regresa a casa caminando. Lo hace despacio, rememorando cada instante de la noche, la misma que para él ha empezado cuando ha visto a una chica bailando y riendo, cinco años después de la última vez. Su pelo ondulado, sus ojos verdes, su sonrisa amplia, su encanto. No recuerda nada más. Todo se ha convertido en humo.

Repite las conversaciones en su mente. Se recrea en esa expresión de sorpresa de Annie cuando han hablado de peces, como si lo recordara, como si una parte de ella aún lo reconociese.

Creer que podría ser posible le consuela.

Enumera las similitudes y diferencias con la Annie que él conoció en el lago. Que ambas existan le agrada: las coincidencias, porque sigue enamorado de ellas; las novedades, porque siempre le han gustado las sorpresas.

Está a dos manzanas de su apartamento y nota el frío de la madrugada. Se abrocha la cazadora hasta arriba y mete las manos en los bolsillos. Entonces percibe algo, algo que antes no estaba. Lo sujeta entre los dedos y lo saca. Es un trozo de papel con una marca impresa de agua embotellada. En su zona blanca, un número de teléfono escrito en tinta azul.

Drake sonríe. Sonríe como nunca. Lanza un grito agudo que asusta a un gato callejero y dos jóvenes lo miran como si estuviera loco. Quizá lo esté. Quizá todo sea mentira y la vida vuelva a empezar dentro de unos meses, colocándolo en la casilla de salida, recordándole que un principio puede ser un final y que un final también puede ser un principio en un bucle infinito de historias con Annie. No le importa. Lo viviría cien veces con ella. Mil historias de amor con Annie como protagonista. Mañana, tal vez, ellos ya no sean, puede que ni siquiera existan, pero hoy es hoy. Hoy todo es posible.

Antes de llegar a la esquina, saca el teléfono y pulsa los números con dedos temblorosos. Annie descuelga al segundo tono, pero no habla. Solo espera. Solo aguarda conteniendo el aliento a que las cosas sucedan.

—Annie.

—Drake.

El mundo que ella conoce estalla, se hace pedazos, se convierte en algo distinto.

En el de él, de pronto, ya es primavera. No hay nubes en el cielo, solo estrellas. Y flores en las aceras.

Agradecimientos

Este libro no habría sido posible si no me acompañara un equipo que confía en mí más de lo que debería. Irene, Miriam, Andrea y Anna, millones de gracias por haber dicho que sí. Aún recuerdo el miedo que sentí cuando terminamos aquella reunión en la que decidimos apostar por lo que entonces solo era *Proyecto Hielo*. Pensé que os habíais vuelto locas y que no saldría bien. Y aquí estamos. Me siento muy agradecida de trabajar con vosotras.

Tampoco habría sido lo que finalmente es sin mis lectoras cero. Sois compañeras, amigas y familia. Os doy las gracias por cada una de las sugerencias para mejorar el manuscrito, pero, aún más importante, porque, cuando dudo y me decís que puedo hacerlo, me lo creo y eso lo cambia todo.

No puedo dejar de agradecer a mi familia que siempre esté ahí para mí, dejándome mi espacio, creyendo en lo que hago, involucrándose en cada nueva aventura. A Hugo, Julieta, Vera y Lola, siempre seréis la mejor de mis historias.

Y a ti, que me estás leyendo, gracias por darme alas.